www.robbiewilliams.com

Pubblicato per la prima volta in Gran Bretagna nel 2001

Titolo originale: *Somebody Someday*
Traduzione dall'inglese di Adelaide Cioni

Via Isonzo 25 – 00198 Roma
e-mail: comunica@arcanalibri.it

Isbn: 88-7966-323-2

ROBBIEWILLIAMS
TUTTO SU DI ME

Testo di Mark McCrum
Fotografie di Scarlet Page

arcanamusica

The Sermon On The Mount Tour

Band Party

Robbie Williams	Il Predicatore
Guy Chambers	Direttore musicale/tastiere/chitarra
Gary Nuttall	Chitarra
Fil Eisler	Chitarra
Yolanda Charles	Basso
Chris Sharrock	Battieria
Claire Worrall	Tastiere/chitarra
Tessa Niles	Corista
Katie Kissoon	Corista
Tim Clark	Manager
David Enthoven	Manager
Josie Cliff	Management/Assistente personale di Rob
Andy "Franksy" Franks	Tour manager
Tom Golseth	Contabile
Simon "Jonah" Jones	Security
Aegon "Marv" Welsh	Security

Crew Party

Wob Roberts	Responsabile di produzione
Lizzie Adshead	Assistente di produzione
Flo Guenand	Guardarobiera
Gary Currier	Direttore di palco
Jez Craddick	Rigger
Liz Berry	Direttore creativo/Light designer
Mark England	Caposquadra luci
Barry Branford	Tecnico delle luci
Dave Bracey	Fonico di sala
Martin Wareing	Ingegnere dei monitor
Bart Schoonbaert	Tecnico del suono
Dave Poynter	Tecnico del suono
Sherif El Barbari	Tecnico del suono
Sarne Thorogood	Tecnico del suono
Adam Birch	Tecnico delle chitarre
Jules Bowen	Tecnico delle tastiere
Jez Webb	Tecnico della chitarre
Mick Winder	Tecnico della batteria
Duncan "Pompey" Wilkinson	Security
Alastair MacDairmid	Proiezioni video
Rick Worsfold	Capomacchinista
George Osborne	Macchinista
Andy Jupp	Rigger
Graham Morrison	Capo chef
Mairead De Barra	Catering
Em Franklin	Catering
Chris Clarke	Catering
Kathryn Bernie	Catering
Richard "Richie" Stevenson	Merchandise
Waff Walker	Merchandise

1

«Quando bevo
o prendo droghe,
sono l'ultima persona
al mondo con cui vorrei
che mia figlia uscisse.

Ma spero di diventare
uno con cui
la lascerei uscire»

Stiamo a vedere che succede

È il secondo giorno di prove e le due sono passate da un pezzo. Aspettano tutti Rob. A un'estremità di quell'enorme ovale di cemento che è la Docklands Arena di Londra, il set è già montato: le file di luci, le casse impilate una sull'altra, il fondale curvo bianco, i drappeggi, il tendone nero sul davanti, il tutto appeso come per miracolo alle travi che si incrociano sul soffitto sovrastante. Gli strumenti sono posati sul palcoscenico, pronti: al centro la batteria sulla pedana, i gruppi delle tastiere a sinistra e a destra, le chitarre appoggiate sugli stand. Ai bordi, un caos immane di cavi e spinotti collegati a una massa di voluminosi armadietti neri e di monitor. Ai lati del palco, da due apposite macchine, esce del fumo che resta sospeso nell'aria e dà sostanza ai raggi delle luci colorate che continuano a cambiare nella semioscurità.

I sette componenti della band sono già arrivati, si sono salutati tra di loro, e con i membri dello staff in maglietta nera si sono scambiati saluti elaborati, hanno gironzolato nel backstage per prendere un caffè o qualcosa da mangiare e alla fine si sono sistemati ai loro posti. Guy Chambers – che ha un sacco di capelli ricci e collabora con Rob nella stesura delle canzoni, ed è anche il direttore musicale della band – si è piazzato dietro la sua montagna di tastiere e ha dato il via alle prove. «Tutti pronti?», chiede. Yolanda Charles, la languida bassista nera, si scioglie i capelli e la band attacca a suonare. Il microfono al centro del palco, però, sta ancora aspettando, ridondante sulla sua asta, come già ieri, durante le lunghe prove in studio.

All'improvviso, dalla destra del palco, si sente un urlo. «Robbie!». È la star in persona, che finalmente avanza nel buio a gran passi, insieme a una squadra di tre o quattro uomini, affiancato dalla sua assistente personale, Josie Cliff, che porta un caschetto di capelli scuri. Fa decisamente freddo, in questa giornata di inizio febbraio, e Rob è tutto imbacuccato: cappotto pesante, berretto di lana grigia, occhiali scuri, una sciarpa ben stretta attorno al collo. Mentre avanza deciso dritto al centro del palco, la band ha un fremito di eccitazione.

«Ciao, ciao, ciao. Piacere di vedervi», dice lui, fa dei cenni col capo mentre si guarda attorno, sorride, fuma e parla. «Che hai fatto ai capelli, Gary?», chiede al chitarrista sulla sinistra, che ha un taglio a scodella e le basette.

«Magari fossero miei», risponde Gary Nuttall, con un sorriso imbarazzato.

Rob va a dare un bacio a Yolanda, che lo abbraccia e gli fa un gran sorriso. Abbraccia anche Fil Eisler, l'altro chitarrista, alto, magro e vagamente inquietante con un impermeabile dal bavero di pelliccia; stringe la mano a Guy, saluta con un cenno la tastierista Claire Worrall e il batterista Chris Sharrock. Manda un paio di baci alle due coriste: Tessa Niles e Katie Kissoon. Rob sta ancora fumando, con la sua nonchalance; più che con tracotanza, cammina col passo sicuro di un uomo che contempla il suo regno.

«Facciamo *Wimmin*?», chiede Guy dalle tastiere, e con tatto tiene le cose in movimento. «Ti va di fare *Wimmin*, Rob?».

«Sì, facciamo *Wimmin*», risponde Rob. «Sono stufo dei maschi».[1]

C'è un mormorio di risa tra la band, lo staff e altri che stanno ai margini dell'area del palco illuminata a giorno.

La band attacca con la nuova canzone di Rob e l'energia cambia completamente. Con lui lì a tenere il microfono, a riempire la musica con la sua voce, all'improvviso ogni cosa sembra andare al suo posto. «Prima ancora che canti anche una sola nota», dice Tessa più tardi, «basta la sua presenza a catapultarci nell'iperuranio».

«Stop!», urla Rob all'improvviso, a metà del pezzo. Silenzio. «I versi di risposta», continua con tono autorevole, «vorrei che li urlaste proprio e che li cantassero tutti». Mentre la band lo ascolta con attenzione, lui dà una dimostrazione di quello che intende: «*Nice tits, nice arse, no class or conversation* [Gran tette, gran culo, zero classe e zero interazione]».

La band gli va dietro, urlandogli di rimando il ritornello. Rob fa un saltello sul *Whoa!* finale e alza il pugno in aria. Poi via di nuovo, raggiunge in fondo al palco il tour manager, Andy "Fransky" Franks, alto e vestito – come sempre – di nero. Rob non è rimasto molto tempo sul palco, ma la sua presenza ha elettrizzato la band e ora ridono tutti come bambini.

Mentre la star segue il tour manager oltre la porticina che dà sul backstage e la sala col catering, Guy, il direttore musicale, torna impassibile al comando. La band prova *Singing For The Lonely* e *Perfect Day*, ma è di nuovo tutto un po' fiacco. Alle loro spalle, un uomo pelato e nerboruto dello staff gonfia uno dei due giganteschi palloni dei Brit Awards a fianco del palco, in fondo. Poi, proprio mentre la band si trascina sulle ultime note, Robby salta fuori dal nulla, afferra il microfono e con una sferzata di energia ridà vita al pezzo. «*It's such a perfect day* [è una giornata così perfetta]», ringhia con voce potente, deliberatamente senza cantare. «*I'm glad I spent it with you* [che sono felice di averla passata con voi]».

1. Pronuncia storpiata del titolo del brano *Women*.

Ora si sta lentamente svestendo. Si è tolto il cappotto (ma non il berretto di lana e la sciarpa), e sfoggia una camicia che porta fuori dai pantaloni, color crema, con righe scure a X. Sotto, porta dei jeans larghi e stropicciati e un paio di scarpe da ginnastica.

«*I'm so sick of people's expectations, leaves me tired all the time* [sono così stufo delle aspettative della gente, non fanno che annoiarmi]».

Persino in uno stadio vuoto, Rob canta con incredibile passione, la fronte alta aggrottata in un cipiglio, mentre afferra l'asta del microfono con entrambe le mani. La sua voce risuona fino alle luci variopinte che sfarfallano tra i punti bui del soffitto del palco.

«Stavo guardando quel programma sulle popstar che danno il sabato sera», racconta più tardi, durante una pausa, al suo pubblico eterogeneo. «E ho pensato, Se adesso facessi un provino per loro, non mi prenderebbero». Si sente qualche risata. «Ma poi», continua con una voce da fantasma, «mi sono ricordato...».

A metà di *No Regrets* si interrompe di colpo. «Queste le sappiamo tutte a memoria», dice. «Quindi non c'è bisogno di fare le altre».

Dietro le tastiere, il volto di Guy è una maschera beffarda e impenetrabile. È chiaro che vorrebbe finire la scaletta, ma non si lamenta per la brusca interruzione delle prove. Vorrebbe solo che Rob ascoltasse al volo la nuova intro a *Rock Dj*, dice. Allora Rob si gira verso la band mentre gli suonano la musica di *2001: Odissea nello spazio*. L'hanno provata prima e anche ieri, per due ore consecutive. Che Rob stia per distruggere tutto il loro lavoro? Ma no, lui annuisce lentamente e, guardando in direzione di Guy, alza i pollici.

«E ora, tutti quelli che verranno in tour, potrebbero seguirmi nella stanza del catering?», annuncia Rob, a fine prove. La band e lo staff lo seguono sul palco e lungo il corridoio, fino alla stanza del catering. Rob è seduto al centro del tavolo e gli altri gli stanno attorno, chi seduto, chi in piedi, tutti in attesa. Nessuno sa bene perché sono lì, ma Rob è sempre pieno di sorprese. Che stia per fargli un altro dei suoi discorsi di incoraggiamento di inizio tour?

Rob si guarda attorno lentamente, osserva ciascuno di loro con quei suoi occhi straordinariamente espressivi (sono verdi, te ne accorgi al secondo sguardo). «Non so se già lo sapete», esordisce. «Alcuni di voi sì, altri no. Ho smesso di bere e di prendere droghe. Quindi...», si interrompe con un colpo di tosse. «So che molti di voi mi conoscono da prima, che mi avete visto smettere di bere e di farmi, e subito dopo ho ricominciato. Ora, non so se ce la farò stavolta, ma ce la voglio mettere tutta», continua con grande convinzione. «Proprio tutta, davvero. Quindi vorrei che teneste presente che quando siamo in posti chiusi, quando non posso andarmene, che so, sugli aerei, o nei viaggi

«Ho iniziato molto presto a dovermi esibire ogni giorno davanti a migliaia di persone.

Ma è la mia vita.

È folle pensare che una persona, nel mio stato d'animo, salga sul palco e riesca a far divertire diecimila persone.
Non ho idea di come farò»

in pullman, per me diventa sempre più difficile vedervi tutti ubriachi fradici, vedervi fare le cose che fate. Io sono alcolizzato e tossicodipendente e gli alcolizzati e i tossicodipendenti vogliono bere e assumere droga, anche se questo li uccide, o li fa stare male, o trasforma il nostro tour in un inferno, e mi piacerebbe riuscire a non farlo più. Comunque staremo a vedere cosa succede. Questo è quanto, sostanzialmente. Vi voglio bene, davvero. Sento un tale amore quando siamo tutti insieme. Peccato solo», conclude scoppiando improvvisamente in una risata roca, «che si debba andare sul palco».

A questo punto si mettono tutti a ridere. Poi Rob è pronto per andare. Uno dei suoi due manager, David Enthoven, è seduto in fondo al gruppo. «Beh, ha parlato proprio bene, no?», dice. E poi va via con Josie e Rob alla sua auto privata, lasciando lo staff e la band a digerire quella titubante dichiarazione d'intenti. Rob ci ha già provato a ripulirsi, e ha fallito, più volte. Sarà davvero diverso stavolta?, si chiedono, oppure sarà solo il solito rito da inizio tour – una dichiarazione di sobrietà che finirà in un crollo narco-etilico al primo momento di crisi?

Un guerriero dello spirito

Insieme al suo socio Tim Clark, David Enthoven è stato fondamentale nella trasformazione di Rob da sbarbatello, ex membro di una boy-band, alla superstar che è diventato oggi. David è un uomo imponente, fiero, un orso, con l'aria geniale di chi non riesce a capacitarsi della fortuna che ha avuto. Quando alla fine del 1996 Rob apparve per la prima volta negli uffici della società di Tim e David, la IE Music, appena un anno dopo aver lasciato i Take That, il ragazzo aveva un atteggiamento, ricorda David, «quasi apologetico». All'epoca si diceva che tra tutti i ragazzi dei Take That, lui era quello con meno probabilità di farcela da solo. Tutta la gente del settore pensava che fosse Gary Barlow quello che aveva talento. Enthoven ammette che allora la nuova promessa della IE era un salto nel vuoto. «Non avevamo idea se avrebbe funzionato», dice. «Non ci era mai capitato di gestire quello che io chiamo una 'via di mezzo pop', e cioè quello che Rob era all'epoca».

Ma a David Rob non aveva solo fatto simpatia: anche lui si era rovinato la giovinezza (e la carriera) con la tossicodipendenza. Lui lo capiva. «Sapevo che stava attraversando un momento difficile con la droga e l'alcol e quindi riuscii a comunicare con lui». Ormai cinquantasettenne, David è nel giro della musica dai primi anni Sessanta.

«Nel mondo del pop venivo classificato come un playboy dalla parlata elegante», ammette. «È una vita che mi sfottono per il mio accento». Nonostante le sue credenziali poco promettenti, David ebbe un grande successo, e in fretta: a metà degli anni Settanta era il manager di leggende del rock come i King Crimson, i Roxy Music, gli ELP (Emerson, Lake & Palmer) e i T-Rex (chiamati così perché David non riusciva a scrivere "Tyrannosaurus").

Poco dopo aver conosciuto Rob, David e Tim andarono a casa sua per ascoltare qualche demo e valutare il potenziale del ragazzo. «Non era niente di straordinario», dice David. «Forse c'era giusto una canzone che era un minimo interessante. Poi ci chiese, 'Vi va di sentire qualcuna delle mie poesie?'. Mentre ce le leggeva io e Tim ci siamo lanciati un'occhiata e abbiamo capito al volo che potevano funzionare. Quelle parole erano così forti. Sembrava che stesse dipingendo un quadro. Così, da quel momento in poi pensai, Ok, è un gioco da ragazzi. Ora dobbiamo solo trovare qualcuno che sappia macinare le sue parole in musica».

Da quel giorno, David è diventato una specie di padre per Rob. «Mi parlava sempre dell'importanza di essere sobri e puliti e io l'ho sempre incoraggiato», dice David. Ora accompagna Rob nei suoi tour, sempre e dovunque. Conosciuto a volte come "Old Boy", a volte come "il guerriero spirituale", David è molto realista sulla sfida che Rob affronta cercando di mantenersi "pulito". «Non è facile per un ragazzo di ventisei anni prendere il toro per le corna. Io ho aspettato fino a quarantuno. Credo che lui lo sappia di aver avuto un problema per un bel po' di tempo e che è una battaglia quotidiana. Abbiamo avuto qualche intoppo lungo la strada – quindi non è ancora finita con quel piccolo demone».

«Senza David», dice Rob, «sarei morto. So che può sembrare esagerato. Ma sento ancora l'impulso a fare certe cose. Potrebbe riaffiorare domani, o stanotte, e io potrei ancora morire».

Tu varcherai la soglia

La sera dopo, di fronte all'Equinox, in Leicester Square, non c'è neanche un cartello che segnali lo spettacolo di Robbie Williams che dovrebbe iniziare più tardi – e in effetti sarà un'esecuzione privata per la Deutsche Bank (tutto il ricavato andrà all'Unicef e all'istituto di beneficenza di Robbie, il Give It Sum, amministrato dalla Comic Relief) nonché un warm-up per il vero e proprio tour europeo che comincia il prossimo weekend. Ci sono solo un paio di barriere per arginare la folla, due possenti buttafuori e un piccolo branco di ragazze che hanno percepito che c'è qualcosa nell'aria, vedendo la gente vestita elegante che comincia ad arrivare con i biglietti.

Se sei un membro della band, dello staff o della cerchia ristretta di Rob, comunque, passi direttamente, esibendo il pass di libero accesso al backstage che il tour manager, Franksy, ha distribuito ieri durante le prove. Si tratta di un cartoncino oblungo di plastica laminata e lucida, argento e verde, otto centimetri per dodici, su cui è scritto, a caratteri passabilmente biblici, THE SERMON ON THE MOUNT TOUR [Tour del sermone sulla montagna]. Sotto, la sigla *RW*, e di seguito THOU SHALT PASS [Tu varcherai la soglia]. Con questo ti fanno passare a un secondo drappello di mastodonti che scattano subito sull'attenti, straordinariamente ossequiosi, e ancora oltre, giù per il corridoio fino alla pista da ballo, dove si comincia a sentire l'odore dell'eccitazione, con la gente che si riversa nel bar al piano di sotto e riempie una fila di strane poltrone con lo schienale circolare che corre tutto attorno, davanti alla galleria del primo piano. Qui, da un lato, ci sono due fan sfegatate di Robbie che sono riuscite a entrare col biglietto di un amico. Kelly è una ventenne garrula di entusiasmo. «È così intelligente. È bello, è sexy, così buffo e normale al tempo stesso. Vorrei solo andarci a letto e mio marito mi ha dato il permesso, se si presenta l'occasione».

E il bello è che non scherza.

Nel backstage la band si è accampata colonizzando i due minuscoli camerini contrassegnati con MASCHI e FEMMINE. Poi è arrivato Rob e ora è nel suo camerino personale con Josie, Tim e David. Non è in uno stato ottimale, sembra pallido e irrequieto e, mentre se ne sta seduto davanti allo specchio per il trucco, tamburella coi piedi sul pavimento di linoleum. Si sente nervoso, vuoto, ha dimenticato come si fa, come si intrattiene un pubblico per un'ora e mezza. «Chiaro, stavo attraversando un periodo in cui non mi piacevo per niente», dirà qualche tempo dopo, durante il tour. Fuori, la folla vicino alla ringhiera è ormai profonda sette file. Sono i banchieri tedeschi più improbabili che si siano mai visti – canottierine, jeans attillati, top a fascia sbrilluccicanti. Alle otto meno un quarto, la pista da ballo è completamente stipata. La registrazione pre-spettacolo riscalda l'atmosfera. «Questo è un annuncio ufficiale», tuona una voce. «Ci dispiace dirvi che stasera Robbie Williams non sarà con noi – la buona notizia è che sarà sostituito da H degli Steps». Risate e urla di incoraggiamento. «Robbie Williams ha richiesto che ci sia silenzio assoluto quando entrerà sul palco». Altre grida. «Robbie Williams sarà sul palcoscenico tra un minuto – stasera, sarà leggermente effeminato – la checca!». Urla selvagge e ululati.

Una luce azzurra lampeggia sul palco mentre l'intro lirico risuona sopra il baccano. È una delle idee più ispirate di Guy, scandire il nome della star sulle note dei celebri *Carmina Burana* di Carl Orff. I componenti della band salgono sul palco correndo, sorridendo, e prendono i loro strumenti. Sopra la foresta di

«Guy a volte mi capisce benissimo e a volte non mi capisce per niente.

Non credo sia consapevole delle mie insicurezze come cantante. Del fatto che non penso di essere granché.

Mi dà abbastanza spazio per andarmene e fare quello che mi va senza sentirmi impaurito dalla sua presenza» braccia, la luce diventa rossa, bianca, lampeggia, abbaglia. Ed ecco che arriva lui. Avanza lentamente, strafico nel suo abito gessato blu. «Ciao, buona sera a tutti, mi chiamo Robbie Williams. Siete pronti per divertirvi?».

Sono pronti. Robbie si sporge in avanti e tocca una delle ragazze vicine alla ringhiera, guardandola fisso mentre le tiene le dita. Mentre lei e le amiche attorno impazziscono, lui molla la presa e indietreggia. Si toglie la giacca. Poi la cravatta. Accenna col capo guardando lentamente la folla urlante, sorride, li osserva, visibilmente sollevato.

«Siete stanchi dei vostri professori e la scuola è uno strazio, non farete la fine di mamma e papà», urla, scatenandosi nell'attacco di *Let Me Entertain You*. Gli improbabili banchieri lo adorano. Già alla canzone dopo, *Lazy Days*, gli cantano le parole. Lui cammina avanti e indietro sul palco, creando piccole sacche di eccitazione tra la folla.

Sulle scale in alto, a sinistra del palco ci sono David e Tim, l'assistente personale, Josie Cliff, e una ragazza magrolina con una maglietta azzurro chiaro – è nientepopodimeno che Geri Halliwell, di cui si vocifera sui giornali scandalistici che sia l'attuale ragazza di Rob. David e Josie ballano entusiasti, fianco a fianco, una strana accoppiata, il Gigante e la Bambina. Di tanto in tanto Robbie lancia un'occhiata verso i suoi sostenitori fuori dal palco, accogliendo i loro incoraggiamenti con un cenno del capo.

Se non lo conosci, non immagineresti mai come si sente. «A quell'epoca», dice, «provavo disprezzo per il mio pubblico, davvero, perché venivano a vedere una merda come me. Me ne stavo sul palco e pensavo, Perché cavolo siete venuti a vedere una mezza sega? Era una sensazione orribile. Mi sentivo come il cantante di un night o qualcosa del genere».

Alla fine di *Better Man* Robbie si china e si sporge oltre tre guardie del corpo per parlare a tu per tu con una sventola dalle spalle scoperte in prima fila. Mentre le parla al microfono, a lei squilla il cellulare. Lui ride e glielo prende di mano. «Ciao», dice, tornando sul palco. «Qui è Robbie. Come sei vestita?», e poi, «Toglitelo». Si sente un po' solo, aggiunge, chiedendosi se la tipa misteriosa all'altro capo del telefono abbia voglia di venire e farsi un giro con lui e altri trecento amici. Con una perversa espressione scimmiesca, le restituisce il telefono. «Cazzo», dice, «era sua mamma. Scusa, ma'».

Tra una canzone e l'altra si diverte con queste gag. Quando canta invece è serio. Spalanca le braccia, chiamando tutti a sé; poi incrocia le mani sul cuore e guarda il pubblico con l'aria da cucciolo sperso mentre canta della sua rabbia e del suo dolore. Non c'è un attimo in cui se ne dimentichi o li ignori, e ha molti altri modi di coinvolgerli: tende il microfono verso di loro per farli cantare con lui nel coro di *She's The One*; si tappa le orecchie per incoraggiare l'applauso (già di per sé assordante) dopo *Supreme*; gli fa alzare le mani in aria per *Millennium*, cosicché la pista si trasforma in una meravigliosa foresta di dita ondeggianti; si spaparanza sulla pedana della batteria e beve un po' d'acqua mentre loro cantano *Angels*, per poi farli esultare correndo in avanti, li applaude e si unisce a loro guidando il coro. «*And through it a-all, she offers me protection...* [e in ogni cosa, lei mi protegge...]».

Quando finisce lo spettacolo Rob crolla nel suo camerino. Nonostante l'accoglienza delirante della folla, il suo umore di fondo non è cambiato. «Sento che sarà un anno lunghissimo», dice demoralizzato ai suoi manager.

Mentre la folla si riversa felice su Leicester Square, e un Rob esausto torna di corsa al suo appartamento di Notting Hill, il piccolo bar dei vip in fondo alla galleria si è trasformato nel quartier generale improvvisato della squadra di IE Music, in uno stato di eccitazione post-concerto. La ventenne Lucy Pullin, assistente di Josie Cliff, ha una valida teoria sul perché Rob sia uno showman tanto efficace. «È il suo modo di interagire col pubblico», dice entusiasta, gesticolando in modo evocativo col suo bicchiere di vino in mano. «Avete visto come tendeva il microfono verso il pubblico a metà di *No Regrets*? Su quel ritornello che fa '*They tell me I'm doing fine*'. Come dire, 'Me la sto cavando bene?', poi loro gli rispondono con un boato 'sì' e quella è un po' la terapia di Rob. Ed è per questo che è così attraente. E infatti tutti, o meglio, tutte le donne, quanto meno, vogliono guarirlo». Lucy gestisce tutte le lettere delle fan che arrivano in ufficio e persino le dodicenni, a suo parere, provano a dirgli la stessa cosa. «Magari non ne sono molto consapevoli. Gli scrivono, 'Non essere così triste' o cose del genere. Ma in fondo vogliono guarirlo, anche loro».

2

«Non penso di avere uno stile di vita normale. Dipende solo da cosa si intende per normalità. Per me questa è la normalità.
Beh, non è vero, a farlo tutti i giorni è decisamente anormale.

D'altronde non ho mai conosciuto nessuno che fosse normale.
Tutti hanno i loro capricci e le loro strane perversioni. O il loro strano modo di pensare o di essere.

Siamo tutti anormali»

SERMON ON THE EURO MOUNT
LUNEDÌ 12 FEBBRAIO
CITTÀ: STOCCOLMA
LUOGO: ISSTADION

ALLA HALL: 15,30
PARTENZA: 15,45
ARRIVO: 16,00
SOUNDCHECK: SÌ
AI CANCELLI: 18,30
ROB SUL PALCO: 20,30

NOTE

DAL MOMENTO CHE È IL PRIMO SHOW, CI POTREBBERO ESSERE RITARDI CON IL SET-UP. RICORDATEVI DI CHIAMARE FRANKSY INTORNO ALLE 15,15 PER CONTROLLARE COSA STA SUCCEDENDO. POSSIAMO ANCHE RIMANERE AL CONCERTO, DIPENDE DA COME SI EVOLVE LA GIORNATA. LA MATTINA AVRETE TUTTO IL TEMPO CHE VOLETE PER COMPRARE UN REGALINO PER ROB. DOPO LO SPETTACOLO CI SARÀ UNA FESTICCIOLA ALL'OPERA CAFÈ.

PER FAVORE SE VOLETE PORTARE DEGLI OSPITI FATEMELO SAPERE.

"UN PESSIMISTA È UNO CHE PENSA CHE TUTTE LE DONNE SIANO DELLE POCO DI BUONO;
UN OTTIMISTA È UNO CHE SE LO AUGURA"

BIP BIP
ORDINE DEL GIORNO

La maledizione di Stoccolma

Trentasei ore dopo, tre pullman appositamente modificati e cinque camion argentati delle apparecchiature partono per la due giorni da King's Cross a Stoccolma, portando con sé il production manager Wob Roberts, il direttore creativo Liz Berry, due rigger, sei tecnici della luce ("lampadisti"), sei fonici, cinque tecnici degli strumenti di vario genere, un esperto di proiezione video, tre macchinisti, una guardarobiera, uno chef, quattro camerieri, due venditori di merchandise, e ovviamente i tre autisti dei pullman, i sei camionisti (uno di riserva), e Duncan "Pompey" Wilkinson, l'uomo della sicurezza più gentile del mondo.

Il giorno dopo, Franksy riunisce l'altra metà dell'equazione, l'entourage della band forte di sedici membri, nell'atrio delle partenze di Heathrow. Alto, con il suo cappelletto rotondo "GB" e il cappotto lungo di pelle nera, Fransky sembra uno strano incrocio tra il manager di una squadra di calcio e il capo di una qualche setta puritana del diciannovesimo secolo. A parte i musicisti, ci sono le guardie personali di Rob – Aegon "Marv" Welsh, testa rasata e nero, e Simon "Jonah" Jones, bianco e coi baffi – e il paffuto contabile del tour, l'americano Tom Golseth.

Si sistemano in ordine sparso nella sala riservata alla business-class, il Club Europa, a leggere giornali e chiacchierare. Franksy sta mostrando a Gary un'e-mail che elenca i terribili effetti delle bevande gasate; Gary è completamente dipendente dal junk-food quando è in tour, e Franksy cerca di riportarlo sulla retta via.

Claire e Yolanda sono sedute con le due coriste, Katie e Tessa. Yolanda fa la sua risata roca e contagiosa: sembra Mutley della *Corsa più pazza del mondo* e tende sempre a spingere le battute volgari un pelo troppo in là, da cui il soprannome "Smutley".[1] Claire è "Champers", perché ovunque si trovino, a detta di Yolanda, riesce sempre a trovare una bottiglia di champagne. Katie Kissoon è "Due Sorsi", perché dopo i concerti beve sempre solo due sorsi di un drink; e Tessa è "Batuffolo", perché una volta ha raccontato alle altre una storia disgustosa su cosa si può fare con un batuffolo di cotone.

1. Gioco di parole tra *Mutley*, il cane della *Corsa più pazza del mondo e smut*, sconcezza.

Ora è arrivato Rob, con la sua squadra ristretta composta da Davie e Josie. In qualche modo sembra più grosso a vederlo da vicino, con quelle braccia muscolose e quegli impressionanti tatuaggi che gli si intravedono sotto la maglietta (un disegno maori spiraleggiante sul braccio sinistro, un leone sul destro, con scritto ELVIS, GRANT ME SERENITY [Elvis, concedimi la serenità] sopra e BORN TO BE MILD [nato per essere mansueto] sotto). I suoi occhi, sotto quelle sopracciglia folte e nere, sono difficili da guardare: sono così intensi. E poi non sta fermo un attimo, annuisce, si guarda attorno, poi d'un tratto si concentra per un attimo sull'argomento in questione.

Stringe la mano o abbraccia i membri della band, poi si mette da una parte a giocare a carte con David. Non poker o whist, ma Uno, un gioco per bambini in cui puoi mettere giù una carta solo se è dello stesso numero o colore di quella del giocatore prima. «È uno di quei giochi che facevamo da piccoli», dice Josie. «È il nostro gioco del momento». A Rob vengono spesso fissazioni del genere: l'anno scorso era il backgammon.

In aereo Rob è seduto nella prima fila dell'affollata business-class, e il personale è visibilmente eccitato di avere una star così importante a bordo. Rob non è per niente timido, né discreto: si tira su nella sua poltrona, si gira all'indietro per parlare con Guy nella fila indietro, fa ridere la più carina delle hostess. Sopra il ronzio dei motori si sentono risuonare la risata di gusto di David e i risolini acuti di Josie. Anche se, com'è naturale, viene offerto dell'alcol, la band nelle file dietro si attiene scrupolosamente a succo d'arancia e acqua minerale.

Quando atterriamo a Stoccolma il cielo è scuro. Sta nevicando e i bordi della pista sono fitti di neve giallognola mista a fango. Mentre si incamminano lungo i corridoi dell'aeroporto verso il Controllo Passaporti, Rob sta alla testa del gruppo con il suo berretto aderente di lana nera e gli occhiali scuri. Gli uomini della sicurezza Marv e Jonah procedono al suo fianco, con gli occhi che si guardano continuamente attorno all'erta per ogni possibile minaccia.

«Ecco la tua adorabile signora», dice Fil a Gary, quando una custodia foderata di seta rosso cremisi viene aperta rivelando la sua chitarra elettrica blu scuro, la sua preferita. Rob scompare in un'auto privata insieme a David, Josie e gli uomini della sicurezza. Il resto della band sta a guardare mentre Franksy supervisiona un paio di fattorini che tirano le loro custodie – ogni pezzo è numerato attentamente con una targhetta metallica verde brillante – giù dal nastro per il ritiro bagagli sul carrello. Poi escono nella notte gelida, dove li aspettano due minibus accostati al marciapiede. Si accalcano tutti dentro, ridendo e schiamazzando, emozionati di essere qui, in un paese straniero, all'inizio del loro tour.

Il Grand Hotel è al centro esatto di Stoccolma, un magnifico palazzo antico che si affaccia su un fiume in cui i pezzi di ghiaccio, illuminati dalle luci della strada, galleggiano nella corrente scura e vorticosa. Alla reception, nell'atrio dalla moquette dorata, Franksy distribuisce ai membri della band le loro chiavi e le buste bianche contenenti la lista delle camere con il dettaglio delle loro nuove identità. Sono tutti registrati sotto falso nome per evitare che qualcuno venga importunato da fan iperzelanti che cercano di rintracciare Rob. Prima, quando mantenevano i loro veri nomi, ricevevano telefonate a ogni ora del giorno e della notte. «Dov'è Robb-ieeeeee?».

Così il batterista, Chris, è ARTHUR BEATLATE. «E non a caso», dice Fil. Fil è PHIL THEE. «A causa dei suoi costumi osceni»,[2] sghignazza Franksy. Gary è MUSTAFFA PEACE. Guy è JACQUES ORFF. Yolanda, per motivi in cui preferisce non addentrarsi (ride, stile Smutley) è ANITA BUSH.[3] Claire è JACK MCGIGIN. Tessa è MISS SU MEE e Katie è SALLY VATED.

Rob passa la notte nella sua suite con alcune cassette del suo programma di self-help. Gary se ne va a piedi in cerca di qualcosa da mangiare per cena. A casa non mangia schifezze, ma le pietanze che servono negli alberghi non gli piacciono granché, e comunque, ammette col suo classico ghigno di autodisapprovazione: «Sono attentissimo coi soldi: quelli ti fanno pagare per portarti da mangiare in ascensore!». Preferisce risparmiare e, quando torna a Englefield Green, portare sua moglie a cena in un bel ristorante. «Tipo da Jack, un posticino delizioso che c'è da noi».

Dopo aver disfatto i bagagli, i più gregari del gruppo scendono al bar. Guy, Claire, Fil, della band; poi Franksy, il tour manager, e Tom, il contabile. Chris il batterista va a mangiare fuori solo quando paga qualcun altro.

«Allarme pollastrelle, sulla destra!», esclama Claire. Tre ragazze gli si stanno avvicinando al bar. Una carina con un cappotto di camoscio marrone, e le sue due complici con gli occhi troppo truccati.

«Groupie», dice Guy, col suo sorriso astuto ma al tempo stesso quasi timido.

Fil va incontro alle ragazze. Guardate, spiega, adesso stanno uscendo tutti a mangiare qualcosa, magari più tardi, eh? Le accompagna nella zona esterna del bar, da cui si vede il fiume scintillante. Guy è già alla porta, circondato da Franksy e il resto della band.

«È inutile che mi fai il tuo sguardo da papà», dice Claire. La band chiama il direttore musicale "il signore", a causa dei suoi modi perentori e i suoi gusti lussuosi. Non è un soprannome che sembra infastidirlo.

2. *Fill Thee* ha un suono simile a *filthy*: osceno, sudicio.
3. *Bush*: cespuglio.

Mister Carisma

Sul retro del libretto dell'ultimo disco di Robbie, *Sing When You're Winning*, c'è una dedica discreta: "A Guy Chambers, che è Robbie quanto lo sono io".

«Quando ci siamo conosciuti ci siamo cambiati la vita a vicenda», dice Guy. «È stata una cosa immediata. Nell'attimo esatto in cui Rob è entrato nello studio e ha aperto bocca ho capito che era davvero grande. Era una palla di energia, pura e semplice. Era pieno di idee stupende per i testi, e i testi sono sempre stati uno dei miei punti deboli, quindi era fantastico incontrare qualcuno capace di farli. Io ho sempre avuto un sacco di idee per la musica, così la combinazione di noi due, insieme, fu molto efficace». Già il secondo giorno i due scrissero *Angels*, il singolo che avrebbe lanciato la carriera da solista di Robbie, catapultando il suo primo album dalla zona delle calme equatoriali al disco di platino. «L'abbiamo scritta in venti minuti, mezz'ora, e arrivati alla fine ci siamo accorti entrambi che avrebbe davvero funzionato. Era – come si dice – mi viene da usare la parola 'miracolo', come San Paolo sulla via di Damasco. È stato un po' così, conoscere Rob. Una cosa emotiva. È stato come conoscere mia moglie. È la cosa che ci si avvicina di più. Perché avevo un bisogno talmente disperato di lui, e davvero anche lui aveva un bisogno disperato di me. Quando incontri qualcuno e c'è questo bisogno reciproco, l'impatto è fortissimo».

Fino a quel giorno, l'8 gennaio 1997, la vita di Guy era stata grosso modo quella del musicista che si arrabatta. Aveva poco più di trent'anni, suonava con un gruppo chiamato The Lemon Trees e viveva in un lurido appartamento ad Archway. «La mia carriera non stava andando da nessuna parte», ammette giocherellando oziosamente coi suoi riccioli bruni. «Proprio da nessunissima parte. A dire il vero, cominciavo a sentirmi disperato. Stavo pensando di piantare tutto e mettermi a insegnare. Avevo trentadue anni. E nel mondo della musica se a quell'età non hai ancora sfondato, diventa dura. La gente comincia a pensare, Ecco: non ce la farà mai».

Ce n'era voluta di strada prima di quel momento decisivo nella vita di Guy. La sua famiglia era da sempre segnata dalla musica: il padre era un flautista della London Philarmonic Orchestra; la madre lavorava alla Decca e aveva accumulato una "gigantesca" collezione di dischi. In casa avevano un pianoforte, e c'era sempre qualche musicista. Uno si metteva a strimpellare canzoni e tutti gli altri si univano a suonare: Gershwin, Elvis Presley, i grandi successi del momento.

Guy aveva cinque anni quando cominciò a suonare il piano, otto quando si rese conto che riusciva a creare dei pezzi tutti suoi e dodici quando compose il suo primo quartetto per archi, poco dopo essere stato bocciato all'esame di ammissione alla sesta classe.

Quando Guy aveva tredici anni, suo padre entrò a far parte della Liverpool Philarmonic Orchestra. Ora che viveva vicino alla strada in cui era nato John Lennon, Guy diventò un maniaco dei Beatles. E nella sua nuova scuola c'era una "piccola band molto fica" che lo ispirò. «Erano un po' tipo i Free. Un misto tra i Free e gli Small Faces. Avevano più o meno sedici anni e ricordo che pensai: voglio essere a) in quella band, o b) in una band».

Un anno dopo aveva raggiunto l'obiettivo b), quanto meno. Il fratello minore suonava la batteria, un amico il basso e Guy la chitarra. Passò un altro anno ed entrò in "una band vera e propria" – Hambi and the Dance, che era stata scritturata dalla Virgin. Senz'altro sapeva di avere talento, perché aveva solo quindici anni e gli altri già più di venti. Ma le cose non stavano proprio quagliando con Hambi, così nel 1981 Guy se ne andò e, incoraggiato da suo padre, tornò a Londra a studiare composizione e pianoforte alla Guildhall School of Music. Si avvicinò al jazz e a diciotto anni meditò per un po' sulla possibilità di diventare jazzista. Poi ne conobbe alcuni. «Fu scoraggiante. Tizi più grandi. Mi resi conto che la maggior parte dei jazzisti erano estremamente tristi». Dopo il diploma passò un periodo di povertà: suonava il piano in vari bar della città, viveva con un amico senza pagare l'affitto, e per un paio di mesi si iscrisse persino alle liste di collocamento. Poi ebbe la sua prima grande opportunità: suonare le tastiere per Julian Cope nei Teardrop Explodes, e andare in tour per la prima volta in Giappone, dove Julian era famosissimo. «Fu come aprire gli occhi. Vedere le fan e le groupie e tutto quel lato della faccenda». A quell'epoca, Guy pensava che un giorno sarebbe stato a capo di un gruppo tutto suo, e questa fantasia restò viva anche mentre suonava le tastiere prima per i Waterboys e poi per i World Party. E quando Guy lasciò questi ultimi e finalmente formò un gruppo suo, i Lemon Trees, che dirigeva alla chitarra, pensava ancora di avere una possibilità. «Mi resi conto piuttosto in fretta, però, che non avevo le credenziali necessarie per guidare il gruppo: a) non ero abbastanza bravo come cantante e b) sul palco non ero quello che si può definire Mister Carisma. Suppongo che avessi bisogno di trovare un partner che potesse essere la popstar che io non potevo essere ».

Per Tim e David, che stavano cercando un compositore in grado di sviluppare le potenti poesie di Rob in canzoni, trovare Guy fu «un po' come una manna dal cielo». Avevano ricevuto un suo demo da due persone diverse che conoscevano e rispettavano, così sentirono di doverlo ascoltare. «Ci muovevamo in un infinito mare di merda», ricorda David. «E poi improvvisamente arrivò la roba di Guy».

B17

I manager fecero incontrare Guy e Rob in uno studio di una zona nord di Londra. A Rob, che aveva lavorato con «compagni di droghe e altra gente con cui non sarei mai riuscito a sfondare», era stato mostrato un foglio di carta con un sacco di nomi di potenziali collaboratori.

«Io vidi semplicemente "Guy Chambers"», racconta, «e dissi: "È lui". No, non avevo ascoltato la sua musica. Tuttora non ho mai sentito la musica che faceva prima. Capii istintivamente che era lui».

«Funzionò da subito», dice David Enthoven. Dopo due giorni ci suonarono la roba e in pratica pensammo che fosse il paradiso del pop. Il paradiso della musica. Tutta quell'energia repressa improvvisamente andò...». David si interrompe, senza parole per descrivere quella fusione creativa andata a segno. «Perché improvvisamente eravamo sui binari. E il treno usciva dalla stazione a una velocità impressionante».

Tee yah yee hey hey hey hey yah

È una splendida giornata di sole a Stoccolma, ma gli unici membri della squadra che si sono svegliati per approfittare dell'elaborato buffet della colazione sono le guardie Marv e Jonah. Poco dopo spunta Franksy. Era ad allenarsi in palestra, «a conservare questo vecchio corpo», dice con un sorriso dolente. Ha quarantaquattro anni. Il suo soprannome, Principe delle Tenebre, è un nomignolo ironico per un uomo dagli occhi gentili e all'ingiù e un sorriso che si piega lentamente verso l'alto per esprimere il suo apprezzamento di una buona storia. Ha un catalogo tutto suo che risale ai giorni in cui si esibiva nella Bristol degli anni Settanta, quando suonava il basso in un gruppo di rhythm'-n'blues punk chiamato The Wild Beasts.

Fu in Germania, con i Depeche Mode, che Franksy ebbe un collasso durante un concerto e continuò a suonare per altri cinque spettacoli senza farsi vedere da un medico. Quando arrivò a Berlino andò a consultare un neurologo che gli fece una Tac e gli disse che aveva una grave emorragia cerebrale e che doveva farsi ricoverare immediatamente nel reparto di cure intensive. «Gli dissi, 'Sta scherzando, vero? Stasera suoniamo all'Olympia'. Fortunatamente mandarono dei tizi in camice bianco a portarmi via. Ero così malato che secondo loro anche solo muovermi dal letto poteva essermi fatale».

Durante il tour leggendario dei Depeche del '93-'94, che fece due volte il giro del mondo e fu documentato dalla rivista Q come "il tour di rock'n'roll più sfrenato della storia", Franksy conobbe la sua attuale moglie, che all'epoca era l'agente di viaggio americana del gruppo. Si erano sempre solo parlati per telefono finché lei non li raggiunse in Messico. «Mi aspettavo una signora trasandata di mezza età vestita Laura Ashley e molto spiritosa – e all'improvviso mi vedo sbucare questa vera sventola». Ma dovendo mantenere un rapporto professionale, dovettero tenere le cose segrete. «Quando entrava gente in camera mia lei si nascondeva nel guardaroba. Si registrava in albergo con un nome finto».

Con tutti i suoi aneddoti mitologici, Franksy può a buon diritto rivendicare il merito di aver fatto salire Rob sul palco. «A David piace pensare a tutto il sistema come a una specie di organizzazione militare», dice. «Immagino di essere paragonabile a qualcosa tra un capitano e un tenente». Il suo foglio di appello giornaliero, che faceva scivolare sotto le porte di ciascuno ogni sera, dà ai suoi soldati gli ordini di marcia con uno stile leggero.

I membri della band riemergono lentamente dalle loro camere a cinque stelle, conservando le energie per il primo, cruciale concerto di stasera. Rob resta a letto fino a dopo pranzo, come Gary. Il chitarrista ammette che c'è un fondo di verità nella battuta che ricorre tra i membri della band sul suo conto: che quando non è impegnato a mangiare schifezze sta dormendo. «Il letto è molto, molto importante per me».

Alle tre e mezzo sono tutti giù nell'atrio e pronti ad andare. Mentre seguono Franksy ai minibus, superano il solito piccolo crocchio di fan, che hanno solo una cosa in testa. «Robbie sta uscendo?». «Robbie c'è?», chiedono. Franksy le ignora; sta parlando al cellulare con il responsabile di produzione, Wob Roberts, per dare gli ultimi ritocchi al palco dell'Isstadion. Rob ha cambiato di nuovo la scaletta e la cosa sta creando qualche problema. «Non so cosa dire, Wob», consiglia il Principe delle Tenebre pacatamente. «Se la vuole cambiare, la vuole cambiare...».

Una volta sul posto, la band sparisce nei camerini lungo la rete di corridoi col pavimento di linoleum che si dipana dietro le quinte. Tra MASCHI/ACCOGLIENZA e FEMMINE, il santuario privato di Rob è tutto sistemato e pronto. Ci sono due divani di plastica nera disposti attorno a due tavolinetti blu. Su uno c'è una candela quadrata, sull'altro una grande ciotola piena di frutta: uva, kiwi, melone, ananas, fragole, una melagrana. Ci sono posacenere, gomme da masticare Orbit, caramelle balsamiche Ricola. Dietro, due lampade con dei pesanti paralumi e piante in vasi bianchi. In due armadi lunghi quanto tutta la parete ci sono tutti i suoi abiti: vestiti, camicie, pantaloni, cappotti. Una cravatta nera che si allaccia col velcro. Sotto, appoggiati sulle scarpe, due palloni da calcio.

In fondo alla stanza, a destra dello specchio lungo tutta la parete, c'è un tavolo per il trucco su cui sono appoggiati un lettore Cd e una pila di compact.

«Giuro che
per due anni
abbondanti
ho pensato
di essere come
Elephant Man»

Il primo è quello di Shea Seger. Quattro pacchetti di sigarette Silk Cut. Sei bottiglie di acqua minerale Volvic. Una barretta Crunch al burro d'arachidi, una barretta Crunch alla crostata di mele (ricoperta di yogurt). Gel extra forte. Maschera *Anti-Soif*, Fluide Désaltérant, crema energizzante da giorno Eclat du Jour e trattamento per il viso Huile Orchidée Bleue, tutti della Clarins. Una crema a lunga durata di Elizabeth Arden. Una scatola di Kleenex.

Nell'ufficio produzione lungo il corridoio, ognuno è indaffarato in cose diverse. In qualità di contabile, Tom conta i soldi e inserisce cifre nel suo portatile, Wob Roberts parla con tono incalzante al cellulare. La sua camicia di seta nera (fatta fare su misura a Singapore) scintilla quasi quanto i capelli scuri che gli arrivano alle spalle. Nell'orecchio destro ha un bottoncino di diamante. Wob, che ha suonato il basso soltanto in un gruppo rock progressive degli anni Settanta, è poi diventato da elettricista teatrale, tecnico delle chitarre (per Nick Kershaw) negli anni Ottanta, fino a quando, verso la fine degli anni Novanta, Tim e David lo hanno chiamato per dirgli: «Abbiamo quest'artista che si chiama Robbie Williams. Ci serve un responsabile di produzione. Ti andrebbe di farlo tu?». Adesso ha il compito di fare filare senza intoppi le imponenti operazioni quotidiane dello staff: non solo sistemare tutte le apparecchiature e gli strumenti sul palco al mattino, ma anche toglierli dopo il concerto e caricarli di nuovo sui camion in tempo per rimettersi in viaggio durante la notte e raggiungere la tappa successiva. E stasera, al primissimo concerto del tour, Rob ha deciso all'improvviso di inserire una nuova canzone in scaletta; i programmi del suono, delle luci e del video devono essere completamente riorganizzati e loro hanno solo quattro ore prima di mettere Rob sul palco davanti a settemila persone.

Fuori, nell'arena, le luci dei riflettori girano nell'aria fumosa, passando sulle file di posti vuoti che salgono in diagonale dal pavimento al soffitto. «*Tee yah yee hey hey hey hey yah*», fa un tizio con gli occhi sporgenti e i capelli alla francescana, parlando nel microfono centrale di Robbie. «*Yah* uno uno uno *hey yeah*», continua, spostandosi al microfono di Fil. Gary, il chitarrista, vagola sul palco e abbraccia un altro della cricca in maglietta nera.

Quando arriva il resto della band per il soundcheck, si trovano a fare i conti con l'ultimo cambiamento di programma di Rob. «Mi dispiace», dice Guy alla band, «temo che ci toccherà imparare *Live And Let Die*». Yolanda non è contenta, non si sente già bene di suo: ha un terribile raffreddore. Nella luce violacea-rossiccia che continua a cambiare, provano la nuova canzone, con Katie e Tessa che ce la mettono tutta nel: «*You know you did, you kno-ow you did* [Lo sai che l'hai fatto, lo sai che l'hai fatto]».

Si respira una strana ansia nell'aria.

Un animale ferito

Il tecnico della batteria, Mick Winder, sta per sperimentare un tremendo caso di déjà vu. Non è fisso nella squadra, e l'ultima volta che ha lavorato nell'Operazione Robbie è stato qui a Stoccolma, durante una notte indimenticabile. Ora, dopo il soundcheck, mentre si accovaccia sul palco per fare gli ultimi aggiustamenti alla batteria di Chris, Wob compare al suo fianco. C'è un problema, dice. Non so di che si tratta, ma Rob ha convocato la band e lo staff al completo nel camerino degli uomini per fare un annuncio.

Mentre tutti stanno in piedi ad aspettare, chiedendosi di cosa si possa trattare, entra Rob. Li guarda tutti, lentamente. Non riesce a spiegare il perché, dice, ma proprio non ce la fa, non può salire sul palco. Non stasera. Mi spiace. Lo spettacolo dovrà essere cancellato. Tutti restano a bocca aperta. Sta scherzando, pensa Mick. Non può succedere di nuovo.

Due anni fa, all'inizio di un altro tour europeo, in questa stessa città di Stoccolma, Rob di punto in bianco rifiutò di salire sul palco. Più tardi, quella sera, l'intero tour fu cancellato e Rob prese un aereo per l'Inghilterra. Era allo stremo delle forze, esausto e malato, in uno stato di completo sfacelo.

Rob era arrivato direttamente da un viaggio promozionale in giro per l'America che era stato particolarmente stancante, e doveva ricominciare subito in Europa. L'ultimo spettacolo era stato ad Austin, nel Texas.

«Dopo il concerto», dice Gabby Chelmicka, che in quel periodo era l'assistente personale di Rob e oggi è direttrice della IE, «se ne andò a esplorare la vita notturna di Austin e alcune ragazze tornarono in camera con lui. Così finì per stare sveglio tutta la notte e la mattina dopo era in pessima forma».

«Quella notte si sfasciò completamente», dice David Enthoven, «e non c'è niente di male. Ma la mattina dopo ricordo che vidi la sua faccia mentre se ne stava seduto dietro nella limousine, e proprio non aveva nessuna voglia di andare a Stoccolma. In qualche modo sentivo che ci sarebbero stati problemi. Era come mandare un bambino piccolo a scuola».

«Così arrivammo all'aeroporto di Austin», continua Gabby, «e lui cascava di qua e di là. Si era steso dentro l'aeroporto, non riusciva a fare niente. In quel periodo io ero con mia figlia Ella; viaggiavo con lei. Gli dissi, 'Tu pensa solo a spingere il passeggino oltre le partenze', perché riusciva a malapena a stare in piedi. Aveva le nocche bianche sull'impugnatura. Voleva tornare in albergo e prendere l'aereo con Tim e David, che sarebbero tornati a Londra. Ma riuscimmo a farlo salire su quel volo, Franksy ci fece spostare tutti in prima classe, e lui dormì per tutto il viaggio. Arrivammo a Stoccolma domenica mattina presto e il concerto era lunedì sera».

Dopo la fine del precedente tour in Gran Bretagna, due membri della squadra cui Rob era particolarmente affezionato avevano dovuto lasciare il gruppo. «Non c'era stata occasione di parlarne a Rob», dice Gabby. «Non è che non volessimo, è che proprio non ce n'era stata la possibilità. Così arrivammo al luogo del concerto il lunedì pomeriggio e quando Rob si accorse che i due non c'erano più montò su tutte le furie. Urlava e gridava e tutto quanto. In un certo senso credo che quella sia stata la goccia che fece traboccare il vaso. Non si sentiva bene; era terribilmente sfasato per il jetlag e per tutto il giorno si era lamentato del mal di gola. Andò semplicemente fuori di testa e disse: 'Io stasera non salgo sul palco'».

Gabby, Guy e la band cercarono tutti insieme di convincerlo a cambiare idea. E sentendosi pressato Rob ubbidì. «Disse: 'Ok, lo farò. Mi sento di merda, ma lo farò'. A quel punto l'auditorium era pieno; erano tutti lì. Poi cinque minuti dopo disse: 'Non ce la posso fare. Mi sento di merda'». Gabby convocò un'altra riunione della band e tutti cercarono di convincerlo ad andare sul palco. «'Ti porteremo noi, Rob, vedrai che andrà bene'. Lui disse: 'Va bene, lo farò'. Ma poi tornava a dire no». Così il concerto fu disdetto. La band e la star se ne andarono. Wob, il responsabile di produzione, fu lasciato lì a comunicare al pubblico che Robbie non sarebbe comparso. Fu chiamato un medico all'albergo di Rob. Più tardi quella sera la star cancellò l'intero tour. «Se ne stava lì stravaccato a guardare la tele, sembrava che non gliene fregasse niente, e disse solo, 'Io non faccio nemmeno una tappa di questo tour'», ricorda Gabby. «Nel frattempo c'era un filo diretto tra me e Tim a Londra. 'Non ti preoccupare, lo farà'. 'No, non lo farà'. 'Invece sì'. Fu tremendo».

Per quanto riguardava Rob, la sua esibizione era una decisione che spettava a lui. Sia la band che lo staff sarebbero stati pagati. Se non ci riusciva, non ci riusciva e basta. «Mettiamola così», dice lui, «sono arrivato in Svezia e non c'era verso che potessi salire sul palco. Né che potessi esibirmi, né che potessi presentarmi al pubblico. Quello che pensavo di essere all'epoca e come pensavo di apparire agli occhi della gente. Giuro che per due anni abbondanti ho pensato di essere Elephant Man. Il mio mestiere è salire sul palco e farmi giudicare. E il giudizio che avevo di me stesso in quel periodo era orribile».

Rob prese un aereo e tornò da sua madre a Stoke-on-Trent. «Piansi tutto il tempo su quel volo per Manchester», dice Gabby. «Rob non mi aveva rivolto parola. Giocò a backgammon o a carte con Chris Sharrock per tutto il tempo. A vederlo sembrava non gliene fregasse niente ma in realtà era sull'orlo di una crisi totale». David la racconta diversamente. Era un "animale ferito". «Era sfinito. Stiamo parlando di un ragazzo che era nel pieno della sua dipendenza da droga e alcol, che viveva in una condizione malata e di profonda negazione. Era impossibile che ammettesse che era un problema suo. Ma il motivo per cui era sfinito era che si ficcava roba su per il naso e beveva troppo».

Dopo aver lanciato la sua ultima bomba, Rob esce lentamente dalla stanza. Tutti cominciano ad avere reazioni frenetiche. Il responsabile di produzione Wob corre fuori urlando istruzioni. Franksy sta diventando pazzo al cellulare. I membri della band si sono messi i cappotti e cominciano a dire «Noi torniamo a casa».

Mentre Mick vaga senza meta verso il palco ormai superfluo, Franksy lo rincorre e gli dice di tornare nel camerino. Prima che Rob torni all'albergo, dice Franksy, vorrebbe scambiare due parole in privato con lui. Mick segue il tour manager dentro la stanza, senza capire cosa sta succedendo. Franksy e Josie sono in piedi da un lato con i volti seri. Rob ha l'aria triste. Alza lo sguardo verso il tecnico delle batterie. Che stia per scusarsi per averlo messo in questa situazione per la seconda volta? «Ascolta, Mick», dice, «non vorrei tu pensassi che questo ha a che vedere con te o che so io, è solo che devo dirti... è tutto uno scherzo».

Franksy, Josie e David scoppiano a ridere ululando.

«Piccolo bastardo!», dice Mick, mentre anche Rob scoppia a ridere e abbraccia il suo tecnico. «Mi sembrava che ci fosse qualcosa sotto. Però ci sono cascato in pieno».

Per David lo scherzo è piuttosto pesante, perché sono tutti di nuovo a Stoccolma, il luogo del terribile disastro della volta prima. Lo scherzo è come una purificazione, pensa. Stavolta è diverso, Rob sta bene. «Da parte mia l'ho fatto con un po' di sollievo», dice Rob, «perché stavolta sapevo che sarei riuscito a salire sul palco».

Continuando a ridere, si dirigono tutti verso il catering per cena. Oltre a preparare la colazione e il pranzo per la squadra, il capo chef Graham Morrison e il suo team preparano a ciascuno un pasto serale di quattro portate, su tavoli apparecchiati con tovaglia e candele e tovaglioli. Il menu stampato per stasera propone zuppa di carote e aneto o insalata nizzarda; manzo brasato, scaloppine di tacchino, pagaro di mare, spinaci e fagottini di caprino, spaghetti alle zucchine, peperoni rossi e olive kalamata; cheesecake al cioccolato, macedonia di frutta fresca e misto di formaggi. Il tutto servito in un guardaroba che è stato requisito, con gli appendiabiti ancora visibili sulla fila di ganci lungo il muro.

Fuori, di fronte al luogo del concerto, le fan naturalmente non sanno niente di tutte queste beghe del backstage, mentre fanno la fila per comprare birra in bicchieroni di plastica da una pinta, o hamburger in panini molli, o un souvenir al banchetto di merchandise di Robbie a sinistra del foyer (con la sorveglianza di Richie Stevenson e Waff Walker, che fanno parte dello staff, ma viaggiano separatamente con la loro roba in un van). Ci sono sciarpe di Robbie, berretti di Robbie, giacche di Robbie, magliette da calcio di Robbie come quelle di *Sing When You're Winning*, pyle di Robbie, calzoncini e pantaloni di Robbie, sacche da bowling e di tela di Robbie, tazze di Robbie, poster e ciondoli di Robbie, programmi del tour di Robbie, persino un portachiavi con apribottiglie di Robbie (che sfortunatamente, scherza Franksy considerando l'attuale situazione della star, sembra un enorme cucchiaio da cocaina).

L'arena, nel frattempo, è praticamente piena. Di fronte all'enorme tendone nero – il kabuki – che copre il set di Robbie, stanno suonando i Mew, il gruppo spalla svedese. Quando finiscono, si accendono le luci. Viene calato uno schermo. Un video mostra una bionda che guarda nostalgica delle fotocopie di Robbie; poi compare la sagoma di lui sulla porta e le autografa la fotocopia che sta in cima alle altre.

Mentre partono gli annunci pubblici si sente montare l'eccitazione. La battuta su H degli Steps non funziona con questo pubblico, ma non importa, perché adesso si sono accese le luci roteanti dei riflettori, scorrono sulla folla, trasformano le migliaia di teste sul pavimento sottostante in piccole sagome rotonde. «Robbie! Robbie!», fa la cassetta dei *Carmina Burana*. «Robbie! Robbie!», fa eco un gruppo di svedesi impazienti. Poi, con una serie abbagliante di flash di luce bianca, il kabuki si apre svelando un palco completamente vuoto. Piano piano, dal tetto, la band viene calata sulla pedana. La loro discesa dall'alto è straordinaria, sembra quasi un sogno. Fil e Gary e Yolanda corrono alle loro postazioni – e dietro, all'improvviso, ecco Rob, ora diventato Robbie, lo showman, lanciato sul suo trono luminoso decorato con viticci, in alto e attraverso il pavimento rialzato sul retro del set e poi dentro la gabbia argentata al centro. Lui si alza in piedi lentamente e con passo tracotante si avvicina e scende i gradini d'argento alla destra del palco. La metà davanti della folla sul pavimento sottostante già salta su e giù, agitano le braccia in aria come creature selvagge. È un momento critico: i primi passi di Rob sul palco spezzano la maledizione del passato disastroso e, come si scoprirà, annunciano un nuovo tipo di tour, e anzi un nuovo Rob. Ma il pubblico non sa niente di tutto questo: si sta semplicemente godendo lo spettacolo.

«Mi chiamo Robbie Williams», dice lui. «Voglio fare divertire te, e te, te, te...». E parte con la scaletta, salta con aria impettita, gironzola, fa saltellare la gamba destra, piega l'asta del microfono, roba per dominare il pubblico. Attorno a lui,

«Adoro ricevere
gli applausi. Credo sia nella
natura umana desiderare
di sentirsi dire 'Bravo'
dagli altri. Vale per tutti.
E io non faccio eccezione.

Mi sento importante
quando la gente
applaude.

In pratica è come
trasformare
l'esibizionismo in arte.

È esattamente questo che
ho fatto. Ho trasformato
l'esibizionismo in arte»

i membri della band si fanno i fatti loro. Alla sua sinistra, in piedi, c'è Gary, praticamente immobile mentre suona; alla sua destra Fil corre attorno al palco come un animale selvaggio, lanciandosi sulle grosse casse al bordo del palco e poi saltando giù, balla come un trampolo con le molle a turbo, strimpella in modo stravagante, con le braccia aperte. Alle sue spalle c'è Yolanda, che si appoggia all'indietro molleggiandosi, facendo delle sporadiche piccole fughe da pantera attraverso il palco. Poi il quadro sul fondo: Claire, a sinistra, che sorride e ballonzola dietro la sua montagna di tastiere; il piccolo Chris, che si vede a stento dietro la batteria (ogni tanto le bacchette volano in alto, per poi essere abilmente riprese); Guy coi suoi capelli ricci annuisce benevolo dalle tastiere di destra, «come il maestro di scuola che li sta a guardare dall'alto», dice Franksy. In fondo a destra, le coriste Katie e Tess sussurrano nei microfoni.

«Una mano in aria, due mani in aria», ordina Robbie alla sua folla. E tutt'attorno all'ovale obbediscono a questo manichino dal carisma incredibile, o almeno finora.

È difficile credere che lo stia ancora detestando, ma invece lo detesta proprio. «Mi sono disprezzato per un bel po' di tempo», dice lui più tardi, «e questo implica una mancanza di fiducia in se stessi. Se non hai fiducia in te stesso ma devi comunque salire sul palco ogni sera, diventa una prova, una prova davvero difficile. Sinceramente, l'unica cosa che mi ha spinto a salire là sopra in quel periodo – e non voglio sembrare un arraffone – erano i soldi. Perché pensavo di dover fare tutto il possibile prima che la gente si accorgesse che ero una merda e mi girasse le spalle. Perché pensavo che fosse inevitabile».

«Grazie a Dio c'era Britney Spears», dice David, «perché lui fece uno spettacolo sensazionale – in realtà per lei. Lei se ne stava in piedi al lato del palco, e lui ci stava dando proprio dentro. Sapevo che non si stava divertendo – mi fa una specie di smorfia di disgusto a bordo palco – eppure fu uno spettacolo davvero eccellente».

Gli svedesi sono entusiasti, ma non si può certo dire che li tenga in pugno. Robbie canta, *Old Before I Die* e *Lazy Days*, ma in realtà si esalterebbero molto di più con una cosa tipo *Hey Jude*. Quando a seguire parte *Better Man*, il ritmo rallenta, e per tutta l'arena la gente agita gli accendini, tante fiammelle fluttuanti nell'oscurità. Poi un piccolo inchino tranquillo e «Tak», "grazie" in svedese.

Con quel singolo gesto, dire grazie in svedese, Rob ottiene finalmente il boato di cui ha bisogno. «State tutti bene?», chiede, e c'è un urlo incredibile, subito sotto di lui. «Siete appena arrivati?», ride. «Qualcuno potrebbe venire qui con un secchio e una pala? È tutto bagnato qua sotto».

La loro risata di risposta riempie lo stadio. Ora, dice lui, canterà loro una canzone che conoscono. Il pubblico ruggisce di approvazione. «Bugiardi!», li sgrida allegramente. «Non l'avete mai sentita». La gente di fronte ha i suoi primi due album, quelli più indietro hanno solo il terzo, quindi non la conoscono. «No, no», aggiunge, percependo immediatamente che non hanno preso troppo bene questo insulto scherzoso, che sta rischiando di perdere tutto il terreno che si è appena conquistato, che deve sorridere ed essere gentile e riconquistarli col suo magico charme.

«Voi in fondo, non ho altro che amore per voi. Benvenuti allo spettacolo di Robbie Williams».

Rob si inchina quando lo applaudono alla fine di *Kids*, e poi via, subito dietro la band, giù per i gradini illuminati dalla torcia di Franksy a scolarsi acqua minerale dalla bottiglia e a farsi asciugare con un telo dalla guardarobiera francese con il caschetto di capelli neri stile Louise Brooks. «Ancora! Ancora! Ancora!», urla cantilenando la folla davanti al palco. Dopo essersi fatto asciugare la fronte, Rob si toglie il vestito, si mette una maglietta bianca e torna là fuori.

«Signore e signori», dice al pubblico, «domani è il compleanno di qualcuno». Fa il suo ghigno da bambino piccolo mentre il pubblico acclama. Annuisce, mastica, scrolla le spalle educatamente. «Vi ringrazio moltissimo», dice. Poi: «Basta, basta!». Sta guardando in su, verso il lato dell'arena. «Ho appena visto delle persone che se ne vanno col cappotto addosso. Signore e signori, questo ragazzino che fa il compleanno non è molto felice. A quelle persone diremo: "Vaffanculo". Uno, due, tre: vaffanculo!». Poi, dopo un ritmo perfettamente scandito: «E adesso, una ballata».

«Siete davvero fantastici stasera», dice mentendo, alla fine di *She's The One*. «Mi sembra di stare lasciando un pezzo del mio cuore qui con voi. Signore e signori, voglio vedere le vostre mani in aria».

E stavolta per *Millennium* la foresta di dita si allunga in fuori fino a diventare un mare. Qua e là sulla superficie si vedono fluttuare giovani sirene rapite e ondeggianti. Dall'altra parte del palco si vede l'enorme sorriso di David. La maledizione di Stoccolma è stata spezzata. Lui e Josie battono le mani selvaggiamente sopra la testa.

Dopo il concerto, mentre Rob e la band si accasciano nei loro camerini nel backstage, con tè o birra o champagne *à choix*, gli uomini dello staff si spogliano fino in vita e si mettono all'opera: devono disfare tutto il duro lavoro che hanno fatto prima, mettere gli strumenti e i monitor nelle custodie, abbassare sul palco le travature reticolari e i ciclorama delle luci, smantellare e caricare tutto nelle "casse da aereo" siglate *RW*, da spingere poi su per la lunga rampa fino ai camion che aspettano fuori.

Mentre questo lavorio continua fino alle ore piccole, Rob e la band si dirigono rapidamente in albergo, e poi alla festa del dopo concerto al Café Opera di Stoccolma, a quattrocento metri dal Grand Hotel, lungo il fiume.

Rob è la star ospite, atteso con impazienza da una folla notturna di gente che chiacchiera seduta attorno ai tavoli nell'elegante salone pieno di piante e con le pareti di vetro. Ovviamente anche la band è invitata, come pure Franksy e Tom. Mentre il contabile avanza sui ciottoli gelati verso il posto illuminato a giorno, viene accostato da due bionde, giovani e slanciate, che sembrano la copia di Elvira Madigan. Non è una cosa che gli succederebbe normalmente. Ma gli devono fare una domanda cui lui è ben abituato durante i tour. Alla festa ci sarà Robb-ieeee?

Tom è felice di fermarsi a chiacchierare un attimo con loro. «Se restate da queste parti, potreste vederlo». Mentre si rimette in marcia, Tom ride. «Ah, le fan, bello mio», dice. Ma spera che le tre ragazze dell'Allarme Pollastrelle di ieri sera vengano alla festa. È stato lui, si scopre, il responsabile della loro venuta in albergo. È dall'ultima volta che è stato a Stoccolma col tour che si tiene in contatto e-mail con loro.

Gli ospiti della festa, il ramo svedese della Emi, la casa discografica di Robbie, lo stanno aspettando in fondo al ristorante, a un tavolo vip dietro un cordone su un palchetto. Se Rob viene, avrà un bel colpo. Al centro del tavolo c'è una fila di bottiglie di vodka luccicanti, circondata da una riserva supplementare di acqua tonica. Una cameriera passa per il tavolo servendo champagne. E chi arriva, salendo con passo leggero dalla pista da ballo su per i gradini a destra? Il trio dell'Allarme Pollastrelle! Tom va incontro alle ragazze a braccia aperte per salutarle.

Dopo circa venti minuti arriva Rob, con Josie, David e i suoi due uomini della sicurezza al seguito: a vederlo sembra un incrocio tra un dignitario e un invalido col cappotto e il berretto di lana. I suoi occhi sfrecciano poderosamente per tutta la stanza, da un membro del tour all'altro, e vedono le loro facce rilassate e i bicchieri di alcolici... C'è un momentaneo fremito di incertezza tra i membri della band e della sua cerchia ristretta riguardo le nuove regole del gioco. Questo conta come un posto chiuso? Rob ne sarà infastidito, tentato, arrabbiato? Franksy ha già visto in passato Rob prendere la decisione di smettere di bere e drogarsi. «Poi magari si avvicinava al bar, tutti gli altri erano lì a bere e c'era una festa, e all'improvviso lui decideva di prendersi una birra. E una volta che si è bevuto un paio di birre, pur senza sapere bene cosa gli scatta

nella mente, una volta che cominci, il grilletto l'hai premuto e a quel punto continui con altre cose».

Uno o due di loro, con cautela, spingono da parte i bicchieri. Ma Rob è tranquillo. Si stanno divertendo, perché non dovrebbero? Stasera ci riesce a vederli bere. Fa il giro del tavolo per unirsi alla sua squadra svedese e si ferma quel tanto che basta perché tutti gli cantino *Happy Birthday*.

Tra i presenti ci sono anche i cinque componenti del team del documentario che seguiranno Rob durante il tour. L'aiuto-regista, Katie Bailiff, è già profondamente affascinata da tutto il mistero di Rob. Anche lei è originaria di Morecambe e pensa che Rob sia molto simile ai ragazzi con cui è cresciuta a casa. Si trova a parlare con Rob allo stesso modo. Lui è una superstar, eppure è anche, in un certo senso, un semplice ventiseienne. «È un misto di due o tre miei amici di quando avevo sedici anni. Uno di loro è molto affascinante e seducente, e Rob è così. Incrocia i tuoi occhi quando tu lo guardi e ti fa sentire... Ti dà un bacio sulla guancia e poi finisce con l'abbracciarti». Ma lei è del parere che dovrebbe veramente portarsi qualcuno in tour che non venga pagato, che sia solo un suo amico.

Guy è un po' indispettito che quella ragazza carina là in fondo sia stata così scontrosa con Rob. «Lui le ha detto che era il suo compleanno e le ha chiesto se lei era andata al concerto. Lei ha risposto solo 'Sì', e basta. Non gli ha nemmeno dato un bacio di buon compleanno».

Fil, nel frattempo, è impegnato in una conversazione più finalizzata, spumeggiante col suo fascino da uomo magro, con gli occhi da serpente, mentre chiacchiera con la più carina del trio Allarme Pollastrelle. Prima della fine della serata, la cosa è progredita e ora stanno pomiciando pesantemente in pubblico. Tom, nel frattempo, nonostante i suoi sforzi eroici sulla pista da ballo, non riesce a concludere granché con le compagne meno attraenti della ragazza.

Alle due e trenta del mattino, le due bionde slanciate sono ancora davanti all'albergo, tremano una accanto all'altra su una sponda rientrata subito accanto alla porta girevole principale da cui si accede all'atrio. Che diavolo stanno facendo ancora fuori al gelo?

«Lo so», ammette Katarina ridendo. «È abbastanza stupido. Le ho viste le ragazze che stavano fuori ad aspettare i Backstreet Boys e ho pensato, Oh mio Dio, che stanno facendo? Io non lo farei mai e poi mai. Ma Robbie è... è...».

«Speciale».

«È molto speciale. È il mio idolo sin da quando ero molto piccola. Avrò avuto dieci anni o giù di lì».

A che ora partirà domani?, mi chiedono.

E com'era prevedibile, sono lì anche il giorno dopo. Katarina aspetta fiduciosa il suo idolo al centro della piccola folla che si è radunata fuori dalle porte girevoli all'ora di pranzo. Mentre cammina a grandi passi verso la macchina, Robbie si ferma a fare un paio di autografi – ma, purtroppo, a loro non li fa.

È da quando aveva sedici anni che convive con l'adorazione di migliaia di ragazze e ormai c'è abbastanza abituato. Nonostante la loro certezza adamantina che lui sia diverso e che loro siano un tipo diverso di fan, lui rifiuta di vedere se stesso (o loro) come speciali. «Non sono io il punto. Sarebbero qui anche per gli Steps o i Westlife se fossero in città. Quelle aspettano chiunque», insiste con aria stanca.

3

«Che io ricordi non
mi sono mai rifiutato
di esibirmi o di
cantare o recitare.

Ma non c'è stato
neanche mai un
momento in cui questo
fatto mi è diventato
chiaro. Ce l'ho nel
sangue e basta.
È sempre stato così»

Un rave a base di succo d'arancia

Mentre Wob, la squadra, e i cinque camion pieni di attrezzature vanno avanti guidando di notte, Rob e la band prendono un aereo per il breve volo (con a bordo delle hostess abbastanza vecchie da poter star tranquilli) sopra i gruppi di isolette dell'arcipelago di Stoccolma e poi sopra un mare argento-oro straordinariamente brillante – con l'enorme ponte tra la Danimarca e la Svezia ben visibile – per poi atterrare sobbalzando a Copenaghen.

Yolanda tiene il naso fisso tra le pagine di un grosso tascabile: *Memorie di una Geisha.* «Sono un'avida lettrice», dice, quasi scusandosi, e mi fa quel suo enorme sorriso. È una delle cose che preferisce di quando si va in tour: avere il tempo per leggere. A casa sua, a Tottenham Hale, con due figli e un marito cui star dietro, non le capitano – fa l'occhiolino – molte occasioni per leggere.

Fil, nel frattempo, sta dormendo. Ieri sera si è portato in camera la più carina dell'Allarme Pollastrelle, dice Tom, con una risata che mal cela la sua invidia.

Oggi è il compleanno di Rob ed è giorno di vacanza, così stasera ci sarà una specie di festeggiamento in suo onore. Mentre il pullman preso in affitto per la band si allontana dall'aeroporto e scivola sull'autostrada per Copenaghen, i membri della band si chiedono che genere di evento che è stato organizzato. «Un rave a base di succo d'arancia?».

Mentre il pullman rallenta nel traffico pieno di biciclette del centro della città, Franksy va al microfono in testa al pullman per spiegare. La festa di Rob si terrà in un locale a pochi minuti dall'albergo, con una "band a sorpresa" che suonerà. «E speriamo che Rob venga e che faccia qualcosa anche lui...».

«Alla sua festa!», dice ridendo Claire dall'altra estremità del pullman.

«Per il resto», continua il Principe delle Tenebre, «auguro a tutti voi una splendida permanenza a Copenaghen. Non vi dimenticate che qui c'è Christiania». Risolini furbi si levano dalla band quando viene menzionata la celebre isola hippie della città, dove i tocchi di fumo li vendono all'aria aperta in "Pusher Street". «State molto, molto attenti», li avverte Franksy, «se ci andate. Evitate di farvi notare, o di girare in branco, o di dire che siete inglesi e suonate in una band. A parte questo, passate una splendida serata a Copenaghen».

Ma quando alle nove i componenti della band si riuniscono al piano di sotto nel bar dell'albergo, la festa è andata all'aria. Rob ha saputo che i paparazzi l'hanno scoperto e che assedieranno il posto, quindi non ci andrà. La moglie di Guy è venuta a sorpresa da Londra, quindi neanche lui ci andrà. E non ci sarà nemmeno il batterista Chris. Forse, dice Fil ridendo, è andato a Christiania e non è più tornato. Ma in ogni caso, di "band a sorpresa" a questo punto non se ne parla. Quindi, gli altri vogliono andare lo stesso?, chiede Franksy. Forse dovremmo semplicemente andare tutti in camera di Rob?, suggerisce Gary. Non possiamo andare tutti su, dice Fil, e comunque, lui berrà acqua. Quindi sì, la maggioranza vuole andarci lo stesso e dare almeno un'occhiata alla festa. Mentre il gruppo si dirige fuori dalla porta principale, Katie Kissoon risale discretamente in ascensore.

Al locale i membri dello staff si sono presentati in forza, numerosi, in modo allarmante, vestiti con colori sgargianti. Si mischiano entusiasti alla folla locale invitata per l'occasione, anche se è difficile capire chi di loro è una celebrità e chi è un semplice mortale. Di sicuro si vedono dei tagli di capelli fantastici. Tutti sentono un bisogno disperato di una band che suoni, e alla fine i membri ubriachi dello staff ne mettono su una: Fil è l'unico componente serio.

«Signore e signori», annuncia il primo cantante "Little Jez" (il tecnico macrocefalo e bassetto dello Yorkshire che si occupa della chitarra di Gary). «*Nirvhana*!».

Segue un baccano simile a una strada piena di coperchi di cassonetti della spazzatura che sbatacchiano. «Batley Entertainments dal vivo!», urla Jez sopra il frastuono. Fil, disgustato dal chiasso che stanno facendo i suoi compagni di band, storce il naso sempre più. «No, no, no-o-o!», si lamenta, alzandosi in piedi e abbandonando il palco.

Rob alla fine non viene. Resta nella sua stanza d'albergo a giocare a carte con Marv, Jonah, David, Josie, Guy, Chris, e in più, stasera, Emma, la moglie di Guy. «Era surreale», dice Guy. «Noi che ce ne stiamo tutti insieme in camera di Rob a giocare a Uno e bere acqua. E la gente a casa probabilmente pensa che abbia passato il compleanno a sfasciarsi in qualche locale scopandosi due pollastre». Guy ridacchia. «Cosa che per altro avrebbe fatto tranquillamente, fosse stato un altro anno».

«Comunque i compleanni non contano niente per me», dice Rob. «È solo un giorno in cui per caso sono nato io, niente di più. Quindi niente storie tipo, Stasera non sta bevendo, forse dovrebbe, magari gli manca perché è il suo compleanno. È stata semplicemente una sera del tour, come qualsiasi altra».

«Mi è capitato in passato di andare completamente fuori di testa il giorno del mio compleanno, come no. È come una scusa in più o un biglietto omag-

gio fare il matto per un paio di giorni. Ma quel biglietto omaggio avrei potuto averlo anche solo perché era martedì, o perché c'era la luna piena. Specialmente se c'era la luna piena. Quella era sempre la scusa migliore. 'Wow, c'è luna piena. Questo mi fa ammattire perché ci credo a tutta quella roba spirituale, quindi stasera mi compro tre grammi in più'».

Autostima

È mercoledì 14 febbraio. Il giorno di San Valentino a Copenaghen. Le strade sono piene di mazzi di fiori. Palloncini rossi a forma di cuore con su scritto "*Jeg Elsker Dig*" stanno sospesi a gruppi agli angoli delle bancarelle del mercato. Il posto del concerto è uno stadio più piccolo e più piatto di quello di Stoccolma. Ci sono rose rosse nei lunghi vasi in un angolo dell'area di accoglienza.

Nel suo camerino, prima dello spettacolo, Rob sembra tranquillo, stravaccato su uno dei divani in similpelle, a strimpellare la chitarra e parlare della sua ascesa da membro sottovalutato dei Take That alla sua attuale condizione di superstar.

«Quando Tim e David vennero a casa mia la prima volta io non ero altro che un mostro di cocaina e birra», ricorda con una risata. «Non mi lavavo e avevo la barba lunga e un cespuglio di capelli, davvero, ero semplicemente imbarazzante. Mi sono seduto con loro e ho iniziato a leggergli delle poesie che avevo scritto. E vedevo le facce che facevano. Sapevo che quelle poesie funzionavano, perché molte volte, quand'ero strafatto, le leggevo alla gente nei bagni pubblici, oppure, sai, alle feste. Mi ricorderò sempre di una volta che ero davvero ribaltato: afferrai Bono e George Michael e li feci entrare in una stanza un po' appartata perché ascoltassero i miei versi. E ha funzionato anche con Tim e David. Le vedevo le loro facce che si illuminavano».

«Cominciai a scriverle quando ero nei Take That. Sapevo di avere un po' di talento, perché di solito i ritornelli li scrivevo io. Mi scrivevo queste canzoni nella testa. Ricordo che passeggiavo per Dean Street a Manchester, dove ci sono un sacco di prostitute. E scrissi di loro. Quella canzone la cantai per telefono a Gary Barlow, e poi gli chiesi: 'Che ne pensi?'. All'altro capo sentii solo silenzio». Rob passa a imitare la voce di Barlow. «E poi: 'Non è niente male, ragazzo'. Poi Gary riferì a qualcun altro: 'Quel Robbie ha cominciato a scrivere roba. Sarebbe fico se avessimo un gruppo rock'».

«Poi scrissi un rap per la fine di una canzone intitolata *Once You've Tasted Love*, che fu un *non-hit* dei Take That dei primi tempi. Mi ricorderò sempre di averla sentita alla radio e di essermi messo a piangere, perché stavano trasmettendo una cosa che avevo fatto io. In quel momento ero nel retro di un camioncino sulla M6. Ma presto fu molto chiaro che qualunque tentativo di comporre veniva scoraggiato. Da allora capii che non era quello il mio ruolo. E poi non mi sentivo molto bravo, così non ci provai neanche.

«Poi, mi ricordo che eravamo a Dusseldorf, durante un tour europeo con i Take That, e mi sentivo molto triste. Per tutto quello che mi succedeva intorno, la posizione in cui mi ero messo. Così cominciai a scrivere poesie per liberare almeno un po' dell'energia che avevo dentro. Pensai semplicemente: io valgo, ho del talento».

Questo lato privato e insicuro appartiene a un uomo che è una creatura assai diversa da quella che faceva emozionare la folla con tanta bravura due sere fa a Stoccolma. Ma piuttosto che sorvolare sull'argomento della sua insicurezza, o relegarlo con fermezza al passato, Rob alza lo sguardo: i suoi occhi non sono più irrequieti e sfuggenti, ma mi guarda dritto con una sincerità trasparente.

«Sai», dice, «non ho la minima stima per niente di quello che ho fatto – è come una malattia. Mi riesce molto difficile stimare una qualsiasi delle cose che ho creato. E ancora di più quando mi trovo in piedi davanti a tutta quella gente. È un tale peccato, cazzo. È un tale enorme peccato che io abbia così poca autostima da non riuscire a rilassarmi e godermi veramente quello che sta succedendo. Sono in una grande arena, il pubblico canta le mie canzoni. Per chiunque ami questo genere di cose sarebbe fantastico».

«Molto tempo fa mi sono costruito una maschera dietro cui nascondere le mie insicurezze, e quella maschera è cento volte più grande di me. Qualunque immagine io dipinga della persona che loro credono io sia, ovvero qualcuno da cui mi proteggo mettendo su uno scudo – vanitoso, impudente, sicuro di sé, arrogante – quello non sono io. Rob è diverso da Robbie. Robbie è quello che sale sul palco ogni sera e dice, 'Permettete che pensi io a farvi divertire'. Quando non sono sul palco non mi verrebbe mai di proporre a qualcuno di intrattenerlo». Fa un sorriso tenero. «Sarei terrorizzato che mi rispondesse 'No'».

Reggere questa messa in scena ha uno scotto da pagare però, e Rob è profondamente stanco dei tour.

«Quante volte lo devo fare», riflette, «prima di arrivare finalmente a capire davvero che mi fa star male? Altra gente sembra gestirsela meglio. Però guardo Madonna e penso: Perché continua a farlo? Cos'è questo bisogno costante di cambiare? Ha quarant'anni ormai. È bellissima... straordinaria. Ma io penso: Perché sente ancora il bisogno di farlo?».

«Potrei sabotare tutto molto facilmente. Potrei dire: 'Odio tutto questo e non voglio farlo mai più'. Poi starei un anno in vacanza e penserei: 'A dire il vero, mi sento molto meglio adesso. Ci sono un paio di cose nella mia vita che ho risolto', e magari riuscirei a godermela. Al momento però mi sentirei solo di sabotare tutto».

Rob guarda avanti a sé ed è tanto ovvio quanto preoccupante che parli sul serio. «Se diventa troppo durante questo tour, me ne andrò e basta».

Preghiera a Elvis

Al momento dello spettacolo, però, non potresti immaginare neanche lontanamente l'ansia di un'ora prima. Il Rob pieno di dubbi, infelice, è stato sostituito dal Robbie gasato, che guida con polso la band, mentre si preparano al concerto con un rito di incoraggiamento che fanno nel backstage, nel corridoio fuori dai camerini. Ci sono Robbie, la band al completo, David, Josie, Flo la guardarobiera francese, Marv e Jonah, i ragazzi della sicurezza, e chiunque capiti da quelle parti: braccia sulle spalle a formare un gran cerchio, ginocchia leggermente piegate, uniti in una preghiera dello showman al Re del rock'n'roll. Nessuno, Rob insiste particolarmente, può restare fuori.

«Elvis», intona Rob, «concedimi la serenità per accettare le cose che non posso cambiare...».

«Aha!», rispondono gli altri, e intanto fanno scattare le ginocchia a sinistra.

«Il coraggio di cambiare le cose che posso cambiare...».

«Aha!», fa il ritornello, mentre le ginocchia della comunità scattano a destra.

«E la saggezza per riconoscerle».

«Grazie mille!», urla il gruppo.

Poi, seguendo Franksy e la sua torcia elettrica, procedono in fila eccitati lungo la linea di frecce bianche incollate sul pavimento dell'arena. Davanti ci sono gli applausi e le urla della folla, che per quanto forti non riescono a coprire la musica del riscaldamento serale: *Fat Bottomed Girls* dei Queen. In questo baccano vorticoso, eccitante, la band prende posizione sulla pedana. Rob, nel frattempo, aspetta sotto il palco seduto sul suo trono luminoso, pronto a essere lanciato su nella gabbia d'argento al centro del set.

È un ambiente strano, scuro, piccolo e cavernoso, questa stanza sotto il palco. Sulla parete di fronte sono incorniciate le foto degli eroi di Robbie, numerati da uno a quattro. Sono Frank Sinatra, Sammy Davis Jr, Mohammed Alì e Dean Martin. Mentre fuori gli applausi raggiungono il culmine, Rob passa correndo davanti a loro col suo abito nero e gli porge un rito di omaggio. «Li bacio tutti», dice, «perché in momenti diversi della mia vita mi hanno tutti dato il coraggio e l'ispirazione per diventare una persona migliore. Anche senza contare che Mohammed Alì è stato un grande atleta, probabilmente il più grande che il mondo abbia mai conosciuto, ti ritrovi con un uomo che ha avuto un tale

«L'ho già detto che il mio papà perfetto sarebbe un misto di questi quattro? Frank, Dean, Sammy e Mohammed Alì.

Oddio, ritiro tutto.

Non credo si possa avere un papà perfetto. Non si può. Gli esseri umani, per natura, sbagliano. Uno può solo provare a essere il meglio che può» coraggio, che per tutta la vita si è battuto per le cose in cui credeva. Alì era ed è un profeta. Era affascinante e sapeva parlare, era bello ed era veloce. Mi dà forza vedere una persona del genere. E cerco di assorbirne lo spirito il più possibile prima di salire sul palco, perché ne ho bisogno, ne ho davvero bisogno».

«Poi bacio Frank Sinatra. Aveva una voce straordinaria. Mi fa anche paura, perché aveva dei legami con la Mafia e aveva un lato oscuro che mi suona familiare e che riesco a capire. Ma era anche un leader nato e la gente lo rispettava. Era uno showman talmente straordinario che non doveva fare niente. Gli bastava stare lì e cantare. Cerco di far mio un po' del suo carattere e del suo potere. Poi Dean Martin: lui mi piace da impazzire semplicemente perché era buffo. È il genere di persona che uno vorrebbe come padre, se non fosse stato un alcolista. Se potessi scegliermi uno di loro come padre, lui sarebbe il migliore di tutti e quattro».

Rob lancia pugni in aria, guarda in alto, in basso, ai lati, Marv e Jonah gli sono subito accanto. Lui dà la mano a Marv, poi si sistema sul suo trono, guarda dritto avanti a sé, con gli occhi mezzi chiusi, la testa che sobbalza appena, le braccia che pendono abbandonate. «Stai per salire sul palco», dice, «e sta suonando *Fat Bottomed Girls* e la chitarra ti entra nell'anima e le parole ti pompano in testa». C'è un altro enorme applauso – il kabuki nero si deve essere aperto. Lui sorride tra sé e annuisce mentre sente gli accordi vibranti di apertura di *Let Me Entertain You*. Ora Franksy gli sta di fronte, mezzo inginocchiato come se Rob fosse il Papa. Franksy bacia la mano a Rob e Rob la bacia a Franksy. Rob sorride tra sé sentendo il boato del pubblico. Ha gli occhi chiusi. Il microfono stretto lievemente nella mano destra – poi, *whoa!* Il sistema di contrappesi è scattato e lui è partito, lassù – Robbie Williams lo showman – nella luce forte del palco, con la vista su più di diecimila volti, che agitano le braccia, un mare di eccitati consensi.

Esce dalla sua gabbia e scende i gradini a grandi passi, sicuro di sé.

> Hell is gone and heaven's here
> There's nothing left for you to fear
> Shake your arse come over here
> Now scream...

[L'inferno è passato e il qui c'è il paradiso/Non hai più niente di cui aver paura/Muovi il culo vieni qui/Ora urla...]

«'Fanculo a me», dice alla fine di *Let Me Entertain You*, ritirandosi verso la predella della batteria per ristorarsi con un sorso d'acqua. Con *Leave And Let Die* il pubblico si mette a lanciare bicchieri di carta. Con *Better Man* Rob si guadagna una rosa lanciata ai suoi piedi.

Mentre Robbie fa il suo numero – sceglie singole persone da guardare con adorazione, fa espressioni impudenti, dice loro che sono fantastici, gli chiede di cantargli *Happy Birthday*, tende il microfono verso di loro mentre gli cantano le sue parole, ride mentre chiede alle ragazze di tirar fuori le tette per *Forever Texas* – sembra impossibile credere che è tutta una facciata, che lui – a qualsiasi livello, Robbie o Rob – non si stia divertendo.

Tra *She's the One* e *Millennium* si mette dritto come un palo e urla, «Eh-oh!».

«Eeeeeeeeh-oh», gli fa eco il pubblico, fiducioso.

«Eeeeeeeeeeeeeeeeeeeeeeeeeeeeeeeeeeeeeeeh-oh!». Tiene la nota per dieci lunghi secondi. E loro rispondono a tono. Le luci puntano sulle facce del pubblico mentre cantano in risposta, un esercito di occhi brillanti e in estasi. Si sente un urlo colossale, subito sotto di lui. «Mamma, così mi metti in imbarazzo», dice lui scherzando. Comincia *Millennium*, e il consueto mare di dita riempie l'arena.

Franksy annuisce e sorride mentre guarda questa scena stupefacente. «Pubblico caldo, non è vero?». Scuote la testa. «Da far venire i capelli dritti persino a un vecchio stanco come me, cazzo», dice, accennando alla sua nuca.

«Non so che dire», dice Robbie al pubblico. «Mi sto divertendo tantissimo. Sono appena stato in Svezia», continua, provocando un enorme *boo* quando nomina quel nemico storico, «e vi giuro che lì non ci torno. Ho suonato a un funerale, una volta, e a quel funerale c'era più vita che nel pubblico di ieri sera. Non sapevano nemmeno le parole della prossima canzone. È un sacrilegio».

Ma i danesi le parole le conoscono. Stasera gli cantano *Angels*, un gran ruggito dall'arena mentre lui se ne sta in piedi fumando disinvolto, mettendosi le mani a coppa dietro le orecchie per incoraggiarli. Alla fine della canzone fa scattare la mano destra verso il cielo chiusa in un pugno.

Per tre secondi resta immobile come una statua.

Si china tra gli speaker. Poi si tira su e se ne va, con la band che lo circonda, e si dirige verso Franksy e la sua torcia. Mentre cammina a grandi passi dietro le quinte, guarda dritto verso di me, sollevando le sopracciglia.

«Questo me lo sono goduto», mi dice.

La tensione si scioglie

Tornati in albergo c'è una cena post-concerto – panini e zuppa di pomodoro – in una sala da pranzo rivestita di pannelli di legno che si trova oltre l'atrio.

MAN
M XL 433

Tel. 089 13 42 39
MAN
M XL 433

Tel. 089/13 42 39
MAN
M XL 433

Attraverso una porta da cui si accede a una stanza privata, Rob siede tranquillo con David e Josie. Entro pure io e gli do il regalo di compleanno che avevo incartato ieri nell'atrio del Grand Hotel di Stoccolma: un paio di palle antistress rosse e dorate in una scatola. Rob si mette subito a giocarci, muovendole abilmente nel palmo e facendole tintinnare.

Nella stanza accanto, i musicisti sono ancora adrenalinici, eppure, allo stesso tempo, esausti. Claire è seduta con Tess e Katie, che ha infranto la sua regola e ha davanti a sé un bicchiere pieno di vino. Dopo tre sorsi mi svela, ridendo, che è stata lei a cantare il famoso successo *D.I.S.C.O.* durante una seduta di registrazione, con suo fratello.

Al tavolo accanto, Tom sta intrattenendo una modella che lui e Fil hanno incontrato ieri sera alla festa di non-compleanno di Rob, e un ragazzo pulitino che indossa un paio di occhiali neri. «Era un po' tonta, ma molto dolce», dice Tom dopo. «Stavo chiacchierando con lei al locale e l'ho invitata al concerto, sperando che magari potevo cavarci qualcosa. È venuta e io ero convinto che una biondona tutta gambe come quella si sarebbe portata un'amica molto carina oppure il fidanzato: era il giorno di San Valentino. E invece vai a immaginare che la tipa si presenta col fratellino».

«Non sempre ci pensi, ma Andy Franks ti ci fa pensare, che quando porti qualcuno di estraneo all'organizzazione, sarebbe proprio il caso di far sapere a Rob di chi si tratta, per gentilezza. A quel punto sapevo che non sarei arrivato comunque da nessuna parte con quella ragazza. Così sono andato nella seconda stanza, dov'erano seduti Rob e gli organizzatori, e ho detto, 'Rob, volevo giusto farti sapere che ho portato qui una ragazza, è venuta con suo fratello, ed è molto carina'. Poi ho detto, senza tanti giri di parole: 'Non ho uno straccio di possibilità con lei. È davvero una sventola, ma non sembra molto sveglia e io a quanto pare non riesco a concludere granché. Per favore liberamene'». Così dopo un paio di minuti è arrivato lui. Si è messo a girare per la stanza occhieggiandola da lontano, cercando davvero di farle gli occhi dolci. Ma lei era così tonta che non afferrava. O magari non le importava, non lo so.

«Voleva un autografo su un tovagliolo. Così lui le ha preso il tovagliolo e le ha parlato un po'. Le ha fatto l'autografo. Lei si è incamminata verso l'uscita. Poi lui le ha detto, 'Ehi, aspetta, ho dimenticato di scriverci un p.s.'. E io ero seduto dietro di lei, quindi quando lei l'ha aperto ho visto il p.s.. C'era scritto: 'p.s.. Il mio nome all'albergo è signor Tal dei tali e sono nella stanza X e mi farebbe piacere vederti stasera'. E io penso, Ok, magari così funzionerà finalmente. Ma poi lei ha detto che suo fratello si sentiva un po' male e che tornava a casa, e questo è quanto. Immagino che fosse solo una ragazza dolce e carina. Me l'ha chiesto, però. Mi ha chiesto cosa voleva dire. E io le ho risposto, 'Dai, lo sai cosa vuole dire'. E lei era tipo, 'Che significa? Sarebbe a dire che vuole fare sesso?'. Io ho detto, 'Certo: è un uomo'».

Mentre Rob si accontenta di una morigerata partita a Uno in camera sua, dall'altra parte della città, nel locale notturno più alla moda di Copenaghen, il ramo locale della Emi sta dando una festa in suo onore. In assenza della star, le creature notturne dalle acconciature spaziali che affollano questo spazio trendy occhieggiano Tom e Fil. Quest'ultimo è tutto concentrato su una di due bionde che ha agganciato all'ingresso. Ridono e annuiscono tra loro con la classica eccitazione di quando si fanno nuove conoscenze. Alla terza bottiglia di champagne si stanno tenendo per mano. E quando alle tre tutti proseguono, stringendo palloncini rossi a forma di cuore di San Valentino, verso un bar notturno nella zona trendy di Nørrebro, loro non si fermano a lungo. «La fan e la popstar», dice l'amica di lei, scrollando le spalle. «È inevitabile».

In questa sua nuova vita sobria Rob ha ancora dei momenti di nostalgia. «Ci sono un paio di persone con cui mi manca andare fuori a ubriacarmi, e Fil è una di quelle. È decisamente il più estremista della band sul fronte sbronze. Ci ficcavamo sempre in qualche pasticcio, ma alla fine era sempre un pasticcio divertente. Non mi va di rievocare i giorni in cui bevevo come se fossero stati divertenti, perché molti non lo erano affatto. Il novantacinque per cento sicuramente non lo era. Ma lui è in assoluto il miglior compagno di sbronze che si possa desiderare. È buffo. Dolcissimo. Ha un talento straordinario. Piace alle ragazze. Per lui il sesso è un'ossessione, una cosa che deve fare. Come del resto è – anzi era – anche per me».

4

«Il 'me' sul palco e il 'me' fuori dal palco sono come capra e cavoli. Sul palco sono una star piena di carisma. Fuori dal palco non mi viene un accidenti di niente da dire a nessuno.

Non so come parlare alla gente. Ed è stato sempre così, che io mi ricordi, a parte quando ero piccolo. Quando ero il Robbie-pieno-di-amici»

Il mondo di Robbie

Il pullman del tour di Rob sta aspettando davanti all'albergo di Copenhagen. Dietro i vetri scuri ci sono due piani, ciascuno con una zona giorno. Al piano inferiore c'è un tavolo al centro, circondato da una lunga fila di sedili imbottiti rivestiti di una stoffa policroma che di sicuro è stata ideata da uno che si stava facendo un viaggio acido particolarmente vivido. C'è una grossa tv, un mucchio di video e Dvd, un bollitore, delle tazze, una ciotola di frutta, un'altra di dolci, una credenza piena di tè e caffè e zucchero e altra roba, e un bagnetto vicino alla porta. Su per la stretta scala a chiocciola, a un'estremità, c'è una zona giorno simile all'altra, poi file di cuccette chiuse da tende con due strati su ogni lato che arrivano fino al davanti, dove si trova un altro tavolo tra due panche imbottite, al di sopra della testa dell'autista.

Mentre, col suo berretto di lana, cammina veloce attraverso il solito fuoco incrociato delle fan coi loro quaderni per gli autografi, Rob invita una sosia di Bjork a salire un attimo al piano di sopra. «Perché gli ha detto qualcosa di carino», dice Josie, «e Rob voleva regalarle il suo berretto».

Marv e Jonah tengono sotto stretto controllo la situazione. «La ragazza è ancora a bordo», dice Marv a Jonah, che è in piedi davanti alla porticina centrale del pullman, a tenere a bada le altre fan. «Mi ha citato le parole di una mia canzone molto triste che mi piace moltissimo», dice Rob dopo che lei se n'è andata. «*Killing Me* del primo album. E dagli occhi si capiva che ci si era immedesimata – e pensavo a come mi sentivo io quando ho scritto quella canzone, o come mi sentivo quando me la suonavo le prime volte e mi rendevo conto del casino in cui mi trovavo. Mi ha commosso. Il fatto di averla commossa, con le mie parole. Per me significa molto».

David, nel frattempo, sta ridendo di Fil, manda stravaganti baci d'addio alla bionda di ieri sera mentre sale sul pullman del tour dal retro. «È sempre molto sentito, l'addio», dice ridacchiando.

Mentre corriamo attraverso la campagna piatta e verde, Rob sta al piano di sopra con David, Josie, Guy e il batterista Chris, il ragazzo di bottega di Birkenhead. Rob lo chiama il suo piccolo amico, «Anche se ha dieci anni più di me. Sta a casa mia a Londra ogni volta che proviamo, ogni volta che facciamo qualunque cosa, a dire il vero. Mi piace averlo attorno. È considerato il miglior batterista del mondo, che è una battuta che facciamo sempre tra i membri della band. Ma ho chiesto a un paio di batteristi chi pensano che sia il miglior batterista del mondo e mi hanno risposto Chris. È l'incarnazione di Keith Moon».

Chris non è d'accordo. «Non c'è rimasto nessuno dei batteristi bravi», dice. «Keith Moon, Buddy Rich, Gene Krupa – sono tutti morti». Suona la batteria da quando all'età di otto anni gli fecero provare durante una crociera. Il batterista della nave rimase così impressionato che regalò a quel ragazzetto una vecchia batteria, e nel giro di un anno Chris suonava in una band di ragazzi. «Era un ottimo modo per fare uscire di casa mia madre e mio padre», dice. «Non uscivano mai prima che cominciassi a suonare la batteria. Andavano nei locali e si elettrizzavano quando la gente diceva, 'Ooh, guarda quel batterista com'è piccolo'. Perché avevo nove anni, ma ne dimostravo cinque».

Chris è stato con Rob sin dall'inizio della sua carriera da solista. Era nei World Party insieme a Guy, e Guy lo chiamò a dare una mano con il primo demo di Rob. «Abbiamo fatto qualche jam session in giro e ci siamo esaltati a vicenda», ricorda. «Mi ha ispirato parecchio. Rob ti fa un effetto che non si può spiegare. Il cosiddetto fattore X. Ha un carisma speciale. Col tempo un po' si consuma, perchè per me il più è stato l'effetto sorpresa. Magari se entrasse un tizio delle pulizie durante le prove probabilmente mi farebbe lo stesso effetto. Ma con Rob l'effetto è decuplicato, perché ti dà l'anima. Una vera star è questo: una persona che riesce a fare una cosa del genere».

Nella sala al piano di sotto, Marv e Jonah sono seduti uno di fronte all'altro sui divani psichedelici, e fanno la guardia ventiquattr'ore su ventiquattro all'uomo cui si riferiscono come al "Principale". Rob ammette che è un modo molto particolare di vivere. «È una follia, in realtà. Ma li ho assunti perché prima ero così paranoico che non riuscivo a dormire. Mi toccava chiamare David nel bel mezzo della notte e lui veniva a prendermi e mi portava via. Alla fine andavo a casa sua o in albergo. Poi ho pensato, al diavolo, posso permettermi di avere qualcuno che stia con me. E in questo modo si spera che mi passi quel senso di paranoia che mi assale nel mezzo della notte. George Harrison, Jill Dando, Brad Pitt. È infinita la lista di tutti i pazzi che ci sono là fuori. E sanno tutti dove abito. È di pubblico dominio. La gente mi viene a suonare alla porta tutta la notte, cosa che ovviamente mi sveglia».

Marv e Jonah ci tengono a sottolineare che non sono le classiche guardie del corpo che lavorano nel mondo della musica. È evidente che non sono né dei "duri" né dei "pompati", ma dei Cp, *Close Protection*, a stretta sorveglianza. Altri clienti dell'agenzia diretta da Marv e Jonah includono «diplomatici,

GIOVEDÌ 15 FEBBRAIO:
COPENAGHEN – AMBURGO.

GIORNO LIBERO

ARRIVO: 17,34

(A SECONDA DEL TRAFFICO, DEI TRAGHETTI E DELLE MAREE – E SE GLI AUTISTI RIESCONO A TROVARE AMBURGO!)

ROB SUL PALCO: OGGI NO, GRAZIE.

NOTE
STATE ATTENTI CHE AMBURGO È UN LUOGO DI VIZIO E DI PERDIZIONE, QUINDI POTRESTE ANCHE NON TROVARMI PIÙ.

BIP BIP
ORDINE DEL GIORNO

«Le ho detto, 'Senti,
abbi cura di te, ma
per favore, pensa
a te stessa'.
E non intendevo
'Pensa a te' col punto
esclamativo, gliel'ho
detto sinceramente,
con affetto.

'Vai e fatti la tua vita,
perché questa qui
non è la vita vera'»

importanti affaristi, politici». La natura del loro modo di lavorare, spiegano, è prevenire gli incidenti che stanno per succedere, piuttosto che rimediare dopo che sono accaduti. Quello che la maggior parte degli uomini della sicurezza non fa è il lavoro che c'è dietro, la pianificazione. «In questo modo», spiega Jonah, «sai dove sono le uscite di un albergo: hai già calcolato i percorsi, i tempi, hai già visto chi c'è per strada, fan, giornalisti, quante macchine fotografiche ci sono».

Sia riguardo al loro cliente sia riguardo a se stessi sono la discrezione personificata. Sì, dicono, si sono conosciuti nei Marines. E sì, ci sono delle unità tra i Marines che sono equivalenti alla Special Air Service.

«Era di questo genere di unità che facevate parte voi?».

«No comment», dice Jonah, col sorriso tirato. Poco dopo Marv accenna a «molti degli amici dell'esercito che purtroppo non sono più con me».

«Quando dici che non sono più con te...?».

«Come dire che sono al Creatore».

Chiaro.

Ma a loro piace lavorare per Rob, dicono. La sua organizzazione è molto professionale ma anche molto simile a una famiglia. «Noi siamo arrivati da fuori», dice Jonah, «e siamo stati accolti come parte della famiglia. E non capita quasi mai di stare svegli fino alle sei del mattino, o alle feste fino a Dio solo sa che ora, o camere sfasciate, quel genere di cose. Non succedono e basta. Invece ce ne stiamo a giocare a Uno fino alle tre, le quattro del mattino».

A un certo punto durante il viaggio, Rob viene al piano di sotto per usare il bagnetto. Ne riemerge canticchiando tra sé e sé. «*The past is all behind you-ou* [Il passato è tutto alle tue spalle], canticchia. «Ho appena scritto una nuova canzone», dice a Guy, che è al microonde a scaldare un po' di pasta. «*The past is all behind you-ou*... Dov'è la chitarra?».

«Al piano di sopra».

Tornano insieme su e al piano di sotto arrivano le note di una jam session creativa. Dopo un po' Rob scende e si mette a curiosare nella zona della cucina. «Tra mezz'ora ci sarà una partita di Uno», dice. «Dieci sterline per giocare».

Ma il pullman arriva al traghetto per la Germania prima che venga fatta la chiamata, e scivola nello spazio assegnato nella sezione sotterranea dei camion piena di gas di scarico. «Jonah», grida all'improvviso Marv dal piano superiore, «sta uscendo a fare una passeggiata».

I due scattano in azione. Si affrettano a indossare l'equipaggiamento: cuffie, auricolari, cappellini da baseball, un grosso marsupio in vita con dentro Dio solo sa cosa. Poi Jonah esce, e i due danno una dimostrazione delle tecniche di "Stretta Sorveglianza" in azione: controllare gli altri veicoli e le persone nelle cabine dei veicoli, l'accesso all'ascensore per salire sul ponte. Ma poi si sente un altro urlo di Marv. Rob ha cambiato idea. Dopo tutto non gli va di andare a fare una passeggiata. Missione abortita.

Tre ponti più su c'è una meravigliosa giornata di sole primaverile. David, Franksy e Fil sono sul ponte di prua a godersi la libertà dell'anonimato che Rob non ha. Oggi hanno un'aria molto più rock, Franksy ha un cappellino da baseball e una giacca di pelle, Fil ha un paio di occhiali da sole a fascia e jeans. David fa per entrare in ascensore con un quartetto di vecchiette tremolanti. «Che fai, te le porti in camera?», urla Franksy e David torna indietro. Si fanno un sacco di risate a immaginare queste ultrasettantenni tutte gobbe, con le loro giacchette a vento, come groupie di David.

Quando i due pullman del tour scendono dal traghetto, tutti e cinque i membri della troupe che sta girando il documentario montano sul pullman di Rob, con tanto di telecamere e di enormi microfoni pelosi – e si ammassano come mosche contro la parete. Ci rimettiamo in moto e dopo un paio di chilometri Rob riappare sulle scale. «Avete dei soldi?», chiede. Servono dieci sterline per giocare alla partita di Uno che comincia tra cinque minuti.

Tutti si siedono nella piccola cabina al piano di sopra. Anche se è vestito in modo sportivo, con maglietta e jeans, Rob sembra stranamente teso oggi, e continua a farsi girare le due palle tintinnanti antistress nei palmi delle mani, guardandosi attorno agitato nel piccolo salotto come se stesse seguendo una farfalla intrappolata. Fuma una sigaretta dietro l'altra e il disagio è tangibile. Ma non puoi fare a meno di provare simpatia per lui. Sta facendo tutto il possibile, tranne bere, per agevolare le cose tra le persone che ha attorno e che la celebrità gli ha imposto. «Uno!», urla Rob. Ha vinto. Poi: «Uno!». Ha vinto di nuovo.

Chi arriva a 250 punti esce dal gioco. Ma il pullman arriva ad Amburgo prima che qualcuno sia anche solo vicino a quel punteggio. «D'accordo, sapete che facciamo?», dice Rob al gruppo. «Ci vediamo in camera mia tra cinque minuti e finiamo la partita, ok?». Fa il suo famoso sorriso all'insù e quel gesto efficace che fa sul palco alla fine di *No Regrets*, come l'alt di un regista: abbassa le mani di scatto, con gli indici puntati in fuori. «Perché è il mio tour».

Così alle sei e mezzo in punto, si vedono tutti nella suite di Rob nel nuovo, splendido albergo, dove l'atrio gigante al piano di sotto, pieno di quadri di paesaggi mitologici con cornici dorate, con la moquette rosa e azzurra a fiordalisi e le poltrone di un sobrio rosso cupo, è già gremito di gruppi di fan tedesche

tutte in tiro. Rob ha ripreso a fumare, maneggiando le palle antistress. «Tavolo di cristallo», osserva con Josie sorridendo beffardo, mentre viene distribuito il primo giro di carte.

La partita a Uno continua. Avendoci radunati di nuovo, Rob non ci manderebbe mai via, ma l'atmosfera intima del pullman adesso è svanita, e sembra che Rob stia facendo semplicemente il suo dovere per educazione. A un certo punto si alza in piedi, si avvicina alla finestra alta e la apre. Un'aria gelida inonda la stanza. Diventa freddo, e la tensione cupa dell'occasione peggiora. Nessuno dice, come farebbe in qualunque altra situazione: «Ehi, Rob, vediamo di chiudere quella cazzo di finestra, che ne dici?».

Viene portato un carrello con una bistecca e un fiore in un vaso. Rob si alza, prende la bistecca, la porta al tavolo da gioco e la trangugia frettolosamente mentre giochiamo. Si percepisce il suo desiderio di liberarsi da tutto questo, tutta questa gente che lo circonda, che vuole sempre prendersi un pezzetto di lui.

«La gente non gli dice mai di no», dice Josie, «perché Rob non chiede mai cose ridicole. Non ha richieste esagerate. Lavora sodo e non c'è ragione di rispondergli di no».

«A Rob dico sempre», dice David: «'Se tu volessi un elefante per svagarti nel backstage, io ti andrei a cercare un elefante'. Ci scherzo, ma è vero. Sta tutto nel tenerlo di buon umore, davvero. E sembra una cosa da gran ruffiani, ma in realtà non lo è affatto, perché sappiamo tutti che alla fine dei conti, alle nove di sera, lui deve salire là sopra e fare il suo lavoro. Ed è un lavoro maledettamente stressante. Quindi, con tutta franchezza, se gli viene voglia di andare a giocare a crazy golf, o di andare ai go-kart, o di giocare a calcio, o qualunque cosa abbia voglia di fare, noi la facciamo. Lui lo chiama il Mondo di Robbie – non il Mondo di Robert – dove in pratica ha un mucchio di gente pronta ad accontentare ogni suo capriccio. E questo va bene, se non fosse che la realtà non è esattamente così. Non si può vivere in quel modo. Spessissimo un sacco di band si fanno fregare perché vivono in questo mondo straordinario. Ma alla fine sono persone che stanno lì fuori a fare il loro lavoro per un periodo di tempo ben determinato, e la gente ti sta dietro perché sei tu che gli fai portare a casa pagnotta».

«Ovviamente non può uscire per strada e andare a fare spese come chiunque altro», dice Gabby Chelmicka. «Andy Franks è un genio nel trovare distrazioni: lo chiamiamo Mister Straordinario».

Quindi stasera Franksy ha organizzato una gita di gruppo al cinema inglese di Amburgo per vedere *Hannibal*, che è appena uscito nelle sale – ma non è certo la cosa tranquilla che potrebbe fare un ragazzo qualsiasi. Jonah e Marv hanno già lasciato la partita di Uno e si sono congedati per andare a fare una ricognizione del posto, controllare le uscite e le entrate, vedere chi c'è nel foyer e fuori per strada. E quando arrivano Rob e la band l'Operazione Gita al Cinema è completamente pronta. Il pullman del tour non si ferma sul davanti, dove ci sono luci e code e ogni seccatura possibile, ma si ferma sul retro, alle porte grigie e consumate dell'uscita di emergenza. Rob scende in strada, irriconoscibile con un berretto di lana nero e una tuta sportiva grigia, e segue Jonah lungo uno squallido corridoio che porta all'uscita di emergenza sul fondo del foyer del cinema. La ventina di componenti della band che si sono "prenotati" per l'uscita lo seguono in gruppo sciolto. Tutti i biglietti sono già stati comprati e Jonah li guida rapidamente al buio su per il corridoio laterale. Rob si siede in fondo, con Marv subito dietro di lui. Jonah adesso si è imbarcato nell'Operazione Popcorn, incamminandosi anonimamente verso il foyer principale e tornando con un bicchiere medio di popcorn salati senza burro. «Si può far fronte a qualunque eventualità», dice Jonah, «se hai della gente pronta a occuparsi della situazione, in modo che il Principale non sia sfiorato in nessun modo, forma e misura. Per quanto lo riguarda è tutto normale. È tutto roseo e le cose filano lisce».

A mezzanotte il bar dell'Atlantic Kempinski è affollato da un miscuglio rumoroso di membri dello staff e della band (in questa città alloggiano tutti allo stesso albergo). Claire sente la mancanza del suo fidanzato, Dylan: gli ha telefonato a Londra e lui era abbattuto quanto lei. Tom ha delle preoccupazioni diverse. «Cristo, amico», si lamenta. «Fil si scopa le ragazze, e poi io mi becco tutte quelle cazzo di mail». La più carina del trio Allarme Pollastrelle gli scrive ogni giorno. Nonostante la notte pesante di ieri, Fil è di nuovo in pista. Lui e Yolanda stanno ridendo per un giornale locale che contiene un articolo dal contenuto intraducibile che si intitola: "Sexy Robbie Williams".

È il primo tour europeo di Yolanda con la band, ed è un bel tour, dice lei. Non come alcuni tour in cui si è trovata in passato. Fa una smorfia. «Gli organizzatori di Rob e le persone che ha assunto come tour manager e le altre sono grandiose. Sono davvero bella gente. Cortesi, che poi è quello che tutti vorrebbero».

Ha cominciato a suonare il basso attorno ai quattordici anni, dopo aver provato durante la scuola il flauto dolce, il clarinetto, la tromba e la chitarra. «Ma avevo cominciato a fare i giri di basso con la chitarra – quella era la parte della musica che mi parlava. A quindici anni avevo già deciso che il basso era lo strumento che mi piaceva di più. Ce ne ho messo di tempo, eh?», dice, con quel fremito nella voce che ti conquista.

Si è messa a lavorare da Sainsbury per mettere da parte i soldi con cui comprare il suo primo basso, poi una delle piccole band di cui faceva parte si è guadagnata un po' di visibilità ed è andata in tour. Ha fatto un provino per entrare nella band di un programma in seconda serata di Jonathan Ross, che non è mai decollato, però lì ha conosciuto Paul Weller, che l'ha invitata (Yolanda imita la sua voce) "a fare una jam session, ragazza". Così si è messa a suonare con la band di Weller per un po', e quando se ne è andata, ormai era fatta.

Yolanda è con Robbie solo dallo scorso settembre. Conosceva Guy dal suo periodo coi Lemon Trees (era molto amica del batterista) e in quell'occasione aveva lavorato un po' con lui, ma poi non si era più tenuta in contatto. Poi lo scorso luglio ha ricevuto una telefonata dal suo ufficio e le hanno chiesto se voleva fare un provino con Rob; ha fatto una jam session con Guy, Gary e Chris e loro le hanno chiesto di unirsi alla band.

Prima di allora non aveva mai visto Rob sul palco dal vivo. «E non avevo fatto caso a tutti gli articoli e il baccano, perché non seguo molto il pop sulla stampa e la televisione». Guy pensava fosse un bene che lei venisse senza aspettative e che non fosse in adorazione della fama della star. «Guy ha avuto la sensazione che in realtà io fossi subito molto spontanea con Rob, la prima volta che ci siamo conosciuti. Aveva una volto familiare, ma io sono stata più il tipo che dice, 'Ok, bello', che non, 'Wow, è Robbie Williams!'».

«Yo», dice Rob, ridendo. «Stavamo organizzando tutto, riorganizzando la formazione, e arriva questa tipa. E dal primissimo giorno si è subito ambientata. Non ha mai perso un colpo. È arrivata ed è stato subito, 'Oh, ecco Yolanda'. Era come se ci fosse da sempre. Sul palco è meravigliosa».

Problemi esistenziali

«La maggior parte delle fan che stanno sedute negli atri degli alberghi, o davanti agli alberghi, o davanti a casa mia, sentono la mancanza dell'amore nella vita vera. Dopo tutto questo tempo, sono proprio convinto che sia così». La mattina seguente il pullman di Rob si sposta dall'albergo verso una partita di calcio contro una squadra locale di tecnici tedeschi, lasciandosi alle spalle la doppia fila di fan che sventolano in aria i quaderni per gli autografi e si accalcano contro i vetri scuri della parte inferiore del pullman. Rob le vede, ma loro non vedono lui.

«È evidente che in qualche modo sentono la mancanza dell'amore vero: che siano i loro genitori o i ragazzi o chiunque le ha trattate male. Così si vanno a cercare questo amore impossibile: che poi sarei io. O chiunque altro possa essere l'oggetto di un amore così. Tolto me, potrebbe essere Ronan Keating. O Bono. O chiunque altro. Ho notato che molte di queste ragazze sono anoressiche, o bulimiche, o obese – se ci parli, scopri che hanno tutte qualche forma di disturbo, dei problemi esistenziali. Sono incredibilmente spaurite o incredibilmente timide. Oppure semplicemente sono molto piccole, eh sì, anche quello.

«Ce n'era una che mi seguiva dappertutto: era molto, molto magra e camminava un po' zoppa. Aveva i capelli neri. L'ho vista sin dai primi tempi dei Take That. E fin dal primo giorno non sopportavo l'isteria di una cosa del genere: questa gente che invadeva il mio spazio e mi fissava, non lo sopportavo. Uno non si può imporre alla gente, non ti sembra?».

Si allunga verso Chris e comincia a fissarlo, con gli occhi spiritati e inquietanti. Chris indietreggia, ridendo col suo accento di Liverpool. «Visto!», dice Rob, «e l'ho fatto solo per dieci secondi.

«Comunque», prosegue, «i miei problemi con l'alcol e con la droga aumentavano, se ero ubriaco ero arrabbiato e se avevo i postumi ero arrabbiato. Così capitava sempre che riuscissi a essere tutte e due le cose, ogni singolo giorno, per lo stress di essere in tour, o per un motivo qualsiasi, così ci bevevo sopra. Quindi se arrivava una fan e invadeva il mio spazio diventavo piuttosto offensivo. Dicevo, 'Perché sei ancora qui? Non ti ho parlato per anni. L'unica volta che ti ho rivolto la parola è stato per chiederti di andartene, quindi perché continui a tornare? Non è da persone sane di mente volere a tutti i costi stare nella stessa stanza con uno che non ti ci vuole'. A quel punto loro dicevano: 'Guarda che lo devi a noi se sei arrivato dove sei oggi'. Ma quando il signor Sainsbury, o chi per lui, ha cominciato a vendere i suoi prodotti, nessuno è andato a casa sua a bussare alla porta e a chiedergli indietro i soldi perché avevano comprato le sue mele. La gente compra i miei dischi perché gli piacciono, viene a vedere il mio spettacolo perché gli piace. Di sicuro se non gli piacesse non verrebbero e non comprerebbero, quindi non devo proprio niente a nessuno».

«Ero appena partito dalla Germania ed ero arrivato in questo albergo in Islanda e il telefono si mette a squillare ed è quella ragazza, quella zoppa con i capelli neri. Lei mi fa 'Ciao', io dico 'Ciao'. 'Robbie', dice lei, 'lo sai chi sono?'. Dico, 'Temo di sì'. Lei dice, 'Sai come mi chiamo?'. Dico 'No'. Lei mi fa, 'Oh, Robbie, sono sette anni che ti seguo'. E io, 'Sei la ragazza che zoppica?'. Lei dice 'Sì'. Dico, 'No, non lo so come ti chiami'. E lei, 'Sono sette anni che ti seguo e non sai nemmeno come mi chiamo. Volevo solo dirti che d'ora in avanti smetterò di seguirti'. Dico, "Ok, va bene". Lei mi fa, 'Tutto qui?'. E io, 'Già'. E poi le dico, 'A essere sinceri...'».

«I see your picture,
she lives near me,

I went in her house
once, I was on tv,

Her boyfriend loves
me, I didn't care,

Because I got to smell
– her underwear»

«E abbiamo avuto questa discussione. Per me, è stato un gesto d'amore; erano parole affettuose. Le ho detto, 'Senti, cosa stai facendo? Quanti anni hai?'. Aveva ventisette anni o giù di lì. 'È ora di crescere e farti una vita tua. Mi segui da un'eternità e non ti ho mai nemmeno parlato. Ti ho solo urlato contro'. Le ho detto, 'Non so chi sei e non lo voglio sapere. Dici che vuoi diventare mia amica. Gli amici non vengono negli atri degli alberghi e non stanno lì seduti se io non voglio che ci stiano. Non è così che diventi mia amica e mi dispiace ma noi non diventeremo amici'. Lei ha detto, 'Hai ragione'. E io, 'Senti, abbi cura di te, ma per favore, pensa a te stessa. Non ti sto dicendo 'Pensa a te' col punto esclamativo, te lo dico sinceramente, con affetto. Vai e fatti la tua vita, perché questa qui non è la vita vera'».

Il paradosso è che è difficile per Rob farsi degli amici, di questi tempi; i suoi amici si possono contare sulle dita di una mano. Jonathan Wilkes, il suo compagno di appartamento, che lo conosce da quando sono nati. Un paio di ragazze a Londra, e di ragazzi a Los Angeles, e questo è quanto. «Ho dei conoscenti e qualche amico di passaggio, ma amici veri e propri non ne ho. È triste per me. Prendi il mio migliore amico di scuola: Lee. Io e Johnny ridiamo, ma con Lee ridevamo e ridevamo e ridevamo. Abbiamo passato un sacco di tempo insieme da ragazzi. Poi una volta gli ho telefonato. Credo sia stato da allora che ho deciso di rinunciare alle mie vecchie conoscenze. Gli ho detto, 'Posso passare a trovarti?'. E lui mi ha risposto, 'Beh, devo pulire la casa e mettermi un vestito'. E poi era tutto imbarazzato perché casa sua era in disordine. Questo mi ha rattristato moltissimo. Perché ai vecchi tempi se ne sarebbe fregato e basta. Me ne vado per sei mesi e divento una popstar e quando torno sono Robbie Williams. Non sei più la stessa persona».

Mentre Robbie Williams la popstar arriva al campo di calcio in una zona anonima della distesa disordinata della periferia di Amburgo, i fotografi e la stampa sono già lì, si lanciano fuori dalle macchine, pronti a cogliere Robbie in quella foto cruciale, su cui lucreranno a vita. Marv e Jonah si mettono immediatamente all'opera, a fare piani per tenere i paparazzi ben lontani dal campo. Ma Rob vuole lasciarli entrare. «Lasciateli scattare qualche foto, magari ci faranno vendere qualche disco», dice ai suoi sorveglianti. No, non rilascerà interviste, ma non c'è problema se stanno lì. Basta che vengano tenuti da una parte, lontano dagli spogliatoi. Ad ogni modo, vuole Marv, Jonah e Pompey in campo, in squadra con lui.

Così spetta a Josie il compito di trattenere la stampa. Dotata di una corporatura esile sotto il cappotto a scacchi, Josie cerca di confinarli a un'estremità della rete di recinzione, lontano dagli spogliatoi, ma quelli continuano a tornare indietro. «Per qvale motiven dovremmo andare*n*?», chiede un tipo brontolone coi capelli bianchi.«Per favore potete restare da questa parte?», urla lei invano. Un altro tenace giornalista biondo con un abito di velluto a coste nero la interroga avidamente; lei torna ridendo, imitandolo.

«Robbie è un grande*n* tifose*n* di calcio? Di qvale squadre*n*?».

«Port Vale»

«Mai sentite*n*».

Mentre la partita inizia, si mette a piovigginare, ma il gruppo di spettatori diventa sempre più fitto. Compaiono altri fotografi, corrono attorno all'angolo con le macchine appese al collo; ce ne sono due molto determinati che marciano verso la linea di metà campo. Poi, in gruppi di uno, due e tre, arrivano le ragazze, stringendo in mano ombrelli e cellulari colorati, fino a che ce ne sono un centinaio abbondante, se ne stanno in piedi ad adorare il loro idolo sotto la pioggia di un giovedì mattina. A questo evento completamente privato, per il quale non è stata fatta alcuna pubblicità.

Dopo la partita c'è una seduta di registrazione, in uno studio che si trova in un'altra zona sperduta della città. Attraverso un'anonima porta di metallo, si sale su per delle scale di cemento in pessimo stato fino a una sala d'attesa con dei divani, ciotole di frutta sui tavoli, un frigo pieno di bevande analcoliche. In una stanza interna, a un'enorme consolle, Guy è seduto accanto a un tecnico dai capelli lunghi che indossa delle pantofole da camera a disegni marroni. Yolanda, coi capelli tirati indietro in uno chignon, dei grossi occhiali da sole sulla testa, è stravaccata su un divano insieme al batterista Chris. Attraverso uno schermo di vetro si vede Rob seduto su uno sgabello davanti a un microfono, con indosso la sua tuta grigio-argento. Alle sue spalle una palla a specchio che ruota lentamente lancia puntini di luce colorata che tracciano dei disegni a spirale.

C'è anche Gabby Chelmicka. Ha preso un volo da Londra e resterà un paio di notti per controllare come va il tour. È una cosa che Guy e Rob fanno abbastanza spesso, dice lei: vanno in uno studio durante il tour per buttare giù un po' di roba.

«La passione di Rob è scrivere canzoni, e questo va incoraggiato e stimolato, altrimenti impazzisce di noia. Il cervello di Rob lavora molto veloce. Gli riesce difficile rilassarsi e starsene seduto in silenzio».

Come se si fosse sentito chiamato, Rob si affaccia dallo studio con in mano una chitarra. «Quando arriva da mangiare, Jose?», chiede. Si siede alla consolle, strimpella e canta a bassa voce. È la canzone che gli è venuta in mente ieri sul pullman. «*Everybody's toxic in this town, I am a child and the child is feeling down...* [Sono tutti tossici in questa città, io sono un bambino e il bambino si sente giù...]».

«Che ne dici, proviamo a buttare giù una bozza per il momento?», dice Guy. Rob si dirige di nuovo verso lo studio e si rimette a cantare le parole.

«*Ello ello ello*», dice Guy sul sound system.

«Me ne sto qui e dico solo *Ello-lo-lo-lo-lo-oo*», scherza Rob, sul suo sgabello davanti al grosso microfono circolare. Si avvicina alla palla a specchio. «Voglio metterci un pianoforte come questo nella mia prossima casa», dice, passando le dita sulla superficie nera tirata a lucido.

«Quello che c'è a casa mia è abbastanza grande», dice Guy. «Boudoir Grand, lo chiamano così».

Guy torna nella stanza della consolle e si mettono a lavoro, con Rob che ci mette l'anima.

«*All God's children fade and die, In the name of 'Let's get high'. Ay-men! Then we do it again* [Tutti i figli di Dio si spengono e muoiono, nel nome dello Sballo. Amen! Poi lo rifacciamo di nuovo]», canta.

Dalla sua cicca abbandonata nel posacenere il fumo sale a spirale attorno al suo ginocchio. Continua a cantare, con le mani serrate in modo teso, dondolandosi nervosamente sullo sgabello. Guy gliela rifà, ma stavolta con più ritmo. «Ora sì che funziona», dice al suo collaboratore, «non è vero? Sei davvero un mago».

Josie porta un piatto di cibarie.

«Posso mangiare adesso?», chiede Rob. «Sto iniziando a essere affamato». Nel suo nuovo accento di Stoke sembra che abbia detto "arrabbiato". Prende il suo piatto ed esce dallo studio. Guy entra e si mette a suonare il piano sulla traccia di quello che ha registrato Rob. Rob finisce di mangiare ed emette un sonoro, lungo, rutto.

«Niente male*n*!», ride il tecnico tedesco alla sua consolle.

Rob torna nello studio e si rimette al lavoro, mentre Guy annuisce in segno di incoraggiamento attraverso lo schermo di vetro, dirigendolo con un dito.

«*I want to cry, but I don't make a sound, I am your child and your child is feeling do-o-own* [Vorrei urlare, ma non mi esce neanche un suono, sono il tuo bambino e il tuo bambino si sente gi-u-u-ù]», fa Rob.

Poi si interrompe.

«Che stai pensando?», chiede gentilmente Guy.

«Sono le parole, ecco».

«Già. Che dici, le mettiamo da parte per il momento?».

«Secondo te è un po' melenso?».

«Non ne sono sicuro. Credo che dovrebbe essere molto urlato, capisci che voglio dire? Possiamo farlo un altro giorno. Dev'essere qualcosa di molto aggressivo, secondo me. Parecchio Limp-Bizkit*tesco*. Parecchio Fred Dursk*esco*».

Yolanda sta ridendo. «Chili Pepper*esco*», dice.

«Lui mica urla», dice Rob.

«Tutti urlano in America», dice Guy.

«Sì, eh?».

«Si fanno sentire».

«L'America», medita Rob. «Se vivessi lì, urlerei».

E vanno avanti così, chiacchierando senza un filo logico tra una suonata e l'altra. «*Sticks and stones may break my bones*», canta sussurrando Rob. «*Words can burn a happy home. It's true. I've got words for you* – hic [Bastoni e pietre possono anche rompermi le ossa. Le parole possono bruciare una casa felice. È vero. Ho delle parole per te]».

Fantastico. Rob ha il singhiozzo.

«Bisogna farti prendere uno spavento», dice Guy. «Me lo diceva sempre mia madre quando ero piccolo».

«Then we do it again – *hic*», fa Rob. «"Everybody's toxic in this" – *hic*».

Lasciano da parte Tox-*hic* in favore di una nuova canzone. «Gli avete date*n* un titole*n*?», chiede il tecnico tedesco.

«Chiamiamola *Cazzeggio totale – Parte prima*», dice Guy. Deve avere indovinato cosa sta per arrivare. La parte esterna dello studio è inondata dalla musica mentre Rob, Guy e Yolanda suonano a casaccio insieme, con Rob che improvvisa parole che vadano con le note. «*Move, move, move, ok... I see your picture and I get high... I see your picture, I want to die. Going to groove, groove, groove, girl on me... Going to lay your clothes around me... why don't you live, live, live with me* [Muoviti, muoviti, muoviti, ok... vedo la tua foto e mi fa sballare... vedo la tua foto, voglio morire. Ti muoverai, muoverai, muoverai su di me... Mi avvolgerai nei tuoi vestiti... perché non vivi, vivi, vivi con me]». In mezzo a questo farfugliare confuso, si sente chiaramente solo "*I see your picture and I get high*". Poi all'improvviso Rob dice: «Mi piace un sacco Los Angeles». E si interrompe di botto.

Poi si insinua un'altra melodia, un altro verso. «*I love you, baby, but she's the one. I see your picture...* [Ti amo, baby, ma è lei l'unica. Vedo la tua foto...]». Rob continua a cantare-gemere in modo incomprensibile. Si riesce a distinguere solo qualche frase: «*I'll be your dad... She touches places that I never... She's the finest...* [Ti farò da padre... Lei tocca punti che non avevo mai... Lei è la più bella...]. *I love you, baby, but she's the one* [Ti amo, baby, ma è lei l'unica], è il leit-motiv, poi improvvisamente c'è un gruppo di versi.

I see your picture, she lives near me,
I went in her house once, I was on tv,
Her boyfriend loves me, I didn't care,
Because I got to smell – her underwear.

[Vedo la tua foto, lei mi abita vicino/ Sono andato a casa sua una volta, ed ero in tv/ Il suo ragazzo mi adora/ Ma non me ne fregava niente/ Perchè sono riuscito ad annusare – la sua biancheria]

«Quella era buona, quella strofa che ho cantato», dice Rob, dopo un po'. Decidono di registrarla. Il tema della biancheria rimane, anche se le altre parole cambiano. Il ragazzo diventa marito, diventa "amico": "*he loves her, he's gonna tell her, she knows I'm watching, and so's her fella, I'll keep on watching, and fuck her fella...*" [lui la ama, sta per dirglielo, lei sa che sto guardando, e lo sa anche il suo amico, ma continuerò a guardare, e fanculo il suo amico].

«Niente male, davvero», dice Guy quando si fermano. Piace anche a David, sempre entusiasta, ma adesso devono andare al loro incontro di self-help. Forse più tardi Rob andrà al Reeperbahn, il quartiere a luci rosse, con Franksy. «Voglio vedere quanto mi disgusta», dice, «ma al tempo stesso, è strano quanto mi eccita». Fuori dallo studio, la rete di ragazze amburghesi ha già rintracciato il suo idolo. Ce ne saranno una quindicina davanti alla porta sul retro con le macchinette fotografiche e i quaderni per gli autografi. E anche qualche ragazzo.

Gabby ride mentre saliamo sul pullman per tornare in albergo. Le ragazze vogliono scoparselo e i ragazzi vogliono essere come lui. È il Sinatra del suo tempo, anche se ieri sera diceva che, con questa squadra che lo filma costantemente, si sentiva come in uno di quei documentari sugli animali selvatici di David Attenborough.

Durante la sua seconda visita consecutiva all'ottimo ristorante italiano gestito da un indiano che parla tedesco, Fil ordina esattamente lo stesso antipasto e lo stesso secondo di ieri. Sarà pure poco sentimentale con le ragazze, ma è evidente che col cibo fa sul serio, eccome.

«Beh, quando sei in tour il sesso è una cosa diversa. È una cosa tanto per divertirsi, ed è accompagnato da un umorismo da spogliatoio. Il giorno dopo sul pullman tutti mi fanno, 'Aahh! Fil s'è fatto una scopata. E dai, racconta', o qualcosa del genere».

«Magari fa parte della voglia di esibirsi. In fondo è tutto un viaggio dell'ego. Sali sul palco, ricevi qualche attenzione, scendi che ti senti un dio e pensi, Che favola. Devo andare a farmi una scopata e tenermelo stretto questo successo. È come la droga e l'alcol e tutto il resto, è tutto per quel motivo. Il problema è che queste cose si riversano anche nella tua – non direi vita normale – nella tua altra vita. C'è la mia vita in tour, e poi c'è la mia vita a casa – e i confini cominciano a essere un po' sfocati. Torni a casa», dice ridendo, «e cominci a chiamare il servizio in camera, a digitare nove per prendere la linea esterna».

Fil è appena uscito da una lunga relazione, e a dire il vero non capisce bene questa faccenda di tante relazioni monogame in serie. Guarda tutti i suoi amici che sono così. «E penso, Com'è possibile innamorarsi così tante volte e stare con così tanta gente? Non posso immaginare niente di peggio che dover passare tutto il tuo tempo con qualcuno che proprio non fa per te. Che senso ha?».

Alla seconda bottiglia di Chianti, piuttosto costoso, (ma che diamine, ha appena concluso un grosso affare), Fil improvvisamente si apre. Riguardo alle sue radici ceche: l'infanzia a Praga; suo padre psicologo che quando Fil aveva otto anni scappò con la famiglia in Inghilterra; la loro piccola Fiat 127 con tutti i loro averi ammassati sul tettuccio che alla frontiera fu rivoltata come un calzino. I genitori di Fil avevano del denaro contante nascosto in un vaso, «era avvolto in pezzi di giornale accartocciati e altra roba. E questa guardia di frontiera che stava perquisendo la macchina ci aveva ficcato dentro la mano. Se l'avesse scoperto ci avrebbero rispediti subito indietro, ma lui ci rovistò un po' dentro e poi tirò fuori la mano – così riuscimmo a passare». Ma poi, quando arrivarono finalmente a Dover, tre giorni dopo, nel mezzo di una tempesta di neve, una macchina li superò slittando e andò a fracassarsi in un burrone, rischiando di ammazzarli tutti nell'attimo esatto in cui avevano messo piede in Gran Bretagna...

Poi, quando si sistemarono a Forest Hill, nel Sud di Londra, le cose peggiorarono, perché il ragazzino ceco fissato coi Beatles si trovò a essere pestato a sangue perché non sapeva parlare inglese. «Ma la situazione cambiò dopo pochissimo», dice oggi. «I bambini imparano rapidamente se si trovano nei guai, come me all'epoca: nel giro di sei mesi parlavo un inglese perfetto. Ma per loro continuavo a essere quello da fustigare».

Il padre di Fil gli aveva insegnato a suonare la chitarra quando lui aveva otto o nove anni. «Sapevo di essere bravo, amico. Non è per essere arrogante. Era la sola cosa cui potevo aggrapparmi, perché il resto della mia vita era una miseria. Marinavo la scuola tutte le volte che potevo e andavo a suonare la chitarra».

A un certo punto Fil si ritrovò a fare l'aiutante per le lezioni di chitarra a scuola. «Uno dei bambini piccoli mi aveva sentito e disse a un ragazzo che c'era in classe, che suonava la chitarra da secoli, 'Quell'Eisler è bravo. Credi che diventerà qualcuno?'». E questo tizio più grande disse, proprio davanti a me, 'Impossibile. Non diventerà nessuno. Perché è troppo difficile. Non ce la farai. Ti conviene abituarti all'idea. Impara qualcos'altro. Sì, sei un chitarrista abbastanza bravo, ma non sfonderai mai. Guarda me'».

«Ma ecco la tanto attesa resa dei conti», Fil sogghigna. Molti anni dopo, dopo aver fatto il suo apprendistato, suonato in locali infimi, dopo aver fatto parte della sua imbarazzante band di progressive rock (i Nexus), essersi esercitato otto ore al giorno, non aver avuto la pazienza di andare a una scuola di musica, dopo aver ricevuto una telefonata da Guy – che aveva conosciuto suonando a un concerto con Zoe, la donna di *Sunshine On A Rainy Day* – dopo essersi unito alla band di Robbie, averne fatto parte mentre Rob sfondava come solista, dopo aver suonato a Slane Castle, ecc., stava passando davanti a un pub e vide un cartello con sopra il nome di quel tizio, che pubblicizzava un concerto per la vigilia di Natale. «Ho pensato, non è possibile. Così sono entrato. Ho pensato devo entrare a dare un'occhiata. Dissi, 'Deve farmi vedere un volantino, non ha una fotografia di questo vecchio pazzo?'. E la padrona fece, 'Sì, certo' e tira fuori una locandina. Centro. È lui. E ho pensato, Sììììì! Purtroppo ero via per la vigilia di Natale. Altrimenti avrei cambiato programma e mi sarei presentato. Ma invece gli lasciai un biglietto, qualcosa del tipo, 'Non so se ti ricordi di me, ma io sono il bambino cui hai detto che non sarebbe diventato nessuno. Invece sono diventato assolutamente tutto, coglione, proprio recentemente, di fronte a mezzo milione di persone, a Slane Castle. Ti auguro un buon concerto. Insomma, il senso era quello – e mi diede una sensazione davvero molto, molto bella».

Per Rob, ovviamente, oltre ai riconoscimenti, il successo porta con sé anche molti problemi. Tornati all'albergo, il bar è pieno dei membri della band e dello staff e l'atrio è di nuovo gremito di fan. In realtà lui prima era sceso al bar, dice Bine, di vent'anni, che si è presa una stanza con altre tre amiche al piano di sopra. Ma poi sfortunatamente ha girato i tacchi ed è tornato dritto in ascensore.

«Sono sceso due minuti», dice Rob, «e tutti gli sguardi erano puntati su di me. Avevo gli occhi delle fan addosso e non si scollavano. In due minuti che sono stati lì sono venute da me quattro o cinque persone. Bevono, si fanno

SPA
SPA

coraggio e sentono che in qualche modo gli appartieni. Quindi a un certo punto ho capito che era meglio fare dietrofront e tornarmene in camera. Non riesco a starci in quelle situazioni. Non capisco come la gente si possa comportare così. Oppure non fanno che fissarti e seguirti in giro per tutta la sera. Anche se non vengono lì a chiederti qualcosa, se hai un gruppo di venti persone che ti segue ovunque tu vada, ti passa la voglia di uscire dalla stanza, non ti sembra?».

5

«C’è un fortissimo demone dentro di me. Ma non è che esca fuori e aggredisca gli altri; mi spinge solo all’autodistruzione. Ho una malattia che mi parla con la mia stessa voce e mi dice che in realtà sono sano. Ed è questo il mio lato oscuro»

Che fine ha fatto Robert?

C'è un motivo per cui c'erano così tante fan in albergo ieri sera, dice Rob, mentre si siede nel suo camerino prima del concerto di Amburgo, nudo dalla cintola in su. Dopo che lui e David sono usciti dallo studio di registrazione, è stato seguito dalla stampa, che l'aveva pedinato dal campo di calcio allo studio e poi fino al suo incontro di self-help.

«Siamo entrati in un veicolo più piccolo e siamo riusciti a seminarne un bel po', ma c'era questo tizio ostinato di Radio Amburgo che è arrivato con la macchina proprio di fronte al posto dell'incontro. Ho pensato, E adesso che faccio? Così mi sono avvicinato alla macchina e mi sono seduto e ho fatto il me più gentile che posso. Che è: Guarda, ti sto parlando sinceramente e te lo sto chiedendo di persona con molta gentilezza. Mi sono seduto con lui e ho detto, 'Ehi, amico, come va?'. Gli ho stretto la mano. E gli ho detto, 'Sto per andare a fare una cosa molto personale adesso. Ti sarei grato se non mi seguissi'. E lui mi ha fatto, 'Certo. A patto che mi dici dove ci possiamo incontrare dopo'. Ora, a ripensarci, avrei dovuto rispondergli, 'Ok, perfetto. Ti dico cosa facciamo. Ho mezz'ora libera stasera alle undici'. E poi avrei pensato, 'Fanculo'. Ecco cosa avrei dovuto fare. Invece l'ho semplicemente guardato e gli ho detto, 'Questa non è una cosa su cui mi va di trattare. Non è un ricatto'. Il tipo aveva la sua attrezzatura per registrare, il suo microfono e il suo minidisc proprio lì e la lucina del registratore era accesa. Ho pensato, Che faccio? Mi ha guardato e ha detto, 'Spiegami perché non dovrei seguirti'. Ho guardato giù verso la sua attrezzatura per registrare e gli è squillato il telefono. Allora mentre squillava mi sono allungato dentro la macchina, ho strappato il microfono dalla presa, ho buttato via il minidisc, ho preso il microfono, l'ho gettato contro un albero e me ne sono andato».

«Sono arrivato all'incontro che avevo la rabbia che mi scorreva nelle vene. Pensavo, ti ho appena aperto il cuore e tu mi tratti ancora come se non valessi niente. Come se i miei sentimenti non contassero assolutamente niente per te. Mi hai voluto ferire apposta. Questo mi spaventa, e di conseguenza mi fa arrabbiare».

SABATO 17 FEBBRAIO: AMBURGO

ROB SUL PALCO: 21,15

<u>NOTE</u>
FATE IN MODO DI TROVARVI NELLA HALL ALLE 11,15 PER ANDARE SUI GO-KART. RIENTRO PREVISTO PER LE 15,00. DOPO LO SPETTACOLO SI TORNA IN ALBERGO. SE AVETE DEGLI OSPITI FATEMELO SAPERE. POSTI LIMITATI.

"LA PRIMA COSA DA FARE AL MATTINO QUANDO TI SVEGLI È SORRIDERE. MA FATEMI IL FAVORE!"
W.C. FIELDS

BIP BIP
ORDINE DEL GIORNO

«Siamo andati all'incontro e quando sono uscito dal palazzo c'erano quattro poliziotti e direi un'altra quindicina di persone. Cos'aveva fatto lui mentre io ero all'incontro? Si era fatto trasmettere in diretta alla radio col cellulare e aveva detto a tutta Amburgo cosa stavo facendo. Ed è per quello che erano arrivati tutti. Così io ero appena andato in questo posto protetto e quando sono uscito mi sono ritrovato nel folle mondo di Robbie. Sono salito in macchina e ho detto, 'Marv, che ti ha detto la polizia?'. La polizia aveva detto al tizio di Radio Amburgo di andarsene al diavolo. Allora Marv è andato a recuperare la sua roba e gliel'ha restituita dicendogli anche lui di andare al diavolo.

«La cosa strana è che quando sono tornato all'albergo mi è sembrato buffo. Ma mentre succedeva non era buffo per niente. Quelli come quel tipo lì sono delle merde».

Una piccola oasi

«È già capitato che facesse un tour senza bere», dice David Enthoven, «ma stavolta, per la prima volta, direi che Rob ha veramente preso una decisione per se stesso. Forse prima non ci aveva rinunciato del tutto. Stavolta credo che l'abbia fatto davvero. È estremamente vulnerabile. E con tutta la buona volontà del mondo, non conosco nessun altro – quanti mesi sono ormai, due mesi senza bere? – che riuscirebbe ad andare là fuori e dare il meglio di sé. L'ultima cosa che ti viene voglia di fare è trovarti in piedi di fronte a diecimila persone e cercare di farle divertire. L'unica cosa che hai veramente voglia di fare è andare a un incontro o parlarne con me o parlarne con altra gente che sta combattendo la tua stessa paura, piuttosto che essere costretto a uscire fuori ed essere questo personaggio, questo intrattenitore: Robbie.

«Sta cercando di trovare Robert, ma poi deve uscire là fuori ed essere Robbie. È questa la contraddittorietà della cosa».

David è di una sincerità rivelatrice mentre descrive nel dettaglio quello che fa per Rob. «Il mio lavoro durante il viaggio è piuttosto semplice, davvero. Devo preparare Rob a essere nella miglior condizione mentale possibile per farlo andare là fuori e fare il suo lavoro. Il suo lavoro è mettere un sorriso sulla faccia di dieci, quindicimila persone ogni sera. Quindi passo un sacco di tempo insieme a lui. Sappiamo qual è il mio ruolo. Molto spesso lui mi prende in giro e dice, 'David, il tuo lavoro è farmi sentire bene'. Quindi c'è un alto grado di assertività. Credo che ci voglia un coraggio incredibile per fare quello che fa nelle condizioni in cui si trova. Immagino che il mio lavoro in realtà sia aiutarlo a trovare quel coraggio o cercare di metterlo nelle condizioni mentali giuste. Ma alla fine dei conti è pur sempre lui che deve uscire là fuori e darsi da fare».

«Questi incontri di self-help hanno un ruolo fondamentale nei tour, vero?».
«Eh sì. Andiamo a cercare queste piccole oasi, in pratica. Ci capita di andare a incontri buoni e incontri cattivi, ma è comunque positivo allontanarsi dal tour e andare semplicemente a incontrare gente normale, belgi e tedeschi, che parlano inglese o che altro, che condividono lo stesso problema. Si uniscono le forze. Parli proprio di com'è e di come te lo stai vivendo. La cosa grandiosa di questi incontri è che entri lì dentro e sai che tutti, in quella stanza, hanno il tuo stesso problema. Sono arrivati a riconoscere il fatto che 'Quando è troppo è troppo' e stanno cercando di arrivare alla fine della giornata senza bere niente».

Un tipo veramente fico e molto tosto

David ha interesse che Rob si tenga pulito non solo per motivi professionali. Dal momento che la sua vita è stata segnata, si potrebbe quasi dire definita, da alcol e droga, questo non è un argomento da prendere alla leggera. Sin dai suoi primissimi passi nel mondo della musica, David ne ha fatto uso regolare. Negli anni Settanta, con una sfilza di leggende del rock nel suo curriculum di manager, David era, per usare le sue stesse parole, «Il ragazzo più fico del mucchio. Avevo la moto di *Easy Rider*, e facevo su e giù per King's Road. Ero la fottutissima risposta del rock'n'roll a...». Scuote la testa, scoppiando in una sonora risata all'assurdità di com'era da giovane. «Tutti dicevano, 'Già, David è un sacco fico e tosto' e tutto il resto. E invece dentro di me ero un bambino terrorizzato. L'unico modo per essere fico era strafarmi».

«Riuscivo sempre a smettere», continua. «Non ho mai avuto problemi a smettere. Avevo una gran forza di volontà. Potevo smettere per tre o quattro giorni, a volte un mese. Ma poi finivo sempre per annoiarmi e ricominciavo. Mi ripulivo e poi pensavo, E adesso? Poi mi assalivano tutte quelle sensazioni di inadeguatezza, scarsa autostima. Ed era una sensazione che non riuscivo a gestire. 'Facciamocene un altro po'!', e vediamo se riesco ad ammazzare tutto quello che sento dentro».

Nel 1977 il suo debole per le droghe era aumentato fino a un punto che andava ben al di là del divertimento. I suoi soci gli chiesero di lasciare la Eg, la compagnia di enorme successo che lui aveva contribuito a fondare. «Stavo diventando parecchio strambo. Troppa cocaina e varie altre sostanze». La sua calata da lì fu «tutta molto incasinata, a dire il vero. La situazione mi sfuggì di mano». David perse il suo matrimonio, i suoi due figli, la sua grande casa di

«Me ne sono andato con la rabbia che mi ribolliva nel sangue. Ho pensato, Ti ho appena aperto il cuore e tu continui a trattarmi come se non valessi niente»

DOMENICA 18 FEBBRAIO
AMBURGO – BERLINO

NOTE
SI PARTE PRIMA DEL PREVISTO PERCHÉ ROB DEVE ANDARE A BERLINO.

ABBIAMO UN GIORNO LIBERO E CI SONO UNA MAREA DI COSE CULTURALI DA FARE.

VI AUGURO UN PIACEVOLISSIMO GIORNO LIBERO.

"AVERE PAURA SIGNIFICA AVERE PIÙ FIDUCIA NEL MALE CHE NEL BENE".

BIP BIP
ORDINE DEL GIORNO

campagna, la sua collezione di quarantatré motociclette, e «un'enorme quantità di denaro, che in pratica mi sono giocato in un'orgia di droghe». Si ritrovò a dormire in una stanza sulla costa meridionale, ormai del tutto dipendente da eroina e cocaina. «A biasimare, biasimare, biasimare tutti in realtà, ma senza guardarmi e rendermi conto che stava a me rimettermi in sesto».

Infine toccò il fondo del pozzo. A Natale del 1985 pensò seriamente di suicidarsi. «E mi resi conto che era un'opzione niente male. Avevo ripreso a farmi di speed e alcol, che è una combinazione tremenda. Non avevo dove andare. I miei figli non mi volevano. I miei amici non mi volevano. Mia madre era morta. Abitavo nel posto in cui aveva vissuto lei, circondato da tutti i suoi vestiti. Era folle. Vivevo nel suo letto coi miei due cani».

Preso dalla disperazione, telefonò a un amico ex alcolista ed entrò in un istituto di riabilitazione nel gennaio del 1986. Era il Broadway Lodge a Weston-super-Mare. Restò lì dentro dieci settimane. «Non voglio farlo mai più. Mi ha terrorizzato. Quando uscii, mi ricordo di essere andato alla stazione e di aver semplicemente guardato in alto e di aver visto la pubblicità di una bottiglia di brandy e di aver pensato, Oh Dio, quella sì che mi farebbe star bene. Poi ho pensato, Mi farebbe star bene un corno, stupido idiota. Hai appena passato dieci settimane di inferno. Hai voglia di rifarti tutta la trafila un'altra volta?».

Così si tenne pulito, e tornò strisciando alla normalità. «Tim può dirti com'ero ridotto. Venne a trovarmi al centro di riabilitazione, che Dio lo benedica. Mi portò delle sigarette. Quando cercavo di tornare nel mondo della musica nel tentativo di trovare un lavoro, ero letteralmente incapace di guardare la gente negli occhi».

David cominciò a vivere in camere in affitto, a bussare alle porte per vendere «profumi che sapevano di altri profumi». Ma nel profondo era ancora determinato «a essere la cosa che volevo e in cui sapevo di essere bravo».

Una sera se ne stava seduto in una camera a Parsons Green. «Mi avvicinavo di nuovo a Chelsea, per cui sentivo decisamente un senso di appartenenza», e quella sera David ebbe una rivelazione. «Ero in questa stanzetta minuscola, col mio vecchio baule di scuola. Era nella casa di questa donna dolcissima, e le avevo appena pagato settantacinque sterline per l'affitto. E avevo settantacinque sterline in tasca. In quella stanza c'erano praticamente tutti i miei possedimenti, ovvero niente, perché avevo bruciato tutto, tutti i miei abiti e ogni cosa. E saranno stati più o meno due anni e mezzo che ero pulito. E stavo pensando, Sì, così va bene. Ero felice».

David aveva quarantaquattro anni. Decise che sarebbe tornato nel mondo della musica, che avrebbe fatto un altro tentativo. Andò a vivere con la sua futura moglie, Maren, che, dice, «mi diede la forza di tornare nel mondo».

«Non mi sono mai considerato il capo, mi vedo solo come il tizio che sta davanti al pubblico. La grossa differenza è che vengo pagato molto più degli altri.

Quelli dello staff sono sempre stati così carini con me che penso sia un lavoro di gruppo. Non si tratta di me e loro o di loro e lui.

So che mi trattano con rispetto, e loro sanno che sono io quello che paga gli stipendi, ma credo che nessuno di loro mi tema.

Credo sinceramente di stare simpatico a tutti»

«Feci il giro delle compagnie discografiche chiedendo, 'C'è nessuno che ha una band?'».

Cominciò con un gruppo che si chiamava The Grid. Poi Bryan Ferry venne a sapere che era tornato nel giro e gli telefonò, cosa che gli diede «la visibilità per rimettersi in pista come si deve». Poi offrì a Tim Clark un po' di spazio nel suo ufficio e i due vecchi amici «cominciarono a occuparsi a tempo perso di piccoli progetti musicali». Poi qualcuno li consigliò ai Massive Attack. «Con questo ci sistemammo, davvero. Bryan era vecchio e fico, ma i Massive erano giovani e fichi». E poi una telefonata di uno degli agenti di Bryan Ferry lo portò da Robbie Williams.

Vivere con Robbie

Richie Stevenson, il genio delle vendite porta a porta, è in uno stato di grande nervosismo. Non si è presentato alla partita di calcio di mercoledì, il che è un'offesa piuttosto grave allo spirito del tour. E ora è tutto il giorno che gli altri sono strani. Lui capisce il perché, perché li ha delusi, ma non è stata colpa sua... Persino Rob si comporta in modo diverso. «Credo ti toccherà scambiare due parole con Franksy più tardi» gli dice, freddamente, quando vede Richie.

Per tre ore e mezzo, Richie è in preda al panico. Pensa a tutte le ipotesi possibili e immaginabili. Ora Claire si è presentata alla sua bancarella e vuole la sua parte di merchandise gratis, in caso lui non ci fosse domani. Little Jez e Adam Birch, il tecnico della chitarra di Fil si fermano ad abbracciarlo, come fosse il suo ultimo giorno.

Poi, un'ora prima del concerto, Franksy lo fa entrare nel camerino di Robbie. «Siediti», dice Rob. Sta firmando una pila di autografi per Josie e non guarda Richie negli occhi.

«Non sei venuto alla partita mercoledì, non è vero?».

«No», dice Richie. Non gli va di spiegare che gli avevano chiuso il van nel posteggio, perché suona come una scusa davvero penosa, quindi se ne resta seduto in silenzio. Il volto di Rob è una maschera austera mentre continua a fare firme.

«Ho deciso di...», dice Rob, poi prende tempo. Richie è pronto al peggio. Il lungo viaggio di ritorno a Sheffield, la fine di una carriera che gli ha dato profonda familiarità con tutti i foyer d'Europa. «Ho deciso di... sospenderti per un giorno intero».

Mentre tutti ridono, Rob lo abbraccia. Richie prova un immenso sollievo. «Grazie, evviva», mormora.

«Ti conviene andare finché sei in tempo», dice Franksy. Il Principe delle Tenebre in origine stava pensando a una sospensione piena di tre giorni, «così hai tutta una notte per pensarci su». Ma poi lui e Rob si sono ammorbiditi.

Il mix sul palco

In alto, nella piccola ala sinistra del palco, con una figura alta leggermente ricurva mentre si sporge, il canadese Martin Wareing, l'ingegnere dei monitor, muove abilmente le mani sulle file infinite di quadranti che regolano il mix, non della musica che sente il pubblico, ma del suono che ogni singolo membro della band deve ascoltare e da cui deve suonare, che viene da monitor individuali di fronte alle loro postazioni sul palco. «Quindi a Fil, per esempio, piace sentire molta batteria, e usa quello per tenere il tempo. Guy ovviamente ha bisogno di sentire molto bene le sue tastiere, e poi gli piace avere un misto di voce e anche le tastiere di Claire. Visto che sul palco è così vicino a Chris non ha bisogno di ascoltare troppa batteria.

«Ma per il settanta per cento dello spettacolo, ascolto quello che fa Robbie». Mentre Rob corre sul palco, Martin fa in modo che sia seguito dal suono che possa garantirgli la migliore prestazione possibile. Rob in pratica si muove dappertutto. Quei due monitor che vedi al centro del palco in pratica sono solo per Rob».

Alle spalle del canadese, impassibile mentre mastica gomma americana al buio, c'è il suo "babysitter", Dave Poynter, detto "Bava", sempre pronto a prendere il comando nel caso in cui Martin debba correre sul palco o allontanarsi per qualunque altro motivo. «Mi chiamano 'Bava' perché sbavo molto», spiega Dave, senza dare il minimo segno di imbarazzo.

Ora, in questo quarto concerto del tour, i dettagli dello spettacolo di Rob cominciano a essermi familiari. Il modo in cui impugna l'asta del microfono in *Beautiful Day*. Il modo in cui scuote la testa verso destra in *The Road To Mandalay*; la sua camminata tracotante in *Forever Texas* – "*Pretty la-ady, amaze me*"; poi si fissa su qualcuno del pubblico e fa qualcosa di sessuale, stasera si infila un dito in bocca, dentro e fuori, lentamente, avanti e indietro, in modo molto allusivo, poi alza le sopracciglia e se ne va, lasciando le ragazze visibilmente boccheggianti; il suo modo di fumare durante *No Regrets*, camminando a grandi passi, sì, in realtà, alla Sinatra, fino in fondo al palco; il suo modo di saltare come un bambino in *Paint By Numbers*; il suo piccolo riff all'inizio di *Supreme*. "*You – don't – want-to-fuck-with-Robbie. Cause Rob-bie –*

will fucking-kill-you" [Non ti conviene scherzare con Robbie, perché Robbie ti ammazza]. «*I'm a bad man* [Sono un uomo cattivo]», aggiunge stasera.

C'è anche qualche altro nuovo tocco. Quando chiede alle signore – in *Forever Texas* – di tirare fuori le tette, lo dice in tedesco, «*Zeigt mir eure Titten*», cosa che provoca un'enorme risata. C'è pure un'altra battuta, anche questa scritta a grandi lettere maiuscole da Wob sul monitor centrale. Una persona in albergo, dice alla folla, gli ha consigliato di dire: «*Alles fit im Schritt?*», se voleva chiedere come stavano. Ma naturalmente non significa affatto "Come state?". Assomiglia molto di più a una cosa tipo: "Tutto bene tra le cosce?". La folla ruggisce per l'eccitazione di ragazzi consapevoli che i loro genitori sarebbero sconvolti se fossero qui.

E stasera Gary ha delle ammiratrici: tre ragazze che tengono in alto dei piccoli cartoni quadrati ballonzolanti con su scritto G, A, R e Y. «Quello che non sai», dice Rob a Gary sul palco, «è che parlano di Gary Barlow. Una volta ero in una band che si chiamava Take That», spiega, evitando sempre di sopravvalutare il suo pubblico.

Dopo lo spettacolo, Stephanie, Zena e Maria indugiano vicino al palco. Perché gli piace tanto Gary?

«È gentile».

Quindi, se avessero la possibilità di passare il resto della loro vita con Gary o con Robbie, chi sceglierebbero?

Il terzetto squittisce di risatine. «Credo ci sia più tempo da vivere con Robbie», dice Zena, con grande senso pratico. «Voglio dire, Gary è più vecchio».

«Io sceglierei Guy», dice Stephanie. «Ma si è appena sposato».

Non hanno dei fidanzati?

«Oh sì».

E loro che ne pensano?

«Non gli va per niente giù».

B-side

Rob emerge dall'ascensore dell'Atlantic Kempinski con occhiali scuri e un berretto di lana verde brillante. Anche se non gli si vedono gli occhi, si capisce che sta passando in rassegna tutto il foyer, notando ogni cosa. Poi, con Jonah che si tiene a un metro dietro di lui, con le mani lungo i fianchi, molto teso, pronto a scattare in azione, Rob esce attraverso le porte girevoli e supera il fuoco incrociato delle fan fino al pullman, seguito dalla sua solita squadra di David e Josie. «Robbie, Robbie!», urlano, porgendogli i quaderni degli autografi, ma oggi lui non firma niente, dice, fermandosi a metà strada sotto il sole. «Sentite, vi auguro una splendida giornata. Andate a prendere un po' di sole. No», ripete a una fan disperata, «se ne firmo uno, dovrò firmarli tutti». Fa un gran sorriso. «Stammi bene. Ci vediamo dopo».

Dopo di lui passa la band. Claire ha in mano il mazzo di rose che le ha mandato Dylan, il suo fidanzato, per San Valentino. «Ho conservato tutte le rose che mi ha regalato», dice, con un sorriso semi-apologetico. Potrebbe essere il verso di una canzone di Robbie. Fil, nel frattempo, ha ricevuto un ritaglio stampa di un giornale scandalistico inglese, che mostra lui e Robbie che si abbracciano stretti: FIL HA TROVATO UN PASSATEMPO, c'è scritto, ADORA SCOPARSI ROBBIE. La cosa non lo rende felice, dice, mentre lo fa vedere in giro.

Gary Nuttall come al solito si siede accanto all'autista, Morris – soffre il mal d'auto, quindi si siede sempre davanti. Si è divertito ad Amburgo. Anche solo a passeggiare e a guardare negozi. «Non quel genere di negozi», dice ridendo. Ma gli piace da impazzire quest'atmosfera nell'insieme così decadente, il Reeperbahn e tutto. «Per il legame coi Beatles. John Lennon ha sempre detto che la musica migliore i Beatles l'hanno fatta quando erano in Germania».

Gary ha cominciato ad avvicinarsi alla musica quando è morto Elvis, nel 1977. Aveva undici anni. «Mi feci proprio affascinare da quel tipo». La prima canzone che imparò a suonare alla chitarra era *Wooden Heart*: «Una vecchissima canzone di Elvis, era facile da fare», e presto si mise a suonare nei locali degli operai. Verso i diciotto anni entrò nella fase delle band da pub. Non suonava più cover ma canzoni originali, in gruppi di cui non ricorda nemmeno più i nomi. Poi il batterista che era coi Face – la seconda vera band di Gary – fu chiamato a fare un'audizione con Robbie Williams. Ottenne l'incarico e telefonò a Gary, dicendogli che avevano bisogno di un chitarrista. «La cosa buffa è – tornando alla mia passione per il letto – che uno dei miei migliori amici mi diceva sempre: 'Gary, non arriverai mai da nessuna parte se te ne stai a letto tutto il giorno': ma Smiley mi telefonò alle tre e mezzo del pomeriggio e io ero a letto. Se fossi stato in giro a cercare lavoro non avrei mai risposto a quella telefonata».

Guy e Fil andarono a sentirlo suonare al Borderline e fu ingaggiato. Così era nella band di Robbie Williams, tutti vestiti con abiti bianchi per il venerdì di TFI. Era grandioso avere qualche soldo tanto per cambiare, ma Gary aveva dei dubbi che la cosa potesse durare anche solo un anno.

«Una delle prime cose che Rob mi disse, in realtà, quando mi unii alla band – e io sono andato d'accordo con Rob da subito, ho avuto immediatamnte un debole per lui, lo adoro, è una persona fantastica – insomma mi disse,

'Guarda, Gary, non voglio prenderti in giro, se questa cosa non decolla o non succede niente, io non sono una di quelle persone che la portano alla disperazione o continuano a provare'. Era questo il suo atteggiamento. Se non avesse funzionato, se ne sarebbe andato a fare qualcos'altro».

Poi uscì *Angels*. «Eravamo dietro in macchina e ricordo che Rob disse, 'Quando sento canzoni del genere penso che andrà tutto bene'. E quando uscì, arrivò nella Top Ten e io pensai, Continueremo ancora un po'. Ma poi le cose decollarono proprio. È stato straordinario. Per Rob è una pressione immensa e non posso nemmeno immaginare cosa debba essere, stare al centro di tutta quell'attenzione, ma per uno come me è grandioso esserci e vedere che succede. Esserne in qualche modo al centro e potere comunque uscire e fare una passeggiatina. Nessuno sa chi sei. È questo il bello».

È successo tutto così in fretta. Gary si ricorda il primissimo concerto da solista di Rob, nel 1997, al Peacock Centre a Woking, uno stanzone che può contenere duemila persone, e non era pieno nemmeno per metà. «Ci ripenso sempre quando suoniamo in posti tipo Slane Castle o negli stadi. Pensi, Com'è successo? Ho sempre sperato che succedesse qualcosa di incredibile, perché Rob è talmente bravo. Non lo dico tanto per. È un esperto. Col pubblico. Molto carismatico. Persino quando non c'è con la testa ed è al suo peggio – quelli che lui considera i suoi momenti peggiori – è comunque grandioso».

È anche generoso, pensa Gary. Rob gli ha dato il B-side di *Lazy Days* per una delle sue canzoni: «*She Makes Me High*. Ho pensato, Ecco uno che è capace di dare. Non gli importa con chi fa la sua roba. Non è fondamentale come tanta gente vuole far credere. È molto aperto al riguardo».

«Ricordo quando uscì quel singolo. Io e la mia ragazza giravamo per tutti i negozi guardando il Cd, guardando il retro e guardando il mio nome. 'Sì, eccolo lì'». Ridacchia al ricordo. «Mi mandava fuori di testa. E davvero è una cosa che mi aiuta, perché lui è uno dei più grandi cantanti del paese».

E che pensa Gary delle sue fan?

Fa la sua risata affannosa, leggermente acuta. Il fatto è che non le vede, perché durante il concerto si toglie gli occhiali, e la prima fila diventa un po' sfocata. «Scendiamo dal pullman e Rob le supera senza esitazioni. Io tendo sempre a dire, 'Come stai? Stai bene? L'hai visto?'. Mi fermo a salutare. Perché penso a loro che se ne stanno lì al gelo e, come dire, almeno così qualcuno le ha salutate».

Le sue fan hanno ragione: Gary è gentile.

6

«Non so cosa cerco
in una donna.
Non cerco niente.

Meglio gli uomini»

Veterano del rock

L'albergo a quanto pare si trova nella vecchia Berlino Est. Nel sole splendente di lunedì mattina le figure che camminano su e giù per Charlottenstrasse sono sagome d'inchiostro su un marciapiede brillante. Tim Clark è arrivato in aereo per il concerto di Berlino; lui e David passeggiano lungo le ampie strade in cerca di un caffè, avvolti in pesanti cappotti come due veterani del rock.

Tim è l'altra metà della squadra "a due teste" della IE; dei due è lui che resta a Londra a occuparsi di tutto il resto mentre David è in viaggio con l'artista. È più magro di David, più abbronzato e più segnato in viso (come si addice alla sua infanzia nella savana del Kenya, dove sognava di diventare scrittore). Mentre ti guarda intensamente sopra gli occhiali rettangolari senza montatura che gli stanno in bilico sulla punta del naso, ti immagini che sia dura per lui, che abbia per il lato affaristico delle cose la stessa sensibilità che ha chiaramente David per le persone. Insieme, formano una squadra simpatica, si prendono continuamente in giro, con la confidenza e la scherzosità di due vecchi amici.

Si conoscono fin dal 1968, quando David scritturò i King Crimson con la Island Records. Tim aveva iniziato a lavorare alla Island alla fine del '64, "come umile magazziniere". Era un posto straordinario ed emozionante, ricorda, anche se all'inizio «avevamo solo musica giamaicana, una piccola etichetta americana di rhythm'n'blues e qualche canzone sul rugby». Poi però la Island produsse un hit, *My Boy Lollipop*, di Mille, e *Keep On Running*, dello Spencer Davis Group, e poté iniziare a lavorare con band della scena underground: i Traffic di Steve Winwood, i Free, gli Spooky Tooth, i Jethro Tull e i Mott the Hoople. «Era grandioso», concorda David. «Ricordo che andavo in moto a Neasden, lì si entrava in questa stanza e c'erano scatole di dischi ovunque. C'era il caos più totale, ma era elettrizzante, perché tutti i dischi che vendevano erano roba ottima. Avevamo tolto i King Crimson alla Decca, che stava in questo gran palazzo sul Tamigi, tutto basato su Mantovani, che rendeva più o meno un centesimo a disco...».

Nel 1972 Tim fu il responsabile dell'ingaggio dei Roxy Music alla Island, "osteggiato praticamente da tutti", e a seguire vennero Cat Stevens, Emerson, Lake & Palmer e i Bad Company, tutti gruppi con cui Tim lavorò a stretto contatto. «Avevamo tutti i migliori gruppi underground», ricorda Tim, «e anche i gruppi folk». Fairport Convention, Nick Drake, John Martyn, i Thompson. Poi, quando Tim divenne direttore del marketing, fu scritturato Bob Marley.

Era un periodo eccitante per la Island, per la Eg, il gruppo di management di David, e per il lavoro creativo che stavano promuovendo. «Per me quello che era grandioso di Tim», dice David, «era che condivideva veramente la visione dell'artista. Che le copertine dei dischi non dovevano rispondere a un'identità societaria, ma erano volte a cercare di spiegare di cosa parlavano gli artisti...».

È una filosofia che oggi i due manager pongono al centro della loro operazione, anche dopo i cambiamenti della fine degli anni Settanta e degli Ottanta, quando Tim vide le prime etichette indipendenti, inclusa la Island, vendere alle grandi case discografiche. «Immagino che io e David siamo gli unici due rimasti che credono ancora negli ideali degli anni Sessanta, cioè più potere all'artista, in parole povere. Penso che in un certo senso, siamo una specie di aiutanti. Gli artisti hanno una visione e noi li aiutiamo a realizzarla».

«E probabilmente riuscite meglio voi di un ventisettenne a concretizzare la visione di Rob?».

«Oh, sì. Questa è una cosa che dipende dall'esperienza. Io e David, ognuno per conto suo, abbiamo fatto tutto il fattibile nel mondo della musica, a parte l'artista o il produttore, ovvero i veri e propri creatori di musica. Abbiamo fatto i magazzinieri, i venditori ambulanti, persino i direttori organizzativi. Abbiamo negoziato contratti discografici da entrambe le parti: dal punto di vista della casa discografica e dal punto di vista dell'artista. Quindi nessuno ci può ingannare».

È importante che riescano a dare a Rob la libertà creativa per fare quello che vuole. «Secondo noi non si va da nessuna parte», sottolinea Tim, «senza l'artista e i musicisti, quelle persone eccentriche, dal talento incredibile, che rifiutano di lasciarsi inscatolare. Che Rob si sia in qualche modo fatto inscatolare dalla sua casa discografica è la cosa più lontana dalla verità. È stato Rob a creare il modo in cui vuole apparire».

«L'idea della Emi», dice David ridendo, «era: 'Puntiamo sul fatto che è un ragazzo di bell'aspetto'. E lui cosa fa? Mostra il culo. Quindi gli ha dato il culo davvero».

Un corridoio affollato

«Benvenuti nel mondo dell'acqua», dice Rob, con un sorriso. A sinistra del piccolo corridoio che inizia dalla porta c'è un gruppo di poltrone attorno a un tavolino da caffè. Appoggiato al muro c'è un tavolinetto di servizio coperto di acqua Evian, Coca-Cola e altri analcolici. Stasera Rob sembra completamente rilassato. Ma non gli è piaciuto il concerto a Berlino, dice, secondo lui è stato meno bello di quello di Amburgo.

Lui e David sono già impegnati in una partitella a due di Uno, buttano giù le carte di Azione, Cambio e Passa: ormai è una routine ben consolidata. «Ti ringrazio», dice Rob vincendo una mano. A un certo punto David esce e Josie e Marv si uniscono al gioco. Josie sta ridendo perché qualche fan fuori stava scocciando Franksy per avere un'idea di dove sarebbe andato dopo Robbieeeee. «Oh ti pre-e-e-ego», l'ha supplicato, «ci dai un suggerimento?». «Non pulirti il culo con una bottiglia rotta», le ha risposto Franksy ringhiando.

Rob, sempre vivace e irrequieto, affretta il gioco, chiamandoti per nome se resti indietro più di un secondo. «David!». «Mark!». «Marv!». C'è una parte di lui che vuole essere gentile, un Uomo Migliore, ma lui resta sempre il Principe. «Apriresti quella finestra, David?», chiede. Altre volte si interrompe per cantare pezzi delle sue canzoni. Poi si gira all'improvviso a guardarti e sorride, per nessun chiaro motivo.

Poco dopo stiamo scherzando. Sto dicendo a David e Josie che a vederli in piedi al bordo del palco sera dopo sera, a ballare le canzoni di Rob, mi ricordano i personaggi di *Winnie Pooh*. David, grosso e calvo, con la sua camicia stile Nelson Mandela, e al suo fianco Josie, minuscola al confronto – sono Pooh e Pimpi (anche se questo non glielo dico).

«E io?», chiede Rob.

«No, tu fai più *Libro della Giungla*».

«E chi sarei? Un babbuino problematico?». Ride sonoramente.

Sono le due del mattino ma al piano di sotto, al bar, c'è ancora qualche fan. A un tavolo vicino alla porta ci sono Marlene e Haydee, di Rostok, sul Mar Nero, che bevono tè. Marlene, con una massa di capelli rossicci e occhi a mandorla, è una studentessa. La sua amica vestita di nero, con lunghi capelli scuri e una grande bocca stranamente mobile, ha finito la scuola e sta aspettando di andare all'università. Erano entrambe in prima fila al concerto, con Haydee che spiccava tra la folla per la sua bellezza vampiresca. A conoscerle più da vicino, non sono solo delle bellone stupide; parlano entrambe un buon inglese e sono intelligenti e loquaci. Erano solo delle bambine quando è caduto il muro, mi dicono, quindi non ricordano granché della vecchia Germania dell'Est. Ma non era così male ai vecchi tempi, insiste Haydee. Avevano tutti un lavoro.

All'improvviso appare Jonah. Quando mi vede alza le sopracciglia (avevo

«Ho una stima
enorme di tutta
la mia band.

Detesto leggere
tutte quelle cose tipo
'il mio corpo di ballo'
o la 'mia band' –
però è la verità.

Io li amo»

detto che andavo a dormire) e si mette a offrire da bere a tutti. Ma le ragazze tornano a Rostok in macchina stanotte, quindi bevono solo tè. «Tienimi quella sedia», dice Jonah.

Quando viene a sedersi la conversazione nel complesso diventa più ingessata. «Quanti uomini hai in cantina?», chiede lui a Haydee. Lei sghignazza e guarda rapidamente tra la sua amica e me. Dovrebbe essere una battuta, una cosa detta per rompere il ghiaccio, o che?

Dopo qualche minuto, squilla il cellulare di Jonah. Lui si alza ed esce. Torna dentro e si siede, con un grande sorriso leggermente nervoso sotto i baffi. «Vi piacciono le carte?», chiede. C'è una partita a carte al piano di sopra e vogliono un altro giocatore. Ma solo uno. Per caso ad Haydee andrebbe?

Haydee ridacchia in modo seducente. No, no, sta benissimo qui con la sua amica, dice. Jonah è preoccupato che lei non abbia afferrato l'antifona. La persona per cui lui lavora vorrebbe giocare a Uno con lei.

Haydee ride. «Oh no, non credo di voler giocare a Uno. È un gioco per bambini, vero?», dice.

«Non devi giocare a Uno», dice Jonah. «Ma sono sceme?», borbotta tra i denti, mentre il suo cellulare riprende a squillare. Stavolta la conversazione dietro l'angolo è più sussurrata e più seria. Le ragazze capiscono perfettamente qual è l'offerta. Non gli dispiacerebbe salire a conoscere Robbie, ma Haydee non vuole andare su da sola con Jonah.

Lui ricompare, ancora al telefono. Sta dicendo a chiunque c'è all'altro capo del telefono che sarà lì tra breve. «Accompagnato», dice calcando il tono.

Un minuto dopo compare Marv. È molto più diretto. «Sapete per chi lavoriamo, no?», dice. Questa persona sarebbe molto lieta di vedere Haydee in camera sua.

«Questa persona», aggiunge Jonah, «è uno di cui avete recentemente visto il concerto». Annuisce in modo eloquente.

«Oh», dice Haydee ridendo. «Michael Jackson!».

I due uomini della sicurezza si scambiano occhiate esasperate, poi Jonah rivolge ad Haydee il sorriso più grande che riesce di fare. Senti, le dice, perché non vieni su e basta così vedi di cosa stiamo parlando. Possono andare tutte e due, e poi una può restare a giocare a carte e l'altra può andare con loro. Lui e il suo collega.

Le ragazze non si vogliono separare e anche insieme non vogliono andare da nessuna parte con Marv e Jonah. «Noi preferiremmo saliremmo con te», dicono, rivolte a me. E stupidamente, perché mi piacciono e perché sono preoccupato per loro, accetto.

Saliamo in ascensore, un buffo quintetto. Lungo il corridoio, Jonah bussa alla porta di Rob. Un «avanti» attutito e Jonah ci scorta dentro. C'è Rob, solo, in fondo al breve corridoio che porta alla suite principale. Lui ci vede, una folla di gente che non aveva chiesto, e all'improvviso gli prende il panico.

«Mi dispiace», mormora, «troppa gente».

Ma non lo dice urlando, è gentile come sempre.

«Buonanotte», aggiunge.

Noi indietreggiamo e torniamo in fila giù al bar. Quando le ragazze se ne sono andate, Jonah la prende con filosofia. È stata una cazzata, praticamente. Ma è in queste situazioni che impari a riprenderti, scrollarti la polvere di dosso e tirare avanti un altro giorno.

Dopo un po' compare Marv. Tutto bene, dice. Ne ha parlato con Rob e il capo ha trovato l'episodio più che altro comico.

È una situazione bizzarra, essere un giovane uomo intrappolato in una stanza d'albergo con orde di ragazze tutte acchittate che ti aspettano giù nell'atrio. Non tutte sono disposte ad andare oltre una partita a carte, ma moltissime sì. Rob non può venire giù a chiacchierare e flirtare normalmente (e scoprire con esattezza chi vuole cosa) perché lo sommergerebbero, quindi molto spesso lascia il compito di fare le presentazioni al suo fidato entourage.

Uno di quei giorni

Mentre la squadra e la band hanno fatto un viaggio di otto ore e mezzo in pullman per arrivare fino a Dusseldorf, di notte, il Principale e i manager hanno preso l'aereo. Due macchine nere scintillanti aspettano Rob nel garage di cemento sotto l'albergo. Veniamo portati rapidamente all'aeroporto e condotti dritti alla sala delle partenze.

Rob non sembra troppo infastidito dall'incidente di ieri sera. «*Quella* è carina», dice, mentre una hostess bionda e impertinente rientra nella cabina. Poi: «Sono stato in camera mia per giorni», dice con voce cadenzata alla Elvis. «Per più di una settimana ormai», aggiunge con la sua voce normale. «Se non ero in camera mia ero su un pullman e se non ero su un pullman ero in un aereo. E può diventare un po'...».

«Da impazzire?».

«Già. Sai, se sto nella mia testa da solo, cosa che faccio invariabilmente in molte occasioni, non è un bel posto, la mia testa, da solo... per i percorsi che fanno i miei pensieri. A volte passo tutto il tempo a cercare di schivare i brutti pensieri...».

Prende un libro e si mette a leggere, di tanto in tanto alza gli occhi per guardare fuori dal finestrino con l'aria scoglionata.

Non è una bella giornata. Mentre arriviamo all'albergo di Dusseldorf c'è un drappello di giornalisti che aspettano. Mentre Rob entra, il direttore dell'albergo viene ad accoglierlo. Prima di avere il tempo di accorgersene Rob si ritrova in una situazione piuttosto strana. «Era un vecchio signore calvo con indosso una di quelle divise che evidentemente distribuiscono a tutti i direttori d'albergo del mondo. Mi afferra per la mano. E mentre io faccio per stringergliela per salutarlo lui cerca di guidarmi il braccio in modo che il mio corpo si apra davanti a tutti i giornalisti che sono in fila lì dietro. Lui cerca fisicamente di farmi girare per farsi scattare una foto di me e lui da mettere sui giornali. E non è così che si tratta l'ospite di un albergo. Si va negli alberghi per avere privacy: è per questo che vado in albergo».

Rob chiede immediatamente che tutto il gruppo della band venga trasferito in un altro albergo. Alla fine, Franksy e David riescono a convincerlo a restare. A parte la riorganizzazione che il trasferimento richiederebbe, a Dusseldorf non c'è un altro albergo di questo livello che possa ospitare tutto il gruppo della band stasera. Ma Rob non è contento. Ha mal di gola, tra l'altro, dice Josie. Quando arriva alla location del concerto, se ne resta nel suo camerino e la guardarobiera, Flo, gli prepara il suo tè speciale rigenerante al timo col miele.

Il panino dello sgombero

A metà del pavimento della vasta arena c'è la zona barricata in cui il team che sta a contatto con il pubblico mixa e controlla la luce e il suono. Su una pedana rialzata in fondo, con i riccioli scuri che arrivano quasi a toccare la scrivania piena di monitor e quadranti e schermi di computer, è seduta Liz Berry, direttore creativo e designer delle luci. Alla sua sinistra, a un altro set di controlli della luce, c'è il suo assistente, Rich Gorrod, che sembra un ragazzino, con quella maglietta e quei pantaloni al polpaccio, e lei, per tutto il pomeriggio, non fa altro che flirtare e provocarlo.

«Sarai pure negato», gli dice, «ma non sei male».

Sotto di loro c'è il team dei fonici di sala, responsabile del mix che sente il pubblico. Al centro sul davanti, in piedi di fronte a una scrivania argentata talmente piena di manopole e cursori colorati che senz'altro ci si potrebbe pilotare un aereo, c'è Dave Bracey, il fonico di sala tasmano (il marito di Gabby Chelmicka), assistito dalla squadra di fonici composta da Sherif El Barbari e Bart Schoonbaert, una coppia improbabile composta da un egiziano calvo e

occhialuto e un belga biondo coi dreadlock. Qui fuori c'è tutto un altro mondo, con delle preoccupazioni completamente diverse.

«Ora ci troviamo davanti a un dilemma», dice Wob, mentre si appoggia con la camicia di seta nera contro una delle transenne color ruggine che più tardi serviranno a tenere a bada il pubblico. «Stasera arriveranno nove pullman carichi di inglesi. Mettiamo su la cassetta in tedesco o quella in inglese?». Decidono di mettere la cassetta tedesca, che sostituisce "Questo è un annuncio pubblico" con "Achtung! Achtung!".

Il concerto nel complesso è più spettacolare visto da qui, isolati nel mezzo della folla, con una panoramica sul palco orlato lungo il fondo dalle sagome scure di braccia e mani che si agitano. Lo spettacolo delle luci è mozzafiato: i flash bianchi abbaglianti che aprono il concerto; i riflettori arancioni che si accendono durante *Old Before I Die*; i raggi incrociati rosa e bianchi contro lo sfondo blu durante *Road To Mandalay*.

Le mani di Dave, incredibilmente grandi, si muovono sopra la sua scrivania, facendo dei continui, microscopici aggiustamenti al mixer del pubblico. È stato uno spettacolo ok, dice alla fine. Ha deciso di non fare commenti a Rob a meno che non ritenga che la sua esibizione sia stata fuori dell'ordinario.

«Probabilmente faccio commenti a un concerto su trenta. Non c'è niente di peggio di quando la gente con cui lavori ti ripete in continuazione: 'È stato fantastico! È stato splendido!', perché lo sai che certe sere fai davvero un gran bel lavoro e altre non ci stai proprio con la testa». Ma Rob apprezza la sua onestà; se Dave gli dice che gli è piaciuto, ha la certezza che è stato bello.

Stasera – Dave fa una smorfia – era così così. Ha visto concerti migliori finora in questo tour.

Mentre i membri della band si dirigono chi verso l'albergo del disonore, chi verso il letto, e chi a qualche festa (e stasera più di uno, stasera sì, a qualche momentanea distrazione con una fan), lo staff resta sul set: ogni singolo pezzo dev'essere smontato, caricato sui cinque enormi camion del palco, e portato guidando di notte a Stoccarda, dove ci sarà il concerto di domani sera. Questo processo frenetico loro lo chiamano, con l'understatement di chi deve davvero sudare per guadagnarsi da vivere, lo "sgombero".

Coi tempi così tirati, devono fare tutto contemporaneamente. Un montatore alto che indossa una maglietta con scritto *NORTHERN SCUM* ("canaglia del nord") si arrampica su una di quelle scale strettissime per sganciare le catene dal soffitto; gli uomini delle luci staccano le spine e avvolgono i fili elettrici che stavano ai bordi del palco; sul retro del set i macchinisti smontano la gabbia di Rob.

«Close your eyes so you don't feel them

They don't need to see you cry

I can't promise I will heal you

But if you want to I will try

To sing this summer serenade

The past is done we've been betrayed it's true

Some might say the truth will out

But I believe without a doubt in you»

«Benvenuto nel regno dei vandali», dice Little Jez, mentre abbassa amorevolmente una delle chitarre di Guy, una Gibson acustica, nella sua custodia foderata di una pelliccetta sintetica rosa scuro.

Wob e il suo staff di ventisei uomini adesso hanno un team di subalterni da dirigere: la "squadra locale", la cui abilità e/o utilità varia di città in città. Dusseldorf non è famosa né in positivo né in negativo, anche se nel caso qualcuno stesse cercando il cast per un film su eco-guerrieri con l'anello al naso, i capelli lunghi, le teste rasate, coperti di tatuaggi, questo sarebbe un buon posto da cui cominciare.

Mentre smonta la sua zona luci, Liz Berry non sembra per niente turbata dall'aspetto spaventoso del suo aiutante. «I pezzi pesanti li puoi portare tu perché io sono la ragazza», dice a un visigoto con la coda che ha l'aria di poterla spiaccicare con un pollice.

«Mi scusi, signore», dice Dave a un ragazzo alto e dinoccolato con sette anelli al naso che si ciondola in giro, «se non ha niente da fare, prenda questo, lo avvolga e poi lo metta nello scatolone».

Ci sono scatoloni su scatoloni ovunque: che vengono stipati di strumenti, catene, speaker, luci, monitor, attrezzatura varia, e portati su un carrello passando prima dal supervisore Gary Currier e poi su per la lunga rampa, nella notte buia e gelida, dentro i cinque enormi camion del palco che aspettano fuori sotto la pioggia. «Altri due ragazzi qui», urla Gary. «Se potete dare una mano con questo camion».

Lo si sente a malapena, con tutto lo sferraglio, il fracasso, lo sbatacchiare e martellare, il macinio delle catene attraverso i motori che echeggiano nell'arena gigantesca con un rumore assordante. Al centro del palco, un uomo che si è tolto la maglietta, mostrando un enorme tatuaggio nero circolare sul petto, si sposta lungo una truss che è stata calata dal soffitto e raddrizza ogni singola luce.

«Si bruciano le stesse calorie che bruceresti con un orgasmo», brontola.

«E cioè quante calorie sarebbero, Mister B?", chiede Liz.

Lo staff dei backliner – il tecnico della batteria Mick, i tecnici delle chitarre Jez e Adam, il tecnico delle tastiere Jules Bowen, l'ingegnere dei monitor Martin e il babysitter Bava – sono i primi a finire, e si allontanano dal gruppo allegramente per dirigersi alle docce e poi al pullman, mentre gli uomini delle luci, i macchinista e i rigger continuano a sgobbare. Si autodefiniscono il Country Club, dice Jez, perché se ne vanno prima degli altri, e si alzano dopo gli altri. Il resto dello sgombero è "un po' monotono", spiega con un ghigno, finché il posto è vuoto e i cinque camion sono pieni.

Fatevi una doccia domattina, se volete, dice Wob, sporgendosi all'indietro dal suo computer nell'ufficio produzione. Salire sul pullman senza farsi una doccia è un'alternativa del tutto legittima per lo staff – il loro motto è Puzza e Scappa. Si comincia a scaricare di nuovo alle sette del mattino in punto.

Niente cenette post-concerto sui pullman della squadra. Solo un pezzo di baguette imbottita di prosciutto o insalata di formaggio, il famoso panino dello sgombero, mandato giù con birra o vino.

Jules sta gelando al piano inferiore, si scola vino Rioja in un bicchiere di plastica. È la seconda sera di "una terzina" quindi stasera non si daranno a feste folli. Porta lo stesso completo che indossa dalle prove nella London Arena: maglietta nera e pantaloncini neri. Come bagaglio porta sempre solo una piccola sacca, dice, con dentro il suo guardaroba di viaggio, composto da magliette nere e pantaloncini per una settimana, "con un paio di magliette nonnere per i giorni liberi".

Al piano di sopra il canadese Martin dà a tutti un paio di dritte utili su come comportarsi con lo staff. Prima di tutto, la cosa più importante: non cacare in pullman. «Questa è la regola numero uno». Poi c'è la regola dei cinque minuti: quando ti alzi dal tuo posto nella zona giorno, hai cinque minuti per reclamare il tuo posto prima che qualcuno altro possa prenderlo. Infine, mai indossare il laminato quando hai il giorno libero: sarebbe di cattivo gusto ed è punibile con una multa di una bottiglia di vino.

Martin lavora con Rob dal maggio 1999, quando fu chiamato per occuparsi dei monitor per un concerto canadese e poi gli fu chiesto di restare. «Davvero non so molto di lui come persona tranne quello che leggo nei giornali scandalistici. Se mi capita l'occasione gli dico ciao e lui dice ciao, ma questo è più o meno il massimo del nostro rapporto. È il mio capo, giusto. Non credo che la maggior parte della gente passi davvero molto tempo o esca col capo. Vale anche per questo settore».

Infine si accendono i motori, si cambiano le marce, e il convoglio di camion e pullman dello staff esce nell'oscurità dell'autostrada. Prossima fermata, Stoccarda, e un incidente che finirà sulle prime pagine dei giornali di tutto il mondo.

7

«Arriva un punto del tour che quando senti *Fat Bottomed Girls* diventi euforico. Stai per salire sul palco, la chitarra ti entra nell'anima, senti le coriste e ti gasi tantissimo.

Poi ci sono altri giorni in cui pensi, No, un'altra volta *Fat Bottomed Girls*. Devo stare sul palco per la prossima ora e quaranta minuti. Come cazzo faccio?»

Un altro Rob

7,00 del mattino. L'operazione di scarico comincia con una serie di croci di gesso giallo sul pavimento, scarabocchiate da "Big" Jez Craddick, il capo rigger alto e dinoccolato che è entrato nel settore dopo una carriera nei Royal Engineers, dove pilotava e dirigeva i carri armati. «Una volta un mio amico mi ha detto che ero *istituzionalizzato*», dice. «In effetti, la gente che lavora nel mondo del rock'n'roll in un certo senso diventa una specie di istituzione».

Jez sta tracciando i "punti" in base ai quali l'intero set di Robbie – truss per le luci e per i video, pedana, tende, ciclorama, kabuki – verrà tenuto sospeso alle catene del palco. «Dipende tutto da lui», dice Wob, che lo guarda dal basso, «le cose devono essere fatte in modo perfetto. Siamo nelle sue mani. Se fa un minimo sbaglio, sul palco non funzionerà niente».

Nel frattempo Andy Jupp, il rigger con la testa rasata, e Gary Currier, il direttore di palco, stanno prendendo una nuova squadra locale per scaricare gli scatoloni di catene e fili elettrici dal primo dei cinque enormi camion che stanno fuori. A parte Andy, Big Jez dispone di due "arranpicatori" in alto sul soffitto e due rigger. Partendo dal fondo del palco, adesso stanno appendendo gli appigli per le luci, bloccando pezzi di corda blu traballanti. Sullo sfondo, gli scatoloni continuano a rotolare giù dalla rampa dei camion.

8,30. Nel backstage, il team di cinque uomini del catering hanno scaricato la cucina, steso le tovaglie di plastica a fiori sui tavoli e spacchettato l'importantissima macchina per il caffè Lavazza. Gli chef Graham Morrison e Chris Clarke sono in piedi davanti a padelle sfrigolanti di uova con il bacon. È il momento in cui i camionisti e i conducenti dei pullman e quelli che non stanno lavorando si possono finalmente sedere: Mairaed DeBarra porta pezzi di bacon ai rigger e allo staff delle luci che non hanno il tempo di fermarsi.

9,00. Con il secondo camion di scatoloni ormai scaricato, Gary e la squadra locale si mettono al lavoro per scaricare il terzo camion: truss e oscuratori. Di nuovo sul palco, il macchinista George Osborne – riconoscibile per il cappello nero che indossa in ogni circostanza – sta assemblando la truss posteriore, con un gran sferragliare, congiungendo dei pezzi trasportabili con ganci di acciaio di un centimetro e mezzo. Dopo che è stata assemblata e che sono stati appesi i ciclorama bianchi e le tende nere, Andy attacca le estremità delle catene.

9,30. Lo staff dei fonici compare sulla scena. Sherif e Bart stanno discutendo col responsabile della promozione per capire quanta gente ci sarà nell'arena stasera. Una volta che Sherif ha calcolato esattamente dove sarà il pubblico, si mette al lavoro con un laser, facendo rapide misurazioni delle altezze e delle distanze, e le immette nel software del suo computer. Solo allora deciderà l'angolatura definitiva dei cinque potenti amplificatori, per essere certo che tutto il pubblico abbia una copertura perfetta. Tutte le sue fonti sonore devono essere allineate, in modo che la musica si senta in sincrono per tutta l'arena.

10,00. Ecco Liz Berry, il direttore creativo, in piedi in mezzo all'arena che sbadiglia davanti a una tazza di caffè. Apre le custodie grigie imbottite e tira fuori il pannello delle luci. Fuori, sul retro, stanno scaricando il quarto camion – suono e video. Sul palco, stanno innalzando la truss centrale delle luci, che si trascina per sei lunghi nastri metrici. «Se non è al livello», spiega Andy, «i verricelli sulla pedana sottostante registreranno pesi diversi. Ci dobbiamo tenere una band lì sopra, quindi è molto importante». Sotto, George si mette all'opera per montare la pedana. «In realtà è come una specie di Meccano», dice. «È solo che i giocattoli sono più grandi».

11,45. L'attrezzatura per le luci anteriori è l'unica che è rimasta al suo posto. Il resto del set viene scarrozzato sul palco: sezioni di alluminio con le estremità di acciaio, un meccanismo fatto fare su misura costituito da un gancio e una morsa, che si chiude rapidamente, i gradini d'argento di Rob a sinistra e lo scivolo che ancora non ha mai usato a destra. È stata scaricata anche la famosa sedia di Rob: alla luce del giorno sembra quasi inoffensiva, con i viticci luminosi che adesso sono spenti.

12,15. Finalmente il Country Club ha fatto la sua comparsa. «Un po' di pane tostato», dice il tecnico delle batterie Mick. Tipo: «una tazza di tè, ce la prendiamo comoda, magari cominciamo anche a lavorare un po'». Lui, Adam, Jules e Little Jez sistemano sulla pedana la batteria, le tastiere e le chitarre. Jules stringe una cinghia di arresto blu. «Se succede il peggio», dice scherzando, «e la band cade giù, almeno le tastiere resteranno al loro posto». Queste cose le può dire solo quando la band non è presente, perché una volta, durante le prove, la pedana si è rotta veramente: la parte posteriore si è alzata di venti centimetri a causa di un "errore umano" di Big Jez. Ed ecco che viene sollevata, appesa ai sei cavi d'acciaio inquietantemente sottili fissati alla truss sovrastante. Jules, tutta allegra, ci sta sopra. La terza sezione di rivestimento nero per il pavimento – il Marley – è stata srotolata e stesa sotto. Una volta che è stato incollato a terra vi si trova il finto stemma di Robbie, dipinto in bianco.

NON ILLEGITIMI CARBORUNDUM: Non Lasciarti Intimorire dai Bastardi. Poi *ELVIS GRANT ME SERENITY – ROBBIE WILLIAMS A.D.* 2000.

Dopo pranzo alcuni rigger e macchinisti possono andarsi a stendere un'oretta nelle loro cuccette sui pullman. Ma l'operazione di scarico non è ancora finita. Ora il palco è montato e l'arena può essere oscurata, Liz si mette al lavoro con le luci. Il novanta per cento degli effetti viene stabilito in anticipo da un programma informatico. Ma diventa tutto un po' meccanico se si fa tutto in base al computer, quindi lei tiene un mucchio di giocattoli sui suoi compilatori in modo da poter correre di qua e di là a fare cose manuali. «Mi piace sentirmi parte dello spettacolo», spiega. « Ogni tanto mi diverto a usare gli abbaglianti». Sono le luci bianche accecanti che splendono sulla folla, sparate ogni sera come flash all'inizio dello spettacolo. «Sono stupefacenti. Non avevo idea che fosse un riflesso condizionato della gente mettersi a urlare quando gli riversi la luce negli occhi, ma a quanto pare funziona proprio così».

La messa a fuoco è un processo lungo e laborioso, Liz lavora su ogni singola luce di ciascuna truss, controllando che siano allineate correttamente per il pezzetto di palco che devono illuminare. A un certo punto si fanno le quattro, di nuovo l'ora del soundcheck tecnico. Bava sta testando i microfoni. «La voce di Gary: *uno due hey yeah*». Jules strimpella *Isn't She Lovely* sulla tastiera di Guy. (Il brano rappresenta un terzo del suo celebre repertorio di tre canzoni: le altre due sono *Close To You* e *Son Of My Father* di Chicory Tip.) Le mani di Dave si muovono sul pannello dei comandi mentre sistema le cose in modo che lo soddisfino. Lavoro finito per il momento, Liz gira in fondo all'arena in rollerblade.

Quando alle 18,30 vengono aperti i cancelli, c'è una gara folle delle fan per guadagnarsi la prima fila. Le ragazze strillano mentre corrono in massa su per le scale dal corridoio laterale. Nel giro di poco ci sono già dieci file di ragazze, cinguettanti come stornelli. Hanno con sé zaini e sacche, così possono sfilarsi le giacche a vento e i cappotti, svelando la tenuta da sera che indossano sotto, decisamente più striminzita.

Quando arriva la band, Tom il contabile è contento come una pasqua: ieri sera gli è andata bene. «Ed era una ragazza molto carina, bionda, gran fisico, quindi sono felice». All'inizio ce n'erano quattro e lui è riuscito a ridurle a due, in camera sua, servendosi da bere dal minibar. Era pure ora. Ha speso così tanto bevendo nei locali che stava cominciando a chiedersi che fine aveva fatto la sua parte.

Rob entra nel camerino degli uomini e vedendo la squadra radunata chiede a tutti un minuto di silenzio per un disco. Si chiama *Eternity*, e sarà il loro singolo dell'estate. Tutti stanno seduti in silenzio, ad ascoltare, mentre Rob annuisce alla musica:

> Close your eyes so you don't feel them
> They don't need to see you cry
> I can't promise I will heal you
> But if you want to I will try
> To sing this summer serenade
> The past is done we've been betrayed it's true
> Some might say the truth will out
> But I believe without a doubt in you
>
> You were there for summer dreaming
> And you gave me what I need
> And I hopo you find your freedom
> For eternity
>
> Yesterday when we were walking
> You talked about your ma and dad
> What they did that made you happy
>
> What they did that made you sad
> We sat and watched the sun go down
> Then picked a star before we lost the moon
> Youth is wasted on the young
> Before you know it's come and gone too soon
>
> You were there for summer dreaming
> And you gave me what I need
> And I hope you find your freedom
> For eternity
>
> You were there for summer dreaming
> And you are a friend indeed
> And I hope you find your freedom
> Eventually
> You were there for summer dreaming

And you gave me what I need
And I know you'll find your freedom
Eventually

For eternity

[Chiudi gli occhi così non li sentirai/ Non serve che ti vedano piangere/ Non posso prometterti che ti guarirò/ Ma se lo vuoi proverò/a cantarti questa serenata estiva/ Il passato non si può cambiare siamo stati traditi è vero/ Qualcuno potrà dire che la verità verrà fuori/ Ma io credo ciecamente in te// Tu eri lì per i sogni d'estate/ E mi hai dato quello di cui ho bisogno/ E spero che trovi la tua libertà/ Per l'eternità// Ieri mentre camminavamo/ Hai parlato di tua madre e di tuo padre/ Cosa hanno fatto che ti ha resa felice/ Cosa hanno fatto che ti ha resa triste/ Ci siamo seduti e abbiamo guardato il sole che tramontava/ Poi ci siamo scelti una stella prima di perdere la luna/ La giovinezza è sprecata per i giovani/ Non fai in tempo ad accorgertene che è già venuta e passata troppo presto// Tu eri lì per i sogni d'estate/ E mi hai dato quello di cui ho bisogno/ E io spero che tu trovi la tua libertà/ Per l'eternità// Tu eri lì per i sogni d'estate/ E sei stata davvero un'amica/ E io spero che tu trovi la tua libertà/ A un certo punto// Tu eri lì per i sogni d'estate/ E mi hai dato quello di cui ho bisogno/ E io so che troverai la tua libertà/ Prima o poi// Per l'eternità]

«Molto bella», dice Fil alla fine.

«Grazie», dice Rob. Piega di nuovo la testa e se ne va, irrequieto e sfuggente come sempre. In realtà è un po' annoiato. Siamo a metà del tour, un'altra città tedesca, un altro pubblico eccitato, le solite vecchie battute, le solite vecchie canzoni. Certo non si aspetta niente di speciale, come potrebbe essere a Copenaghen o Parigi. È solo un noiosissimo concerto standard, e lui non deve fare altro che sfoggiare il solito repertorio.

Tornato nel suo camerino si siede con David e si lancia in un'altra partita a Uno. «Torna indietro!», esulta, buttando giù una carta Cambio. «Uno, come al solito!».

Anche i membri della band sono fiacchi, si ciondolano sui divani dei camerini, scherzano pigri, cercando di capire con esattezza in che parte dell'Europa si trovano.

«Non ho idea di dov'è Stoccarda», dice Fil.

«Sì, me l'immaginavo», dice Chris.

Guy torna dalla stanza dei massaggi. Niente male per Rob la massaggiatri-

«Un tizio
mi ha spinto
giù dal palco.
Va bene.
Tutto a posto.
Ok, pace»

How old

ce, vero? Si dice che se la sia già spassata con le massaggiatrici altre volte. Per passare il tempo, Guy propone che tutti i presenti nella stanza facciano finta di essere in un libro di Dickens e che si chiamino solo per cognome.

«Dovremmo istituire un sistema di multe», dice. «Se uno non usa i cognomi. Per il resto del tour».

«Per il resto del tour!» ride Chris.

«Beh, almeno fino ai Brit Awards», dice Guy.

«*Mr Chambers*», dice Fil, in perfetto tono vittoriano, «mi sento in obbligo di dirle che lei è un completo e assoluto coglione».

Pompey compare sulla porta, vestito con l'equipaggiamento completo degli uomini della sicurezza: cappellino nero da baseball, cuffie, microfono, marsupio rigonfio. Quelli della band vogliono sapere il suo cognome di modo che possa partecipare al gioco, ma prima che chiunque faccia in tempo a chiamarlo signor Wilkinson, se n'è già andato, con la voce di Jonah che gracchia dal suo walkie-talkie. «Ala sinistra del palco...».

«L'ultimo bagno prima del palco è sulla destra alla fine del corridoio», è la battuta finale di Pompey. Fil inarca le sopracciglia e ride. Il terzetto della sicurezza, con le loro elaborate procedure militaresche, è considerato un po' strambo. Durante l'ultimo tour, Franksy aveva fatto stampare su una maglietta lo slogan di Jonah: "Sei contento adesso?" – e Jonah, mantenendo del tutto integro il suo senso dell'umorismo da uomo dell'esercito, adesso la indossa regolarmente.

John Lennon, George Harrison, Jill Dando...

In mezzo alla folla eccitata del pre-spettacolo, Liz Berry, in piedi alla sua postazione di comando, comunica col suo team tramite una rete privata di cuffie o "barattoli": l'assistente, Rich, subito al suo fianco; il capo supremo dei video, il neozelandese Alistair Mac Dairmid, che sta più vicino al palco; i quattro operatori delle luci, imbracati nei loro sedili e issati in alto sulla truss anteriore per le luci. Tre di loro sono i conducenti dei camion e dei pullman, che fanno un doppio lavoro. «Mi dimentico sempre di chiedere», dice Liz, mentre l'annuncio "*Achtung! Achtung!*" risveglia la folla trasformandola in un gruppo di pazzi urlanti. «Cos'è che dice Rob in tedesco ogni sera sul palco? Presumo che voglia dire qualcosa tipo: 'Tua madre si spompina le capre'».

«Ecco l'Aquila!», esclama lei, mentre Rob saltella sulla sua sedia. Poi, mentre segue un nuovo percorso lungo la parte più alta del set, lontano dai gradi-

«Non potevo rovinare lo spettacolo a tutte le altre persone che erano lì. Perché in passato mi è capitato che mi abbiano tirato della roba addosso, tipo bottiglie, e a volte mi hanno hanno anche colpito. In quei casi semplicemente scendevo dal palco e non tornavo più. Ma stavolta non l'ho fatto, sono rimasto fino alla fine» ni d'argento: «Viene giù dallo scivolo».

«Giù dallo scivolo», le fa eco Rich al suo fianco.

«*Wee-hey!*», ride lei. «Sdraiati, Robbie. Ok, tutti pronti per il primo quadro. Tutti ai loro posti, facciamogli vedere chi siamo. Quadro uno per favore. Pr-rr-ronti, via!», ordina, mettendosi a ballare mentre parte la musica. «Bene», approva, quando i cambi di luce funzionano a dovere. «È di buon umore stasera», osserva lei. «Ma non molto loquace».

Dopo *Forever Texas*, c'è un altro cambio improvviso nella scaletta. Rob ha deciso di punto in bianco di cantare *Wonderwall*, il successo di Noel e Liam Gallagher. L'ha comunicato a Liz e a Dave Bracey subito prima dello spettacolo. «Mi domando se l'ha detto a quelli della band», pensa Liz parlando col suo team. «La cosa divertente è che Yolanda non l'ha mai suonata prima, perché non c'era nel tour dell'anno scorso».

Si scopre che Rob non l'ha detto a quelli della band. «Fil si sta cagando sotto», ride Liz. «Non siamo i soli a non sapere quello che facciamo». Yolanda e Fil cercano coraggiosamente di suonare il pezzo, ma il risultato non ha niente a che vedere con le interpretazioni brillanti ed espressive degli altri numeri più rodati. Poi Rob si dimentica le parole. «Un disastro assoluto!», dice la voce neozelandese di Alistair attraverso i "barattoli".

«Qvella era buone*n*, ya?», dice Rob alla fine, rivolto al pubblico ancora entusiasta.

«No», dice Alistair, «qvella era merde*n*».

Ma il peggio deve ancora venire.

A metà della canzone successiva, *Supreme*, un'esile figura riesce a intrufolarsi dal tendone nero sul fondo e corre attraverso il palco verso la star. La band e il pubblico non lo notano nemmeno per quanto corre veloce. Per un attimo, Fil pensa che sia Mick, che schizza avanti per fare qualche modifica alla predella della batteria; poi, orripilato, si rende conto che non è Mick. Perché lo sconosciuto, quando raggiunge Rob, gli pianta con forza entrambi i palmi sul dietro della camicia nera e umida, e lo spinge in avanti, giù dal palco.

Rob ha ancora in mano il microfono mentre cade, e ruzzola sulla testa rasata di una guardia sconvolta, precipitando per due metri e mezzo nella buca nera sottostante, col suo aggressore addosso. Diana Scrimgeour, una fotografa rock londinese che stava scattando dei primi piani di Rob, lascia cadere la macchina fotografica mentre si butta di lato. Vede la sagoma del braccio di Rob mentre lui le arriva addosso, e lo sguardo perverso, maniacale, "veramente folle" sul viso dello sconosciuto dietro di lui.

«L'hanno aggredito!», urla Liz attraverso i "barattoli". A scoppio ritardato, l'incredibile folla al concerto resta col fiato sospeso, e le braccia che prima si agitavano in aria ricadono rapidamente lungo i fianchi della gente sconvolta. Mentre la musica si interrompe, un chiacchiericcio di massa riempie l'arena. E adesso? È finita? Sul palco i membri della band conferiscono seri tra loro.

Per pochi secondi Rob non è altro che un sacco nero, sdraiato scompostamente sul pavimento. Le guardie hanno trascinato via l'aggressore e gli hanno bloccato le mani dietro la schiena. Rob ha già ripreso a muoversi, si accovaccia, e adesso chiede il suo microfono. David Enthoven è già saltato giù e l'ha raccolto. Rob sembra agire col pilota automatico, ma non si lascerà scoraggiare, non sospenderà il concerto – come avrebbe fatto in passato. Vuole tornare là sopra e finire la sua scaletta. Con l'aiuto di Jonah e di una guardia del posto, Rob monta di nuovo sul palco. David gli passa il microfono; si accorge che Rob sta scoppiando di adrenalina. Adesso Guy ha riattaccato con la musica, ma Rob lo blocca con un gesto brusco. Si gira verso la folla.

«State tutti bene?», urla Rob alla folla in attesa. «Sì», lo rassicurano. «Beh, pure io», urla lui in risposta. «E non permetterò a nessun bastardo di salire di nuovo sul palco e rovinarvi la serata».

C'è un enorme applauso.

«È molto scosso», osserva Alistair attraverso i "barattoli". «Si vede fin da qui. Linguaggio corporeo. È a pezzi».

«Secondo me Rob potrebbe o staccare per un po'», dice Liz al primo intervallo, dopo *Kids*. «Oppure fiondarsi subito di nuovo sul palco, fare tutto il concerto a testa bassa come un toro e tirare dritto fino a *Rock Dj*».

E infatti fa proprio così. Finisce i pezzi che gli restano come una furia, senza fermarsi un secondo, per finire con il *Rock Dj* più energico che abbia fatto finora, un'esplosione di adrenalina. Poi esce e si lancia giù per il tunnel di stoffa che porta al backstage, prima ancora che nessuno riesca a dirgli una parola. Tutti lo seguono in gruppo, compresa l'equipe del documentario. «Ok, voglio tutti qui dentro, per favore», dice. Sta bene, annuncia, mentre tutti gli altri si affollano nel suo camerino. Non si devono preoccupare. Non ha intenzione di farsi commiserare. «Qualcuno mi ha spinto giù dal palco. Va bene. È tutto a posto. Ok, pace». Tutti battono le mani.

Più una, meno una

La porta del camerino di Rob adesso è chiusa. Davanti c'è David, il manager, che gli fa la guardia, mentre gli uomini della sicurezza, sconvolti, sono riuniti pochi metri più in là lungo il corridoio. Adesso la guardarobiera Flo entra da sola per accudirlo. Gli massaggia il ginocchio con la tintura di arnica, gli dà dei granuli di arnica per il trauma e gli offre qualcosa che certamente è molto raro in questo circo sempre pubblico: l'affetto e il sostegno "in privato" di un'impiegata di fiducia. David e Josie vengono fatti entrare e la maschera di coraggio di Rob crolla. «Sono tornato sul palco e ho finito il concerto», dice. «Non potevo rovinare lo spettacolo a tutte le altre persone che erano lì. Perché in passato mi è capitato che mi tirassero della roba addosso, tipo bottiglie che mi hanno colpito in volo, e altre cose simili, e io scendevo semplicemente dal palco è non tornavo più. Ma stavolta non l'ho fatto, sono rimasto fino alla fine». Ha la voce rotta mentre alza lo sguardo. «Non lo so, amico. È che una cosa del genere ti sbatte in faccia domande come: ne vale la pena? Sai, perché quel tizio gliel'ha piantato veramente un coltello nella schiena a Monica Seles. Quindi anche quello di stasera poteva avere un coltello. Avrebbe potuto avere qualunque cosa. Io non voglio avvilirmi con l'autocommiserazione o...». D'un tratto gli si rompe la voce. «Però mi spavento. Ho veramente paura», ripete, con gli occhi ora lucidi di lacrime. «E non è solo stasera che ho paura, capisci cosa intendo, è un'enorme percentuale dei miei giorni che ho molta, molta paura».

John Lennon, George Harrison, Jill Dando, Brad Pitt. La paura che lo ha perseguitato, notte dopo notte, da solo in camera sua a Kensington Park Road, alla fine è diventata realtà. Grazie a Dio non è successo il peggio.

Nella stanza accanto, sono tutti agitati, sconvolti ed eccitati.

«È stata come una scena al rallentatore», sta dicendo Fil. «Ho pensato, Cristo, certo che Mick va come una scheggia...».

«È arrivato dal fondo, da dietro il palco», dice Guy.

«Come diavolo, con gli uomini della sicurezza dappertutto...», dice Fil, più arrabbiato che coerente, «e quello arriva a salire sul palco...».

«E come se non bastasse», dice ridendo la corista Katie, «ho perso la mia rosa!».

Guy, che molto spesso si porta dietro una piccola videocamera, e la tiene accesa sia sul palco che sul backstage, è riuscito a cogliere, incredibilmente, il momento dell'aggressione sul video. Si allungano tutti sul piccolo schermo per vedere l'assalitore che corre da sinistra a destra, sembra davvero un posseduto. «Non ho mai visto nessuno venire aggredito sul palco», dice Guy. «E sono stato a centinaia di concerti».

Arriva Franksy. La polizia l'ha preso, dice. A quanto pare è uno completamente scoppiato. Crede che Rob stia impersonando Robbie e che il vero Robbie

Williams si trovi da qualche altra parte. Guy fa andare di nuovo la registrazione.

«Porca puttana!», esclama Franksy.

«È semplicemente orribile, vero?», dice Guy. «Così orribile che non riesco a guardarlo. E l'ho già visto dieci volte», aggiunge in modo illogico.

Quando Rob si è finalmente ripreso, emerge nel corridoio. Le guardie Marv e Pompey sono in lacrime. «Per favore, ragazzi», chiede Rob ai cameramen e ai fonici del documentario, che si sono rimessi a filmare e registrare. Lui gli fa cenno di andarsene e loro indietreggiano mentre lui va ad abbracciare Pompey. Il veterano delle Falkland e la superstar si stringono come fossero fratelli.

Dieci minuti dopo, Rob compare attraverso la zona delle docce che collega il retro del suo camerino con quello degli uomini. È vestito di tutto punto, con tanto di berretto di lana nero e piumino. Il chiacchiericcio generale si cheta. Nascondono le canne dietro i braccioli delle poltrone e i bicchieri di vino fatti scivolare sul pavimento. Rob annuisce e sorride in silenzio mentre guarda la sua band, le persone con cui è più intimo, cui vuole bene, e che sono, si rende conto ora più che mai, i suoi amici. «Ehi voi, andate a Parigi stasera?», chiede. La risposta è affermativa. Lui annuisce di nuovo, pensieroso. «Forse verrò anch'io», dice. «Non sono sicuro di voler restare a Stoccarda stasera».

No, gli dicono. Anche loro gli vogliono bene. Vieni con noi sul pullman. Vieni via da Stoccarda. Lasciati alle spalle questo posto del cazzo. Lui annuisce di nuovo e si allontana pensieroso lungo il corridoio.

«Non riuscivo a credere alla sua reazione quando è tornato sul palco e ha finito lo spettacolo», dice David dopo. «Il vecchio Robbie si sarebbe infuriato e sarebbe scappato via. Questo nuovo Rob invece è un uomo premuroso molto più preoccupato di non deludere tutti gli altri. È stato un punto di svolta. Il ragazzo è diventato un uomo. Io mi sono sentito traboccare di orgoglio, se ti devo dire la verità. Ero in lacrime. Ho pensato: 'Eccolo qui, è diventato un uomo'».

Mentre finiscono le operazioni di sgombero, i tecnici compaiono uno per uno nella stanza di accoglienza, discutendo dell'incidente mentre bevono gli alcolici e il vino che hanno lasciato quelli della band. Little Jez non riesce a ricordare nemmeno quand'è stata l'ultima volta che una fan è salita sul palco. Nessuno biasima gli uomini della sicurezza. «Alla fine il punto è che capita a tutti noi di fare cazzate sul lavoro».

Tutti pensano che, paradossalmente, sia stata la sua migliore interpretazione di *Rock Dj* in assoluto. «A quel punto, era come se fosse strafatto», dice Liz. «Una palla di adrenalina».

Lo sgombero è finito. Nella zona giorno al piano di sopra del pullman della produzione, gli uomini del catering si stanno lasciando andare alla grande. Sono alla fine di un'infilata di tre giorni consecutivi, domani è giorno libero, nessuno deve svegliarsi alle sette e lavorare fino a mezzanotte, sul tavolo ci sono lattine e bottiglie, la musica ha un ritmo tranquillissimo, e l'aria è densa di fumo resinoso e risate. Uno dei membri dello staff dice che ha l'impressione che gli si stia sciogliendo il collo per quanto ha fumato. Mentre il pullman fila lungo la strada diretto a Parigi, continuano i commenti del dopo-catastrofe.

«In fin dei conti, l'ha solo spinto giù dal palco», dice qualcuno.

«*Solo!*», esclama Em, l'uomo del catering.

«No, mi spiace», dice Wob irritato, in piedi davanti alla porta che dà sulle scale. «Se non fosse atterrato su qualche uomo della sicurezza, poteva essere la fine del tour di Rob, poteva essere la fine della sua carriera. Sai, basta scuoterlo un po'... Se quello l'avesse spinto un po' più forte Rob sarebbe finito contro la barricata e si sarebbe rotto la mandibola... Ho degli amici... beh, non proprio amici, ma conosco gente che è morta cadendo dal palco, sai. Due metri e mezzo sono tanti...».

La prima parte del tour è quasi finita. Un ultimo concerto ed è fatta, si torna a casa per i Brit Awards e una pausa. C'è un senso di sollievo misto a stanchezza tra i membri dello staff, quando, a mezzogiorno, arrivano nella calca e nel baccano del traffico di Parigi e si sistemano all'Holiday Inn di Place de la République.

Qui non c'è Franksy, con le sue buste bianche e le chiavi delle stanze già pronte. Si accampano tutti svogliatamente attorno alle tre poltrone di fronte alla boutique, mentre Wob passa lentamente in rassegna la lista alla reception. Gli ospiti eleganti che passano coi loro abiti e cravatte e vestiti scintillanti distolgono rapidamente gli occhi dal malconcio plotone che affolla l'atrio: Bart coi suoi magnifici dreadlock biondi; Jules coi calzoncini neri e le scarpe da ginnastica sporche; George col suo marchio di fabbrica, il cappello nero, e le pantofole omaggio dell'Atlantic Kempinsky. Sono tutti pronti per la loro giornata libera. Bart parla di croissant e caffè in un posto che conosce che sta dietro l'angolo. Gary, il direttore di palco, gesticola mentre descrive scherzosamente un tragitto triangolare che include un ristorante alla Bastiglia, un bordello in Rue St Denis e la cattedrale di Notre-Dame. Ti ingozzi, scopi e poi ti confessi.

8

«Ho rimbalzato. Sono come una palla di gomma»

Rock Dj

Rob sta bene, dice David Enthoven. È felice, triste, scosso, sconvolto. Ma anche se sembra strano, quello che è successo ieri sera è stato un bene. «È stato una sveglia. Se fai le cose sempre nello stesso modo, sera dopo sera, finisce per forza che ti adagi. Grazie a Dio non è successo niente di grave e ci ha rimediato solo qualche livido e un grosso scossone. Poteva andare molto peggio. La lezione che dobbiamo imparare da questo è che Rob adesso è un'icona e che bisogna controllare ogni via d'accesso».

Nell'atrio piccolo ma lussuoso dell'Hotel Le Parc, dove è alloggiata la band, Franksy, Yolanda, Tom e la bionda rappresentante della Emi di Parigi se ne stanno stravaccati sulle poltrone arancioni. Guy si unisce al gruppo, con l'aria di aver dormito vestito tutto il pomeriggio. Sorseggiano lo champagne supplementare servito dalla cameriera e si aggiornano sugli ultimi pettegolezzi.

Alla fine Rob non è andato sul pullman con la band perché, Yolanda si allunga in avanti e mormora con un sorriso, «ha fatto festa». «Tutta la notte, a quanto pare», aggiunge Tom. «Lei l'ho vista che aspettava nel foyer: portava degli stivali alle cosce, e poi, sopra lunghe gambe voluttuose, una minigonna nera. Bel culo. Maglione nero. Capelli molto scuri. A dire il vero, sembrava anche molto dolce, quindi lui sarà stato bene». Tom sghignazza in modo discreto e tracanna lo champagne. «La cosa positiva è che posso immaginare di vivere le cose attraverso Rob».

Mentre Rob e David vanno a uno dei loro incontri di self-help, gli altri vanno lì vicino, all'"*Alain Cass's new place*", per starsene seduti ben dritti sulle sedie di pelle, bianche, alte, con lo schienale dritto, attorno a un tavolo di cristallo. Il ristorante è specializzato in aragosta e agnello, che non è il massimo per Joe Washbourn, il cantante dai riccioli biondi leader dei Toploader (il gruppo che apre i concerti del tour), che è vegetariano. Mentre lui e Fil si fanno una lunga chiacchierata da esperti dell'industria musicale, Guy si impantana nella scelta dei vini: un Riesling Schossberg del 1996; uno Chablais Domaine Defaix del 1995; un Gevrey Chambertin Guyon del 1990; un Nuits St George Champy del 1993. Solo il meglio per il Signore.

I cellulari di Franksy e Josie squillano in continuazione. Tra un boccone e l'altro di agnello rosato, Josie sta definendo l'apparizione di Rob ai Brit Awards di lunedì e fissa dei piani iniziali per il tour estivo negli stadi. Sul tavolo ha una lista di cose da fare. C'è scritto:

QUARTETTO D'ARCHI
BALLERINE
DRAGONE
SEI OTTONI

Mentre il gruppo passa ai formaggi, arriva Rob dalle porte a vento del ristorante col suo piumino nero. È immediato e inevitabile che Rob sia al centro dell'attenzione mentre fa il giro del tavolo, chiacchiera con la promotrice di Parigi, scherza con Franksy, prende la lista di Josie, la esamina brevemente e la posa giù di nuovo. Nonostante tutta l'insicurezza di cui si è tanto parlato, è una di quelle persone da cui non riesci a distogliere lo sguardo, la cui forte presenza fa sì che gli altri risentano del suo umore. Ora sorride e gli angoli della bocca gli si arricciano all'insù e sono tutti felici che lui sia di nuovo felice e di nuovo tra loro dopo il travaglio. Eleganti responsabili di sala e cameriere ordinate si mantengono a rispettosa distanza, con sorrisi del tipo "non posso credere che uno così famoso sia venuto proprio qui" stampati sulla faccia. Lo sguardo di Rob piomba sui bicchieri di vino rosso e bianco e all'improvviso se ne va, mutevole come non mai. Josie posa il formaggio, prende il cellulare e gli corre dietro.

Voglio Sainsbury's

Lo Zenith di Parigi è il posto più grandioso finora, un'arena coperta da un'enorme tenda di alluminio. All'interno, tutto è magnificamente francese. Le file di sedili rossi sono piene di gente che ride e parla in modo estremamente civile, come se fosse un concerto di musica classica. Si sente della musica jazzata di violino. Ti aspetteresti quasi di vedere Serge Gainsbourg scendere i gradini con una Gitane tra le labbra.

C'è un nuovo uomo della sicurezza, Max, testa rasata, nero e silenzioso, che si aggiunge al terzetto, il cui stato di vigilanza è ora evidente dai movimenti nervosi.

Il backstage è piccolo: tutti i camerini sono delle strutture tipo cabinotti trasportabili che si aprono sulla zona centrale del catering. Sembra il set di qualche musical rock di terz'ordine. Il camerino di Rob è in cima a una stretta scala a chiocciola: se ne sta appoggiato all'indietro sul divano con la veste da camera bianca, e mi parla di come si sente dopo essere stato spinto giù dal palco.

«Va tutto benone. Sta andando alla stragrande. Mi sento molto amato da tutti quanti: lo staff, tutti quelli che mi circondano, gli uomini della sicurezza». L'altra sera è stato terrificante però. «Un minuto sono sul palco a metà di uno spettacolo in cui mi sto annoiando a morte, e un minuto dopo mi ritrovo nella buca con questo tizio che mi salta addosso per picchiarmi. Il mio primo pensiero è stato: il me di un tempo avrebbe usato l'aggressione come una scusa per cancellare il tour, ma io mi sento molto più sano in questo periodo. Avevo voglia solo di tornare sul palco e finire lo spettacolo. Quello che è successo mi ha dato l'impeto e l'adrenalina per tornare su e fare un concerto come non ne facevo da tempo.

«Però devo dire che questi scherzetti del tour non fanno per me. Non più. Non li sopporto questi sbalzi emotivi. Il pubblico buono e il pubblico cattivo. Cantare le canzoni che ormai mi annoiano e con le quali non provo più grandi emozioni. Ho perso la prospettiva di cosa parlano le canzoni o di come mi facevano sentire mentre le scrivevo. Al momento mi sembra tutto solo un ammasso di merda. È difficile farlo ogni sera, ma non vedo l'ora di fare lo spettacolo stasera, e non vedo l'ora di tornare a casa domani».

Ma il lato tossico di lui sta guarendo. Scrolla le spalle e sorride. «Gira e rigira però c'è sempre un 'ismo'. Un 'ismo' di insicurezza o un 'ismo' di... però sì, va molto meglio, grazie».

Quindi si è ripreso?

«Sì, mi sono ripreso. Sono come una palla di gomma».

La folla del sabato sera è calda. Gli abbaglianti di Liz balenano negli occhi della gente. «Robbie! Robbie!», risuona sopra il baccano. L'enorme tenda kabuki si apre.

Poi succede il disastro.

Al massimo dell'elevazione, la pedana si blocca. Non si muove, traballa e basta, oscillando molto lievemente da una parte all'altra. Il rigger Jez e il tecnico delle tastiere Jules, che sono lì sopra insieme alla band, non sono preoccupati. Sanno come funziona il sistema. Se il computer si rompe, il motore si blocca. Non c'è pericolo che cada, e c'è un computer di riserva pronto a prendere il comando.

Ma questo è il peggior incubo di Guy. Anche se ammette che gli piace l'effetto del kabuki che si apre mostrando il palco vuoto e quello della band che scende dall'alto, per lui è stata una tortura quotidiana doverlo fare davvero.

Guarda in alto e vede i sottili cavi d'acciaio che si svolgono lentamente dalla truss delle luci sovrastante; sa bene che la truss viene a sua volta appesa ogni giorno a un nuovo tetto con altri, sottilissimi cavi d'acciaio. Jez e i suoi montatori sono molto, molto bravi nel loro lavoro, ma lui avverte la terrificante precarietà del tutto. E c'è sempre la possibilità umana di sbagliare, no? E se a uno competente come Jez può capitare una volta... Guy cerca di smettere di pensare, di calmarsi fissando le note della sua tastiera. Gli tremano le gambe.

Molto più in basso, Rob riesce a vedere quello che è successo dalla sua sedia. Non è eccessivamente preoccupato. Fantastico, pensa, comincerò lo spettacolo senza la band e loro scenderanno dopo. Rock'n'roll. Solo io e il palco senza band. Geniale. «Mandatemi su, mandatemi su», dice a Gary e Sarne. Loro innescano il sistema di contrappesi, Rob salta su, gli applausi raddoppiano, e lui corre giù per le scale fino al davanti del palco. E all'improvviso... niente. Rob si ricorda solo in quel momento che di solito l'attacco per *Let Me Entertain You* glielo dà Guy, che è bloccato sulla pedana.

«Così mi sono ritrovato lì in piedi da solo», dice, «e mi sono reso conto che non potevo cantare. Guardavo il pubblico e pensavo: stavolta finisce a puttane».

Mentre Rob si gira per andarsene, arriva Wob di corsa. Stava inserendo delle luci di platea dall'altra parte dell'edificio e non era subito sul posto. Si mette in piedi al centro del palco, maledicendosi per la sua disattenzione, e dentro la camicia nera sta visibilmente tremando. «Signore e signori, a causa di un problema tecnico dovremo interrompere lo spettacolo per un minuto».

La folla, che nell'ultimo mezzo minuto è stata titubante, adesso si è messa a fischiare sonoramente. È come Tea in the Park a Glasgow, pensa Wob, quando il monitor si è rotto e lui ha dovuto far scendere la band dal palco. Quella volta gli avevano fischiato in trentamila.

«Mi dispiace molto», urla alla massa di volti ostili. «Adesso lo facciamo ripartire».

Mentre i lampadisti e i macchinisti lavorano frenetici per passare al computer di riserva, Rob si è ritirato a un lato del palco. Molto più su, Guy sta ancora fissando le note della sua tastiera. Non guarda né in alto né in basso. Chris si è alzato dal suo sgabello e si è steso sulla pedana per mantenere la calma. Ha dato un'occhiata all'espressione di Jez: sembra tranquillo, quindi, dai, non ci pensare a basta. Anche Fil si è steso sulla pedana. Da quant'è che sono lì su ormai? Devono essere cinque minuti buoni. Gli applausi e i fischi si sono trasformati da un pezzo in un vocio distante e confuso.

E poi, all'improvviso, in modo assurdo, alle note di un easy listening jazzato che decisamente non è *Let Me Entgertain You*, la pedana comincia a scendere. Mentre scendono nel raggio di luce del palco, Guy è bianco come un cencio. Guarda in alto, scuote la testa guardando Fil e dice: «Io questo numero non lo faccio più».

La pedana è a terra. Fil, Yolanda e Gary scendono mentre Rob corre avanti al centro del palco. «Al diavolo l'intro di prestigio, ragazzi», urla. «*Let's rock!*».

E lo fa proprio, mettendoci l'anima. «Voglio vedere quelle mani». «Voglio vedervi saltare». «So che no-o-on sono un caso disperato». «*Merci beaucoup*». «Avete dei gran polmoni». «*Ecoutez! Ecoutez!*».

«Mi hanno spinto giù dal palco», dice al pubblico subito prima di *Better Man*. «Giusto? Però sono ancora qui, giusto? Mi buttano giù ma io mi rialzo ancora più forte. Signore e signori», aggiunge, subito prima dell'intro di *Supreme*, «questa è per tutti quelli che hanno in mente di buttarmi giù dal palco in futuro: Non vi conviene scherzare con Robbie».

«Sono cattivo», aggiunge, e poi fa una mossa verso il basso come se stesse accoltellando un suo invisibile aggressore. «Stai giù, figlio di puttana!».

Nel backstage, Guy non è contento. Dice che non salirà mai più su quella pedana. Wob compare nel camerino per fare un piccolo discorso. Vuole solo dire a tutti che non c'è stato il minimo pericolo, in nessun momento. Sfortunatamente, il computer ha sbagliato, e questo gli ha impedito di accendere il motore per abbassare la pedana. Era escluso che potessero cadere. «È solo che non potevamo azionare i verricelli».

I membri della band lo assalgono di obiezioni e lui sembra irritarsi per quanto sono arrabbiati. «Non siete stati voi a dover affrontare settemila persone inferocite», dice lui.

«E tu non sei dovuto rimanere sospeso a dieci metri dal palco», dice Fil.

«Sentite, se ci sono problemi, guardate Jez. Se lo vedete atterrito allora sì che vi dovete preoccupare».

«Questo sì che è tranquillizzante», dice Guy, secco.

«È il terzo intoppo che abbiamo avuto nel giro di una settimana», dice Yo.

«Non ho parole», dice Fil.

«Voglio andare ai grandi magazzini! Voglio Sainsbury, voglio Tesco, voglio una vita normale!», dice Yo.

Puttanella

Tornato al Le Parc, la cena post-concerto si tiene a un tavolo lungo in una graziosa sala da pranzo sul retro, con le tende bianche e vasi di fiori bianchi sotto un tetto di vetro stile serra. David Enthoven si sente sollevato per essere arrivato al termine della prima metà del tour. Ma sente che si potrà rilassare davvero solo quando sarà tutto finito, dice.

Rob è seduto vicino a una graziosa biondina dall'aria fragile che indossa una giacca bianca; accanto a lei c'è una donna più grande, di Newcastle, che ha la leucemia e non riesce a trovare un midollo osseo compatibile col suo. Ha scritto a Rob, dice, e lui ha accettato di incontrarla nel backstage a uno dei suoi concerti. «A Glasgow», continua Rob. «Joanne è venuta nel backstage con sua madre e un'amica. E ci siamo seduti a chiacchierare. Nel corso dell'ultimo anno e mezzo, forse due, mi trovo ad avere sempre più difficoltà a parlare con chiunque, perché non mi fido più. Quindi mi sono sentito travolto quando Joanne è tornata indietro e ci siamo messi a parlare. Le parole scorrevano libere. Ci siamo messi a chiacchierare e ci siamo semplicemente trovati. Lei è una donna molto speciale, di una bellezza assoluta, e ha un gran cuore. Da allora ci sentiamo per telefono».

Joanne non ha ancora trovato un midollo osseo compatibile. «Ma c'è sempre un 'ancora'», dice Rob. E Rob stesso sta per mettersi in lista per la donazione di midollo osseo. «Spero di poter essere compatibile per qualcuno».

«Che dite, facciamo quel gioco che abbiamo fatto a casa di Jane Seymour?», dice Rob, quando la cena è quasi finita. È quel vecchio gioco di società chiamato Chi c'è nel sacco?, che Rob ha ribattezzato Puttanella, in cui si mettono i nomi di persone famose in un cappello e ogni squadra deve capire di chi si tratta dalla descrizione del suo portavoce. Quindi ci mettiamo tutti a scrivere dieci nomi a testa, su pezzetti di carta strappati, che vengono messi in una ciotola d'argento. Dopo aver proposto il gioco, Rob prende e se ne va su per le scale. Andato via l'animatore, l'entusiasmo scema rapidamente attorno al lungo tavolo. «Se non torna giù, io me ne vado», dice Chris.

Ma Rob torna dopo poco e si mette alla testa del gruppo ora che è tornato vivace. Una sedia vuota al lato del tavolo più vicino al muro è la "sedia che scotta". Si formano due squadre. Uno per uno i partecipanti vanno su ed estraggono i nomi dal mucchio di bigliettini nella ciotola d'argento. Rob si assume appieno il ruolo del gran cerimoniere, e introduce ogni persona dicendo, «Vi prego di fare silenzio per...».

Ognuno tira fuori un lato di sé insospettabile. Jonah recita i versi di una poesia di Wordsworth, "Vagabondando solitario come una nuvola...". Michael

Timney, il taciturno fattorino del team del documentario originario del Cumberland, si rivela un uomo arguto e loquace, e pensa che Loyd Grossman sia "una gran rottura di palle". E quando anche Rob finisce sulla sedia che scotta, è stranamente esitante e prolisso nel descrivere le persone.

Ma il suo nome continua a venir fuori. È come se il suo entourage non riuscisse a toglierselo dalla testa, persino quando sono rilassati. «Suona come Rob ma senza la R», è il modo usato da qualcuno per arrivare a Obelix di Asterix. Poi c'è Rob Roy e Robin Williams, per non parlare di Robin Hood.

I più attorno al tavolo sono passati con molto tatto dal vino all'acqua. Gabby sta ancora bevendo vino rosso, e il regista del documentario, Brian, si scola un bicchierino veloce di nascosto. Franksy e Josie si sono ritirati in un'altra stanza, portandosi via i bicchieri (pieni).

A fine partita, Guy si alza e dice che ha voglia di uscire. Fil e Yolanda fanno lo stesso. C'è una festa in onore di Robbie in un locale per vip sugli Champs Elysées. A Rob non importa granché. Preferirebbe di gran lunga fare un altro giro di Puttanella. Ma stasera non sarà la sua volontà a comandare, perché è l'ultima serata della tranche. È in netta minoranza rispetto a quelli che vogliono andare a ballare. Si stringe nelle spalle e va al piano di sopra, nel regno dell'acqua, portando Joanne e sua madre con sé. La sera dopo il trauma è piacevole potersi rilassare con quest'insolita amica, una persona normale con cui può parlare in modo normale, non come le solite fan impazzite e sopraffatte dall'adorazione.

L'"altra metà di Robbie Williams", nel frattempo, se ne sta seduta nella zona vip del locale vip, cercando di superare il panico di prima, e ridacchia silenzioso osservando tutte le cameriere che indossano magliette di Robbie azzurre. È grandioso, pensa, che il suo socio musicale stia uscendo così poco in questi giorni. Così questo orribile popolo della notte lo desidera ancora di più.

Oh, il mio salsicciotto

Robbie sta tornando a casa per i Brit Awards. Nella Sala Club dell'aeroporto Charles de Gaulle, i membri della band sfogliano i giornali. Guy dà un'occhiata alla sezione degli annunci immobiliari, ancora in cerca della casa dei suoi sogni nella zona nord di Londra. «L'ambasciata uruguayana è in vendita per diciassette milioni di sterline», dice. «Questa si è che una truffa». E legge. «Qui c'è un appartamento a Mayfair – un appartamento – tre milioni e mezzo».

«I Brit Awards significavano andare lì, ricevere i premi, essere umile – ma del resto io *sono* umile – ringraziare e sforzarmi di credere che me lo meritavo. Poi tornare a casa, farmi una tazza di tè, giocare a carte, parlare della serata e andare a dormire»

«Dove?», chiede Franksy.
«Su per Grosvenor Street».
«Su per il Culo Street», dice Franksy.

Gabby porta a Tom una rivista per cuori solitari. «Ho pensato che questo potesse fare al caso tuo», dice con un ghigno.

Rob prende l'Eurostar, per fregare la stampa. Ma quando la band atterra a Heathrow non si vede un paparazzo a pagarlo oro. Vengono trasportati a Earl's Court con una flotta di limousine nere scintillanti. Rob è già arrivato nel backstage e fa avanti e indietro con David e Josie sul tappeto rosso steso fuori dal complesso improvvisato dei camerini. Rob si mette subito al lavoro: viene portato a una poltrona da Kate Thornton, l'intervistatrice delle celebrità, che gli spara le domande per un'intervista che viene trasmessa in diretta su Internet. È vero che esce con Geri? Gli sta piacendo il tour? Che programmi ha per l'anno prossimo? Si prenderà un anno di vacanza, dice, e cercherà di ritrovare se stesso. Dove? «Me ne starò a casa mia e guarderò in tutti gli angoli», scherza lui. «Magari mi troverò nascosto in qualche cassetto».

Dall'altra parte dell'enorme tendone divisorio nero, nella vasta arena di Earl's Court, la zona prospiciente il palco è piena di gente indaffarata. Una squadra di uomini della tv spinge una telecamera gigantesca avanti e indietro sui binari. Su in alto, il piccolo occhio dell'obiettivo si muove come impazzito, zooma in avanti e indietro seguendo una sua traiettoria folle. La band è sul palco, completa di una sezione di ottoni di tre uomini, la metà dei sei che andranno con Robbie nel tour estivo negli stadi. Sulla destra, su degli schermi incrociati diagonalmente che assomigliano a speaker della Marshall, si vedono le sagome di quattro ballerine che volteggiano sensualmente. David e Tim chiacchierano con il presidente della Emi, Tony Wadsworth, che è anche, fatto curioso, l'organizzatore dei Brit Awards di quest'anno. Josie parla a Sergio Covino, il ballerino ventottenne che lunedì sera, per quaranta secondi, impersonerà Robbie. Vestito con il costume da corpo scuoiato del video di *Rock Dj*, farà un'entrata su un ponte al di sopra del pubblico per distrarli mentre il vero Rob emerge da un buco al centro del set a forma di cono d'argento, che sembra un cono gelato gigante, con i gradini che scendono sul davanti passando tra modellini ingranditi dei nove Brit Awards che ha già vinto. Per il momento è del tutto confidenziale, dice Tim, ma lunedì ne vincerà altri tre, facendolo avanzare nei numeri a due cifre, un record di tutti i tempi.

Al primo tentativo, il palco girevole non riesce a girare e Wob e alcuni dello staff devono spingerlo. «Questa scena ricorda niente a nessuno?», chiede Fil ad alta voce.

Rob vagola sul palco e si mette al centro davanti al suo microfono. Sopra il set, la sua immagine viene ripetuta in quadruplice copia sugli schermi giganti.

«Mi chiamo Robbie Williams», improvvisa nel microfono. «Sono di Stoke-on-Trent. Sono andato a scuola e lì mi sono preso un po' di botte...».

Oggi è chiaramente di buon umore, se ne sta a dire cavolate in jeans e maglietta azzurro chiaro, e adesso fa finta di essere un cantante di musica country. «*Keep rolling, rolling, rolling*», canta. Poi imita David Bowie. Poi un qualche *lieder-meister* tedesco, tipo cantante lirico: «Oh-h, il sole splende... Oh-oh dalle colline arriva... una salsiccia e un omino... Oh-h, si chiama sal-siccia...».

Dopo cinque minuti questo è diventato il ritornello di una canzoncina assurda. «Oh-oh, il mio salsicciotto», canta. «Questo è il singolo dell'estate, Tony», urla al presidente della Emi.

«Caos organizzato», ride David. «Per lunedì sarà tutto in ordine».

«Oh, il mio bel salsicciotto», canta Rob. «Tu mi dai gioia ma mi dai anche... sgomento». Rivolge uno sguardo teatrale a un orizzonte immaginario. «Mi dai sgomento. Mi dai anche questo motivetto e questa vita», fa il riff.

Adesso è salito di corsa su per i gradini, è montato al centro del set. «Oh, il salsicciotto», canta, «che scompare in uno splendido buco rossastro».

E scompare.

«Lo spettacolo comincia tra dieci secondi», urla Wob. «Sei, cinque, quattro...».

«Oh-h-h!», l'urlo di Rob risuona dal fondo del buco. «È quel bastardo di Liam Gallagher. Mi ha preso per la gola».

Risate dappertutto, mentre lui si finge moribondo, con la testa che emerge lentamente sul set. «Ah, maledetti!» urla in cima alle scale. Poi si mette di profilo, solleva il microfono: «Oh-h-h, il mio salsicciotto...».

Scende giù e suonano *Rock Dj*, non molto bene a dire il vero. «Lunedì la farò come si deve, non vi preoccupate», dice Rob a tutti. Poi, fintamente serio: «Mi aspetto di vedervi tutti qui lunedì. Portate i vostri salsicciotti con voi. Io me ne vado a casa a guardare *Match Of The Day*. Ed è via di nuovo, torna al suo appartamento di Kensington Park Road, con il grande divano blu davanti a una gigantesca tv a schermo piatto, i suoi scaffali pieni di giocattoli morbidi, la sua immagine di Darth Vader e il suo pallone da calcio di Port Vale autografato.

«Restate tutti dove siete!», urla Wob. «Non vi sognate neanche di andar via». L'intera manovra deve essere provata di nuovo, anche se stavolta Wob si mette al posto del Principale, ed emerge lentamente dal buco con un gran sorriso sul volto, che viene ripreso e ingrandito sui quattro schermi giganti sovrastanti. Wob scende lentamente le scale e se ne sta in piedi imbarazzato davanti al microfono, con indosso la giacca di pelle e i jeans, con la gran chioma lucida che oscilla appena. Mentre *Rock Dj* procede, lui sorride, si accarezza la barba nervoso e a un certo punto si mette quasi a ballare. Il tutto viene ingrandito quattro volte e una cosa è sicura: per quanto sia un bell'uomo, Wob non è Rob.

Ego a go-go

Due sere dopo, l'auditorium di Earl's Court è stato trasformato in una caverna sottomarina vasta e bellissima. Raggi blu e arancioni squarciano l'oscurità proiettando una luce ballerina sulle sedie dorate scintillanti disposte attorno a ogni tavolo tondo, i bicchieri e le bottiglie brillanti che attendono gli ospiti d'eccezione dell'industria musicale. Camerieri e cameriere, con grembiuli bianchi e impeccabili in vita, gironzolano a gruppi, osservando il fermento.

Giù sul palco, Wob e il suo staff si stanno preparando per l'apertura di *Rock Dj*. Non sta andando granché bene. Alle prove generali, prima, la rotazione non ha funzionato un'altra volta. La band, dice Fil, non ne è entusiasta.

«Non sembra di essere a Londra», dice Gary.

«Potrebbe essere una cerimonia di premiazione in Germania», dice Guy.

«Il Blitz!», dice Chris, con la tipica risata con cui rafforza le battute.

Alle cinque e mezza Rob arriva nel backstage con una squadra. Oltre a David, Josie, Jonah e Marv, c'è il migliore amico di Rob, Jonathan Wilkes, che di solito accompagna Rob in tour, ma che nelle scorse settimane è stato impegnato a lanciare e promuovere una carriera pop tutta sua. Ha cinque anni meno di Rob, e sua madre era la migliore amica della madre di Rob, quindi i due sono cresciuti come fratelli a Stoke-on-Trent. Un altro amico con la faccia tonda e i capelli lunghi è uno sceneggiatore di Los Angeles. Il capo si affaccia col naso dalla porta del camerino degli uomini.

«Ciao ragazzi».

I suoi occhi scattano per la stanza e via di nuovo, torna nel suo camerino per mettersi una camicia indianeggiante blu scuro con degli elaborati disegni d'argento sul davanti.

«Ti manca solo un elefante», dice Guy, che è entrato con Kylie Minogue. Lui e Rob hanno scritto per lei una nuova canzone: *Your Disco Needs You*.

Dietro l'angolo, oltre il camerino di Eminem, contraddistinto da tre enormi guardie, c'è la Scarlet Club Room and Lounge, arredata come un bordello d'alto bordo, con tappeti rosso scuro, mucchi di tulipani olandesi color vermiglione, una palla a specchio che lancia frecce di luce sul soffitto di tela bianca. Graham Norton se ne sta al bar con un abito rosa. Due donne nere molto alte

e vestite in modo elaborato stanno al centro della stanza appoggiate a degli enormi cuscini rossi, argentati e bianchi. Katie Kissoon è in piedi davanti all'ingresso, con una tazza di tè, e ride guardando la scena. Né lei né Tessa restano per la festa, non c'è nemmeno bisogno di dirlo. E nemmeno Franksy. «Per quale motivo dovrei andarci?», dice. «Il pubblico è là fuori».

«Mi fa così paura», ridacchia Gary, tornando da un giro nel backstage. «Ego a go-go». Si mette i soliti vestiti da palcoscenico, la camicia di calicò a quadri azzurri e bianchi e i pantaloni di cotone rosso chiaro. Compare Fil. Anche lui è teso, mentre indossa un kilt.

Flo la francese fa avanti e indietro col suo passo leggero, indossa pantaloni di pelle e sceglie con tranquillità alcuni capi dal guardaroba, cuce un bottone lì, stira una camicia là, prepara tè al miele per Rob che se ne sta in piedi sulla porta del camerino, truccato, con tutta l'aria di essere seriamente in preda al panico.

«Buona fortuna, Rob».

«Grazie», risponde lui intontito. «Andrà tutto bene. La vita è bella».

Guy torna a cambiarsi. «L'avete visto Eminem che rappava fuori dal suo camerino?». Ride. «Così, rappava alla gente che passava. Decisamente un momento da Brit Awards».

All'improvviso mancano tre minuti allo spettacolo ed è ora di fare il rito di incoraggiamento. Rob è preoccupato che non ci siano tutti. «Chiamate Max», urla. Fanno la preghiera a Elvis. Rob augura buona fortuna a tutti. Poi: «Se supero stasera senza farmi menare o ubriacarmi sarà un miracolo».

I raggi bianchi dei riflettori si allontanano a cerchio sulla folla urlante e acclamante. Il palco è un'esplosione di flash gialli. ROBBIE, dice l'enorme scritta bianca a lettere maiuscole che domina il palco, sotto gli austeri e giganteschi Brit Awards sul fondo. «Robbie! Robbie!», scandisce la colonna sonora.

Ed eccolo qui! "La più grande star della Britannia", lo chiamerà il *Sun* domani mattina, quando lo incoroneranno "RE ROB" sulla prima pagina. Scende ballando tra i tavoli dal lato destro del fondo della sala, col costume senza pelle e sanguinolento di *Rock Dj*.

«Robbie-eeeeeee! Robbie!», raggiunge un apice. E questa volta, incredibile, il palco gira e, mentre i membri della band si sostituiscono ai Brit Awards, cinque pennacchi di fumo bianco eruttano dal centro del cono gelato. Le teste del pubblico si girano. Le ragazze restano visibilmente senza fiato. Era tutta una finta. Perché il vero Robbie è qui che sorge, come Cristo, dal buco di Wob, con le braccia incrociate con modestia sul petto, vestito solo con una maglietta bianca sotto un abito nero. Fa un passo avanti, fa un pausa di un attimo per allungare l'orecchio alle urla, fa il suo sorriso piatto da gibbone mentre scende di corsa i gradini e si scatena in *Rock Dj*. «*Me with your floorshow, kicking with your torso...*».

Dietro lo schermo gigante, le sagome delle ballerine che volteggiano impazzite, hanno piume nei capelli. Guy sembra una versione inquietante di Mr Big in abito nero, camicia nera, cravatta nera, occhiali scuri, ben dritto mentre strimpella con le dita sulla tastiera. Fil schizza da tutte le parti col suo kilt. Gary batte il piede. Quando finisce, Robbie dà un pugno in aria e fa un inchino. I Brit Awards MasterCard 2001 hanno inizio, con i presentatori Ant e Dec.

Il gruppo della Ie Music ha due tavoli in prima fila. Uno, solo acqua, è per Rob, il suo migliore amico Jonathan, il suo compagno di Los Angeles Sacha, David, Tim, Josie e l'ospite speciale Geri Halliwell, minuta e con un paio di stivaletti bianchi, una gonna stretta di pelle bianca, e un bustino dorato a forma di farfalla che le lascia la schiena scoperta. Subito dietro, in un secondo tavolo alcolico, ci sono Fil, Guy, Gabby e il resto dello staff della Ie, quelli che fanno andare avanti le cose a Londra. Sacha ha un'idea per le macchine fotografiche. «Quando Rob vince il primo award», dice, «che nessuno applauda». Rob magari dirà, «Ho vinto», fingendo di essere molto sorpreso, e tutti gli altri, a entrambi i tavoli, «scrolleranno semplicemente le spalle e fingeranno di annoiarsi».

E chi deve annunciare il primo award – per il Miglior Solista Maschile Inglese – se non "è-lei-o-non-è-lei-la-fidanzata...": Geri. «E chi vorresti che vincesse stasera?», chiede Dec, guardandola in modo malizioso e ironico insieme quando nomina Robbie tra i cinque candidati. Geri ricambia l'espressione. «Ok, vediamo di tirarla un po' per le lunghe», dice lei, mentre esita davanti alla busta aperta.

«Vi darò un indizio. È molto maschio, molto sano, è un artista di grande talento, ha un cuore immenso e, sentite un po', secondo la stampa, me l'avrebbe dato. Perciò è ora di rendergli il favore e di darglielo. Il mio carissimo amico, il signor Robert Williams».

«Ho vinto!» esclama Rob, ed entrambi i tavoli lo ignorano come da programma. «E allora?», dice Jonathan Wilkes. Rob scrolla le spalle in modo teatrale e si dirige verso la luce dei riflettori. Sfortunatamente le telecamere della tv si perdono tutta la messa in scena.

Nonostante gli scherzi questa è una sera di grande tensione per Rob. Questa cerimonia non è uno dei soliti spettacoli di Robbie. «Si spostava in continuazione», dice Jonathan. «Non gli piace vedere le altre celebrità, non sa come comportarsi con loro. A volte io divento la bocca di Rob. Lui dice,

«Adoro la gente di Stoke-on-Trent, è da lì che vengo, e non lo dimenticherò mai, però non è a quel posto che sento di appartenere in questo momento della mia vita. Ogni volta che torno a Stoke c'è qualcos'altro che ha chiuso: industrie, miniere.

Ma gli abitanti di Stoke sono le persone più amorevoli, più buffe e più spiritose del mondo. Voglio restituirgli tutto quello che posso, perché in grandissima parte lo devo a loro e al loro modo di essere se oggi sono arrivato fin qui»

'Questo è il mio amico Jonathan', e mi porta dritto dentro, perché ho la parlantina sciolta. Attacco qualunque tipo di discorso. E poi, con i premi, lui non sente mai di meritarli».

«Non sapeva cosa dire sul palco. Poi era preoccupato che qualcuno gli facesse un agguato. Perché di solito la gente assale il palco».

Ma stasera, il Nuovo Rob ha preso il comando. Mentre riceve il premio dice: «Di solito me ne sto qua sopra e dico qualcosa di stupido, tipo sfidare qualcuno a combattere, oppure, sapete, fare una battuta o ridere. Ogni volta salgo qui sopra e faccio cose del genere, perché non ho mai pensato di meritarlo prima d'ora e adesso questo è il – non so – quarto anno in cui torno e ricevo un premio e voglio dire solo che 'Vi ringrazio moltissimo'». È un momento di trionfo, in un senso del tutto nuovo.

Nella zona dei monitor, nel backstage, il canadese, Martin, e Grubby si smezzano una birra. Martin sta ridendo del tizio dei monitor delle Destiny's Child, che balla mentre cura il suono del suo gruppo. «Ingegnere dei monitor danzante!», ride. «Non se ne vedono spesso di questi tempi».

Si sente un ruggito e *Rock Dj* viene trasmessa sul sound system. Rob ha vinto il suo secondo Brit Award – Miglior Video Inglese (per *Rock Dj*). Stavolta tutti e due i suoi tavoli applaudono, e Geri si allunga per dargli un bacio. Mentre Rob sale sulla piattaforma, dà a Graham Norton un abbraccio da celebrità. Ringrazia il pubblico, poi dedica il premio a suo nipote, Freddie Robert, che adesso ha cinque mesi: «E tua madre potrà farti vedere questo video, Freddie, di quando tuo zio era famoso».

Non prende mai niente per scontato, Rob, nemmeno adesso.

Quando compare Eminem, con maschera e sega a catena, Rob resta in piedi a guardarlo coi suoi capelli tagliati sulla nuca come quelli di Sinatra. Alla fine della canzone dà un pugno in aria. Eminem gli piace moltissimo. «Credo sia un genio delle parole, è un fottuto Shakespeare – assolutamente stupefacente».

Robbie vince il suo terzo premio – per il Miglior Singolo (*Rock Dj*). Con un sorriso lucido e nervoso sul volto, ringrazia tutti tranne i suoi musicisti. «Ehi, e la band?», urla Chris dal tavolo. «Vi prego di scusarmi per la massiccia presenza di guardie che mi porto dietro», aggiunge Rob. «Non è che mi stia facendo il viaggio di essere chissà chi. È solo che qualcuno potrebbe cercare di spingermi giù dal palco. Adesso vado a casa», conclude. Sapeva fin dall'inizio che ne avrebbe vinti tre.

Torna rapidamente al suo appartamento con Jonathan Wilkes, Geri e Josie. Mentre Josie esce a prendere delle spigole a un ristorante lì vicino da portare a casa, Rob e Jonathan si cambiano d'abito. Johnny si mette i suoi soliti pantaloncini, mentre Rob si infila il pigiama. C'è una partita a Uno, una caraffa di tè e un po' di risate sulla serata, e poi al piano di sopra a dormire. «Cosa ti aspettavi che facessi?», dice Rob. «Le ho fatte quelle cerimonie, ho preso quei premi. Sono stato a quelle feste. L'ho fatto, tre volte di fila. Mi sono drogato con tutti quelli con cui mi potevo drogare. Ho fatto tutto quel che bisogna fare con l'alcol. Non c'è un cavolo di niente a quelle feste a parte gente ubriaca a caccia di gente famosa. E io l'ho conosciuta la gente famosa e ora sono uno di loro. Uno di quelli che la gente va a guardare. Che senso ha uscire? Non mi diverte. Devi essere ubriaco per godertela. Ma allora l'inferno ti si apre davanti tutto in una volta. Almeno per me. No, per me non ha senso. Se comunque non hai niente da dire a nessuno, tanto vale che te ne torni a casa e ti fai una tazza di tè e guardi la tele».

Questo punto di vista, comunque, non è lo stesso di Fil e Gabby e la squadra di giovani e belle donne che gestiscono la base di comando della le Music a Londra. Questa è una serata decisamente lieta per loro e non si faranno certo intimidire dal buttafuori sosia di Ali G che fa da guardia alla scalinata di cemento umida e gelata al lato di Earl's Court e che deve controllare che ognuno abbia il biglietto giusto, per favore. Finalmente Gabby lo trova e le ragazze vengono fatte salire a bordo di un risciò di tela verde pedalato da gioiosi abitanti degli Antipodi che le portano velocemente attraverso un lungo tunnel sotterraneo di cemento fino a un comitato di accoglienza composto da bestioni ancora più torvi, la banda che sorveglia un montacarichi gigante. Ci salgono sopra con un gran rumore di ferraglia, e vengono finalmente fatte entrare alla festa degli U2. Non c'è traccia di Bono, l'uomo che Rob dice che vorrebbe essere se dovesse tornare sulla terra nei panni di un altro cantante vivente. Invece, c'è un tavolo di pre-festa pieno di bicchierini di tequila, tubetti gratuiti di integratori vitaminici Berocca ("per stili di vita sfrenati"), pillole del giorno dopo gratis (è solo uno scherzo), e poi al piano di sopra una tenda di mussolina bianca dove la folla fa la fila al bar per avere cocktail esotici e cibo tailandese servito in noci di cocco tagliate a metà. Dappertutto vengono proiettati piccoli punti di luce bianca: sui tendaggi, sul divano bianco su cui una coppia sta pomiciando come se il mondo dovesse finire da un momento all'altro; su Graham Norton, che discute animatamente con il reietto delle celebrità, Ben Fogle; e sulle ragazze della le, che improvvisamente scoppiano in lacrime per l'emozione. Su ogni lato ci sono delle zone vip ancora più esclusive: in una di queste Eminem sta seduto con le sue guardie, e ha tutta l'aria di annoiarsi a morte.

"RE ROB", strilla la prima pagina del *Sun* del giorno dopo. "LA NOSTRA PIÙ GRANDE POP STAR VINCE ALTRI TRE BRIT AWARDS", continua il sottotitolo. "ROBBIE: L'E-

ROE DA TRE BRIT AWARDS", titola il *Mirror*. Persino l'*Independent* infila in prima pagina una foto della star in abito nero e con gli occhi spiritati.

«Ogni volta che vado a quelle cerimonie di premiazione», dice Rob il giorno dopo, mentre si appoggia all'indietro sul divano blu nell'appartamento di Notting Hill, «finisce sempre che mi sento da meno rispetto a tutti gli altri, vale a dire che sono più fichi di me, che le loro canzoni sono migliori delle mie, che sanno gestirsi tutta la situazione meglio di me. Vorrei sempre che mi si aprisse la terra sotto i piedi quando parlo a uno qualunque dei miei colleghi, come Bono o Elton John. Proprio non mi sento di valere abbastanza per stare in loro compagnia o in loro presenza. Se parlo con loro troppo a lungo si accorgeranno che sono un ciarlatano e che proprio non valgo abbastanza per stare con loro. Il bello dei Brit Awards di quest'anno è stato che era la prima volta in cui ero a una cerimonia di premiazione e non mi sentivo superiore a nessuno e, cosa più importante per me, non mi sentivo inferiore a nessuno. Non so come funzionano le cerimonie di premiazione, davvero. Non so cosa è fissato e cosa non lo è».

«Mi piacerebbe credere che è stata la giuria popolare a votare perché gli è molto piaciuto. E se è così la cosa mi fa molto, molto piacere. Mi sento onorato che abbiano dedicato un momento della loro giornata per spendere cinquanta pence, telefonare a un numero e dire, 'Noi pensiamo che debba vincere Robbie'. Perché normalmente quel tipo di premio, viene vinto dalla boyband più in vista del momento. Perché le uniche persone che possono permettersi di alzare le chiappe sono ragazze adolescenti o ancora più piccole che adolescenti. Il mio pubblico è cambiato proprio tanto. Continuano a venire le ragazzine, ma ora si vede più gente sopra i vent'anni, sopra i venticinque, coppie. Proprio non mi sarei aspettato di vincere un premio del genere, votato dal pubblico. Quindi sono molto onorato, molto soddisfatto e molto felice che abbiano telefonato e abbiano detto, 'Pensiamo che tu sia un bel tipo Rob. Vogliamo che tu vinca quel premio perché ci piaci. Ci piace la tua musica. Ci piace quello di cui parli'. Questo mi commuove».

«L'intero evento dei Brit Awards è confezionato su misura per la gente che sta ai tavoli e tra il pubblico, gente venuta per dare un'occhiata a una star e portarsi a casa un ricordo – e invariabilmente finisci anche per ubriacarti o sniffare coca o prendere ecstasy o qualunque sostanza alterante che riesci a trovare. Per me personalmente è uno stress andare in un posto pieno di tuoi colleghi e sentirti che non lo stai meritando e ricevere tutte quelle attenzioni mentre tu sei inghiottito da una spirale di vergogna perché senti di non meritare quello che ti stanno dando – di solito mi sfasciavo di alcol per questo motivo».

«Per me quest'anno non c'entrava con queste cose. Sarebbe stato impossibile. I Brit Awards significavano andare lì, ricevere i miei premi, essere umile – come sono davvero – dire grazie, e sforzarmi di credere che me lo meritavo. E poi tornare a casa e farmi una tazza di tè, giocare a carte, parlare della serata e andare a dormire. Non è stato il solito ubriacarsi al tavolo perché non te la sai gestire; alzarti per ricevere un premio che non pensi di dover avere e dire un mucchio di parolacce e scherzare sull'intera faccenda e provare il più totale disgusto per tutto l'evento perché è programmato e pilotato dal settore oppure, sai com'è, sfidare uno a battersi. Ci ho provato davvero a salire là sopra e ringraziare e credere di meritarlo. E quest'anno c'era un venti per cento di me che ci credeva, sì. Il resto di me no. E c'era anche un quarto di me che ha pensato, 'Ne avrei dovuti vincere quattro'. Quindi c'è un enorme ego, mischiato insieme alla stessa enorme insicurezza e mancanza di autostima, che dice, 'Non merito tutto questo, però avrei dovuto vincere un altro premio'».

E questo è un uomo che si trova sulla prima pagina di tutti i quotidiani. Oggi la nazione – o quanto meno i media – lo amano. Di certo questo dovrebbe placare le sue insicurezze, ma Rob scuote la testa.

«Tutto questo mi spaventa e basta. A casa mia non tengo giornali scandalistici. Perché distorcono l'immagine che ho di me. Distorcono quello che credo di essere. Perché parlano di questa persona che sostengono sia io e quasi sempre questa persona è molto presuntuosa e avrebbe bisogno di abbassare la cresta. E se mi capita di leggerlo penso di essere una merda. Penso di essere un megalomane, un arrogante, un maniaco sessuale, qualunque cosa scrivano. Quindi ho smesso di leggerli e la cosa mi sta facendo un gran bene. Ma qualcuno aveva il giornale a casa quando sono passato a trovarli ed è stato come una droga. Non ho potuto fare a meno di guardarlo. Ho visto solo la prima pagina e il titolo 'RE ROB' e questo mi è bastato. Gliel'ho tolto di mano e l'ho buttato nella spazzatura».

«Sai... certi dischi li scrivo con l'aiuto di Guy. Io li canto e li interpreto. Posso portare molta gioia e molto amore nella vita della gente. Posso commuoverli e se è così beh, è meraviglioso, ma non sto salvando delle vite. Non faccio operazioni al cuore e non trovo il midollo osseo per la gente. Sono quelli i veri eroi. Io sono solo uno molto fortunato... Ho lavorato sodo... Sono un ventisettenne di Stoke-on-Trent... Ero molto nella media quando ero bambino... Decisamente molto nella media, e sono molto nella media adesso. È solo che ho una vita straordinaria. E a sentirmi appioppare un titolo come Re Rob o cose del genere, un quarto del mio ego è tutto contento e il resto di me sbianca e dice, 'Non lo voglio. Mi fa paura'».

9

«Ogni domenica me ne andavo in salotto a mettere dischi. Erano sempre Nat King Cole, Sammy Davis Jr, Dean Martin, Frank Sinatra, Sarah Vaughan ed Ella Fitzgerald.

Imparavo a memoria le parole delle canzoni e mi perdevo in quell'epoca. Mi sembra che il primissimo Cd che ho comprato fosse Glenn Miller»

Puoi farcela?

È stato un tour abbastanza strano finora, pensa Guy. Rob che è stato spinto giù dal palco, la pedana che si è bloccata, il palco girevole che non funzionava ai Brit Awards. Ma è davvero grandioso essere così famosi in Europa. «Non c'è niente di più eccitante di un tour che ha già esaurito tutti i biglietti, quando la gente vuole davvero tanto quel preziosissimo pezzo di carta».

Il fatto che Rob si tenga pulito e che cominci a godersela è stata l'altra considerevole novità della prima tranche. Gary è stato in altri tour in cui Rob non si divertiva. «Lo capisci che non se la gode, quindi tutti diventano un po' nervosi. Mentre invece, se il personaggio centrale è felice, allora rende anche tutti gli altri felici, ed è così che dovrebbe essere. È piuttosto curioso, subito prima di Stoccarda gli avevo chiesto, 'Ti stai divertendo?'. E lui mi ha risposto, 'Sì, più del solito'. E quella sera», Gary ridacchia sarcastico, «l'hanno spinto giù dal palco».

David è ancora molto orgoglioso di come Rob si è comportato a Stoccarda. «Dopo una cosa simile sarebbe stato pienamente giustificato se avesse tagliato la corda e fosse tornato in Inghilterra. Direi che per me è stato un po' come assistere al risveglio spirituale del mio figlio preferito».

Ma Rob riuscirà a reggere la tensione? Franksy è molto ammirato dalla pazienza che Rob ha dimostrato fino ad ora. Ai vecchi tempi, come lui stesso ammette, Rob prima o poi avrebbe avuto una ricaduta. Poi le birre portavano alle droghe. «E il mondo della musica va a braccetto con le droghe. Cercare di tenerle lontane dalla gente è difficile. Rob ammette liberamente che aveva parecchie conoscenze in parecchi giri. Torni in una città, qualcuno si ricorda dell'ultima volta che prendevi droghe, così vengono da te e te la mettono direttamente in mano. Tu la vuoi, e non la vuoi, ed è come, E adesso che faccio? Insomma è una pressione costante. Penso sia questa la parte più difficile e anche il motivo per cui si è formato questo bozzolo protettivo attorno a lui. Stiamo tutto il tempo a vigilare per assicurarci che non si intrufoli qualcuno e rovini tutto il lavoraccio che è stato fatto da David e Tim per aiutare Rob a rimettersi sulla retta via».

Con le migliori aspettative, tornano tutti in Germania. Lo staff si riunisce giovedì sera a King's Cross, dove alcuni si attardano nell'Offshore Bar, ma alle undici e mezza tutti montano sui pullman e si preparano alle diciotto ore di viaggio che li separano da Norimberga. La star e la band vanno in aereo la sera dopo, e arrivano all'Hotel Meridian proprio mentre i membri dello staff si bevono un ultimo bicchierino prima di andare a letto.

Rob è il primo ad arrivare. Appoggiato contro il marmo color arancio striato di nero dell'atrio, aspetta l'ascensore insieme al suo entourage. Poi si gira, vede un gruppetto dello staff al bar, e si avvicina. «Come state? Tutto bene nel mondo», dice, con gli occhi che guardano attorno.

«È per questo che mi piace lavorare per lui», dice Em entusiasta, dopo che Rob se n'è andato, con la stessa rapidità con cui è apparso. «Ci ha visto dalle scale, ed è venuto. Non aveva certo bisogno di farlo». È ancora umano, riflette lei. «Non è diventato... solo rock».

Poi si mette a ridere pensando a Stoccarda. «Grazie a Dio roba del genere non succede a quelli del catering», dice lei. «Voglio dire, è piuttosto improbabile che qualcuno venga in cucina e dica, 'Tu non sei la vera Em, vero?'».

Arriva Big Jez, il montatore, di ritorno dalla cena con l'assistente di produzione di Wob, Lizzie. «Quella è una relazione del tour che è stata dichiarata relativamente da poco», osserva Em. I due si fanno un bicchierino veloce e si ritirano al piano di sopra, a sbrigare del "lavoro d'ufficio".

«Buona archiviazione», gli urla dietro Em.

Poi arriva la band. Guy, con dei pantaloni vistosi e un cappotto blu. Yolanda e Claire. Fil. Joe dei Toploader.

Il circo è di nuovo in movimento.

Come sarebbe a dire niente kabuki?

Verso le dieci del mattino dopo, scoppia una crisi. Il nuovo tendone nero – il kabuki – che è stato ordinato durante l'intervallo, perché quello vecchio stava tirando le cuoia, non ha tutte le parti a posto: mancano cinque cavi e trenta ganci. Andy Jupp si precipita in produzione per consultare Wob, e Wob telefona immediatamente ai fornitori in Inghilterra. «Mandiamo subito un uomo all'aeroporto», dice, «per portare i pezzi giusti. Altrimenti salta lo spettacolo».

«Non potete fare lo spettacolo senza?».

Wob arriccia le labbra, «No».

«Che cavolo di disastro», dice Andy. «Lunedì me ne sarei rimasto a letto se avessi saputo cosa stava per succedere».

Così, per il momento, la truss anteriore resta abbassata, mentre tutto il resto

MARTEDÌ 6 MARZO: BRUXELLES

BRUXELLES

GIORNO LIBERO

NOTE
COMPLIMENTI! AVETE VINTO UN GIORNO LIBERO. POTETE SCEGLIERE TRA:

A. SHOPPING (LE RAGAZZE)
B. VISITA A LUOGHI DI INTERESSE CULTURALE (GUY)
C. DORMIRE (GARY)
D. STRAFARVI COME BESTIE (CHRIS)
E. AMMAZZARVI DI SEGHE (QUI NON C'È BISOGNO DI FARE NOMI)

BIP BIP
ORDINE DEL GIORNO

è pronto al suo posto. Le luci, la pedana, il backstage, l'attrezzatura video.

Alle quattro i pezzi non sono ancora arrivati. Dave Bracey affretta il soundcheck. «Ok Jules, gioia, per favore». Lei si siede alla tastiera di Guy e suona *Isn't She Lovely*.

Alle sei, finalmente, ci sono buone notizie. I pezzi del kabuki sono arrivati a Francoforte... ma non arriveranno prima delle sette.

Nel backstage, Wob ha di nuovo mal di testa.

«Ripensa a cosa è successo a Parigi», dice Guy.

Wob ripete la sua spiegazione del perché la pedana non ha funzionato. Il vecchio computer aveva una falla, e questo ha impedito ai verricelli di entrare in funzione. Adesso hanno un altro computer.

«Ancora meglio», lo deride Franksy, con la sua pesante ironia di Bristol, «le cose si mettono ancora meglio».

«Quante possibilità ci sono che succeda di nuovo?», chiede Guy.

«Le stesse che tuo nonno venga colpito da un fulmine», lo sfotte Chris.

Wob resta serio, a difendere la sua posizione. Anche se il nuovo computer si rompesse, cosa che non accadrà, la piattaforma non può cadere. «I motori della pedana sono fatti in modo da essere bloccati in qualunque posizione si trovino, fino a che non gli si ordina di fare altrimenti. Se tutti e sei i motori non stanno facendo esattamente la stessa identica cosa, si fermano automaticamente...».

È comparso il capo, distogliendo subito l'attenzione dalla complessa spiegazione di Wob.

Rob ha la febbre ed è un po' mogio oggi. Si siede e prende la sua chitarra. «*This is the end* [Questa è la fine]», canta, mentre Wob se ne va, tornando nel mondo reale.

> I'm in pieces, I don't know what to say.
> Do you think it's best if I told her I was gay?
> I'm not really, but the truth is too hard to hear,
> I've pissed myself now I've found when I'm being
> sincere.

[Sono a pezzi, non so che dire/ Pensi che sarebbe meglio se le dicessi che sono gay?/ Non lo sono per davvero, ma la verità fa troppo male/ Me la sono fatta sotto ora ho scoperto quando sono sincero]

Fil e Guy hanno preso le chitarre e si mettono a suonare mentre Rob attacca col ritornello.

A one-night stand so far sees him through,
I'd rather be lonely than be with you-ou...

[Una botta da una notte finora lo aiuta/ Preferisco stare solo che stare con te]

Gli altri lo seguono e si mettono a suonare insieme a lui, per circa cinque minuti.

«Avete presente quando lavori su una canzone tutto il giorno», dice Rob, «e hai solo voglia di finirla?».

Fil e Guy annuiscono.

«È dura», dice Rob.

Alle sette e cinquanta, finalmente, arriva un'automobile davanti alle porte sul retro dell'arena con i pezzi fondamentali del kabuki. Mentre il pubblico applaude, la truss anteriore viene abbassata. Lo stage manager, Gary, si mette da una parte e la tiene ferma, mentre Andy e un paio di altri membri della squadra locale corrono lungo la linea ad attaccare le sezioni di tubo chiodato alla luce viola. «Ok!», urla Andy e si mette al lavoro sui supporti che tengono il tubo.

«Pronti con le luci della platea!», urla Gary. Ora devono entrare in scena i Toploader, kabuki o non kabuki. Joe li guida di slancio e attaccano con la prima canzone contro uno sfondo di tecnici frenetici. Berry, uno dei lampadisti, ha una torcia in bocca mentre lavora. «Dovete scusare questa gente», urla Joe alla folla acclamante, «giuro che noi non li conosciamo». Adesso Big Jez si è messo a dare una mano, con la luce che adesso è diventata rossa, Andy infila i gancetti rivolti verso l'alto negli occhielli che corrono lungo il lato alto del tendone. I Toploader si lanciano in *Dancing In The Moonlight*. Le mani di Andy si torcono e girano freneticamente mentre lui chiude l'ultimo pezzo e all'improvviso la truss del kabuki viene sollevata. Alle spalle dei Toploader l'enorme tendone nero oscilla lievemente.

«È alzato», dice Barry. «Se poi cadrà o meno è un altro paio di maniche».

Il capo

«Abbiamo avuto qualche giorno libero», dice Rob mentre sono tutti pronti per il rito pre-concerto, «e non so bene come siete messi voi, ma io mi sento molto confuso». Risate nel cerchio di gente. «A dover ricominciare. Pensavo che avessimo finito – almeno mentalmente pensavo che avessimo finito. Io ho la febbre, non so chi altri della squadra ce l'ha oltre a me, siamo a Norimberga e dobbiamo fare uno spettacolo e lo faremo, cazzo, e lo faremo proprio bene, perché è il nostro lavoro, e lo facciamo ogni sera. Quindi usciamo là fuori, facciamoli sorridere, facciamoli pensare al merchandise, e cosa più importante di tutte facciamoli tornare a casa felici, perché è per questo che lo facciamo».

«Senti, senti!», dice David.

«Adesso», Rob fa una breve pausa solenne e tutti alzano lo sguardo. «Chi è il capo?» chiede con un tono del tutto diverso.

«Sei tu, amico».

Ed eccolo che fa il rito di Elvis. «Uscite là fuori e sbattetevi!», urla.

«Robbie! Robbie!», scandisce il nastro. Una folla da tutto esaurito lo acclama. Funzionerà il kabuki?, si preoccupa Wob. Ci saranno altri tedeschi pazzi?, si preoccupano Jonah e Marv. Funzionerà la pedana?, si preoccupa Guy. Ci sale sopra nervoso come non mai, è teso mentre i motori Terac issano le sei corde d'acciaio e il gigantesco pezzo di Meccano si solleva sempre più in alto. Gli abbaglianti di Liz mandano i flash, accecando il pubblico di Norimberga. Andy guarda il kabuki, con le nocche bianche per il nervosismo. Si apre, con la guida che si muove a scatti sul pavimento. Come un meccanismo a orologeria, la pedana scende lentamente. Guy sorride sollevato. Gary aziona il sistema di contrappesi e la sedia di Rob viene lanciata nella gabbia. Le fan impazziscono. «Forza forza forza forza!», urla Rob. Lo spettacolo ricomincia.

Tornati all'albergo si mettono a cantare insieme. Guy è al piano, poi Claire e Joe dei Toploader si alzano e suonano un po'. C'è anche Fil, ma non è per niente del suo solito umore post-concerto pronto-a-tutto. Come al solito il bar è pieno di fan tutte in tiro, ma per una volta Fil si scopre non essere interessato. Sono tutte un po' servili e qualunque tentativo di fare una conversazione semiumana cade a vuoto. «È tipo, '*Guten Tag*'», dice, «e poi silenzio assoluto».

Così se ne va con Franksy e Guy a bere qualcosa in camera di Franksy. Ne ha abbastanza di questa idiozia delle groupie, dice. Sono tutte stronzate. Franksy lo prende in giro. «Forza, Fil», gli dice. «Torna là sotto e provaci di nuovo. Sei giovane, sei il chitarrista di un gruppo famoso, è questo che dovresti fare».

Fil non è infastidito. «Sì, sì, come no», dice. Ne ha abbastanza di gente stramba che non riesce a dare risposte che non siano monosillabiche. Se ne va a dormire.

Passano cinque minuti. Fil è in bagno, si sta preparando per mettersi a letto, quando bussano alla porta. Va ad aprire e c'è una ragazza. «Vestita come una pornostar. Pantaloni di pelle a vita bassa e un top striminzito. Tacchi alti. Collant. Tutto l'ambaradan».

«Dobbiamo fare uno spettacolo e lo faremo, cazzo, e anche bene, perché è il nostro lavoro, e lo facciamo ogni sera. Quindi usciamo là fuori, facciamoli sorridere, facciamoli pensare al merchandise, e cosa più importante di tutte, facciamoli tornare a casa felici, perché è quello lo scopo»

La determinazione di Fil dura tutto un secondo. «A questo punto, tanto vale che entri», le dice.

Lo staff viaggia di notte fino a Francoforte; la band arriva il giorno dopo. Rob ha ancora la febbre, quindi Franksy ha reperito un team medico che somministri alla band delle iniezioni di vitamina B12, in uno stanzino di fronte all'accoglienza. Mentre esce sorridendo, Yolanda ricorda la vampata di energia che le è venuta l'ultima volta che le hanno fatto quell'iniezione, completamente diversa dal tipo di energia che viene per l'alcol. Gary non la vuole, non gli piace l'ago, si fa dare qualcosa per bocca. Poi se ne torna a leggere la biografia di Noddy Holder.

Fil sta ridendo per la reazione di Franksy quando uno della sicurezza non voleva lasciar passare il pullman oltre la barriera per accedere al luogo del concerto. «Lui fa, '*Nein, nein, nein*, non potete passare da qui', e Morris fa, 'Ma la band, cioè...'» (Fil imita sia l'accento tedesco che quello del Northumberland.) «E sono tutti lì che dicono, '*Vass? Vass?*' e Franksy lo sente fin dal piano di sopra del pullman, arriva giù fumante, va dritto sul davanti, si affaccia dal finestrino e fa, 'Aspettate, aspettate, *ich bin das* tour manager *aus* Robbie Williams, apri *das* barriera, bastardo'». Fil ulula dalle risate. «Apri das barriera, bastardo», ripete.

Forse è la B12, forse è il tè al miele speciale di Flo che Rob si porta sul palco in una bottiglia di plastica, ma la sua esibizione di stasera è migliore che mai. È un'esplosione di energia. Si rotola sul pavimento. Raggiunge il bordo del palco, afferra la coda di cavallo di una delle sue terribili guardie e ci gioca. Presenta persino Martin, l'ingegnere dei monitor, alla folla divertita.

È perché è pulito che sta facendo un'esibizione così travolgente? Alcune fan sono decisamente di questo parere. "Puoi farcela? Sì che puoi", dice un cartello tenuto in aria a metà della sala.

«A Stoccarda», dice Robbie al suo pubblico, «qualcuno ha cercato di spingermi giù dal palco. Se quella persona è qui presente stasera questa è per lui». Attacca col suo riff, «Non ti conviene scherzare con Robbie» e ripete la mossa dell'accoltellamento, come se ci fosse un uomo per terra, la stessa che aveva fatto a Parigi. «Sta' giù, figlio di puttana!», urla.

Dopo aver messo i suoi fantasmi a tacere, recupera il suo potere. «Luci, prego», ordina mentre le luci si accendono. «Accese. Spente. Accese. Spente». In fondo, al pannello di comando, Liz lo segue con destrezza. Robbie emette una risatina mentre si lancia nella canzone dopo. È la risata di un uomo in pace con se stesso, che ha il totale controllo di ciò che lo circonda.

«Vi state divertendo?», urla Robbie, mentre rientra saltando per la prima parte del bis. «Io sto davvero da dio». Lancia tra il pubblico l'asciugamano arancione che si è portato dietro. Quando atterra, si scatena una rissa, interrotta immediatamente dalla guardia con la coda di cavallo. Afferrato l'asciugamano la guardia, tira fuori un coltello e lo taglia in tanti pezzi. Le fan se li stringono al petto.

Rob ha sempre saputo di essere un animale da palcoscenico, sin da quando, all'età di tre anni, partecipò a una gara del campo vacanze in cui si trovava. «Lì non c'era nessuna madre che ti spingeva», dice, «nessun controllo dei genitori. Mia mamma a dire il vero se la stava facendo sotto perché non riusciva a trovarmi. Accidenti a quel bambino! Porca puttana. Per me fu una cosa tipo: 'Lì c'è un palco. Dovrei salirci sopra. Perché sarei bravo'». Vinse lui, ovviamente.

Quando aveva quattordici anni interpretò Artful Dodger in una produzione locale di Stoke-on-Trent di *Oliver Twist*. «È stato il mio primo ruolo da protagonista. E salii sul palco dal lato, fischiettando e facendo questa camminata. E tutto il pubblico prese il respiro, e restò senza fiato. Lo sentii fisicamente mentre lo facevano. Li avevo appena conquistati salendo sul palco. Ancora non avevano visto niente di quello che sapevo fare. E ricorderò sempre quando uscii per la chiamata alla ribalta e gli applausi che ricevetti sommersero quelli di tutti gli altri. Pensai, In questo sono proprio bravo».

Posso cantare con te?

La piatta campagna tedesca scorre traballando dietro i finestrini scuri del pullman della band. Tessa si appoggia all'indietro sul divano psichedelico della zona giorno al piano di sopra. «Solo perché una ha una gran voce», dice, «non significa che possa essere una gran corista. Devi capire bene quel che ti viene richiesto». È una scienza a sé stante. «Non ti si chiede di essere la voce guida. Devi avere l'abilità di saperti armonizzare, di sapere usare la voce veramente come uno strumento».

Ha conosciuto molte ragazze che lo vedono semplicemente come un mezzo per raggiungere il vero obiettivo. «Come dire, 'Faccio la corista solo finché non decollo come solista'». Ma lei non ha niente a che fare con quell'atteggiamento; che poi è il motivo per cui le piace lavorare con Katie. «C'è una familiarità, davvero non abbiamo bisogno di dirci troppo sul nostro lavoro, perché abbiamo lo stesso atteggiamento mentale al riguardo e quindi ci risulta facile».

Lei e Katie lavorano e collaborano liberamente da quindici anni. «Ci capiamo», dice Katie. «Tessa è fatta a modo suo, fa quello che deve fare, e lo stesso vale per me. Quando sono disposta a calmarmi o quel che sia... va bene, funziona». Fa la sua risata meravigliosa («la risata più grande e più bella del mondo», come la chiama Robbie).

Hanno entrambe avuto una lunga carriera prima di mettersi a lavorare insieme. Tessa canta da quando era una ragazzina: è passata dall'intrattenere le truppe in Irlanda del Nord a fare la corista per i Police, Bowie, Tina Turner, i Rolling Stones. Quando era un'adolescente Katie ha lavorato coi Marionettes, un gruppo che andò in tour coi Beatles. Negli anni Settanta fece un po' di carriera da solista con suo fratello Mac (tra i loro successi, *Chirpy Chirpy, Cheep, Cheep* e *Sugar Candy Kisses*) e in seguito ha cantato con Van Morrison, Roger Waters, Eric Clapton.

È stato Guy a portare le due nel gruppo, per lavorare su alcune canzoni dell'ultimo album. Con Tessa si conoscevano già perché avevano lavorato insieme nella band di Jimmy Neal. «Quella fu una buffa esperienza, perché Guy odiava suonare quei pezzi, avrebbe preferito fare qualcos'altro. E ora sta andando così bene. Giustizia divina, davvero, che alla fine sia riuscito ad andare così bene».

«Guy è una presenza piuttosto forte, vero, nell'insieme del gruppo di Rob?».

«Incredibilmente forte. È letteralmente il capitano della nave. E la timona davvero da maestro. Controlla in modo straordinario il lato musicale. Ma è anche molto consapevole delle dinamiche implicite nell'essere in una band. Uno deve andare d'accordo col capo. Puoi avere i migliori musicisti del mondo, ma se non scatta un'alchimia particolare tra le varie personalità, non c'è modo in cui possa funzionare».

L'alchimia funziona sia in un senso che nell'altro.

«Rob ha quella capacità di...», Tessa esita, cercando la metafora adatta a descrivere l'effetto che è stato subito evidente fin dalle prove alla Docklands Arena di Londra. «È come accendere una fiamma sotto un becco a gas. Quando Rob sale sul palco, ancora prima che canti una singola nota, basta la sua presenza a catapultarci nell'iperuranio».

«Cos'è che gli fa produrre questo effetto?».

«È la sua energia. Questo porta al concerto e questo porta a noi. Ti fa venir voglia di esibirti. Mi rendo conto che suona di una semplicità quasi puerile. Ma lui ha questo elemento nella sua personalità.

«Eppure è reale il paradosso di Rob che dice di non voler mai più andare in tour, e poi invece sale sul palco, come ha fatto ieri sera, e crea un'alchimia incredibile col pubblico. È come se in realtà avesse bisogno del pubblico.

Potrebbe anche trattarsi di una reazione chimica. Credo che l'adrenalina, i ferormoni o quel che sono che vengono creati dall'emozione datagli dal pubblico, siano qualcosa di cui lui ha bisogno. C'è una componente di questo in tutti gli showman. Già solo per arrivare dove sono, c'è una componente di...», Tess si perde in un'altra pausa lunga e riflessiva. «C'è un vuoto», continua dopo un po', «che ha bisogno di essere riempito da questa cosa specifica, che li spinge a continuare a esibirsi. Io non ho quello stesso vuoto. Magari ho degli altri vuoti, ma non quello che mi darebbe l'ambizione, lo straordinario, potente impulso di esibirmi. Credo che sia generato da qualcosa. Ci vorrebbe uno psicologo per capire cosa esattamente. Non so se ha a che vedere con l'educazione o che. Ma c'è un elemento che li porta a farlo. Che li seleziona, se vogliamo dirla così».

Crepuscolo

Lungo il ciglio della strada, il sole diffuso del tardo pomeriggio coglie le betulle dal tronco esile e bianco, un vivaio isolato, una stazione di servizio Texaco, il pinnacolo di una chiesa olandese, ancora altri pini. È un viaggio lungo, e il traffico peggiora mentre ci avviciniamo a Bruxelles. A bordo del primo pullman, Rob dorme nella sua cuccetta. «Sembra di stare in una biblioteca qua su», sussurra Guy a David. Sul pullman della band, anche Claire si è addormentata. Tess e Katie chiacchierano al piano di sotto. Franksy e Tom lavorano al budget nella zona giorno sul davanti. Ogni pochi minuti si sente la bossa nova familiare della suoneria del cellulare di Franksy – la canzone del tour. Yolanda si affaccia alla porta della zona giorno al piano di sopra, in cerca di una luce. «Sono tutti rincoglioniti dal fumo», dice.

Fil sta riflettendo sul suo mutato atteggiamento verso l'aspetto sessuale del rock'n'roll. «Ultimamente sto avendo questo piccolo dialogo con me stesso. È abbastanza divertente. Ne parlavo con qualcuno l'altro giorno, non ricordo chi. Ad ogni modo, mi ha detto, 'Tu dai l'idea di essere un ragazzo con cui spassarsela, un festaiolo, uno che si butta, ma ho la sensazione che sia un po' una posa, che in realtà tu sappia benissimo come stanno le cose'. E io ho pensato, 'Certo, è naturale che so come stanno le cose'. Il problema è che ti vai a infilare in un dilemma tipo l'uovo e la gallina. Cioè, io questa vita da rocchettaro la prendo con ironia, però il punto è che poi certe cose le faccio per davvero. Quindi dov'è che entra in gioco l'ironia? In effetti questa qui non l'ho ancora risolta».

Stasera al concerto verrà la ragazza di Copenaghen e poi resterà con lui all'albergo. «E non andare a scriverlo come una cazzata del tipo, 'Fil si innamora'. È solo per divertirsi. Lei mi piace molto. Ci faremo una chiacchierata e passeremo un po' di tempo insieme. È molto diverso da passare un po' di tempo con la ragazza che ti bussa alla porta alle due del mattino per farti un pompino».

Il foglio di chiamata di Franksy prevede che la band arrivi al luogo del concerto nel "regno dei cavolini" alle diciotto. Alle diciannove e quindici il pullman è ancora imbottigliato nel traffico del centro di Bruxelles. C'è stato un incidente poco più avanti. Le luci blu delle macchine della polizia lampeggiano nel crepuscolo.

Al piano di sotto le donne cominciano a preoccuparsi. Tra poco sarà troppo tardi anche per mangiare un boccone prima dello spettacolo. Claire pensa che potrebbe prepararsi un piatto per dopo. Yolanda invece schizzerà fuori appena arrivano e mangerà una zuppa al volo.

Ma quando finalmente arrivano a destinazione, le doppie porte che danno sull'interno illuminato a giorno del Forest National è chiuso a chiave. Non c'è problema, dice uno degli uomini della sicurezza, possono aprirla loro. Ma se passiamo per quelle scale, dice Franksy, dovremo passare attraverso l'entrata gremita dal pubblico, il che è fuori discussione.

Compare Pompey. È tutto ok, è tutto ok, dice, nel tentativo di calmare i membri della band che cominciano a innervosirsi. L'ingresso al palco è da questa parte, sono solo due minuti a piedi. Rob esce dal suo pullman con Guy, Chris, David, Josie, Marv e Jonah e tutti seguono Pompey lungo la fiancata scura dell'edificio. È uno spazio urbano spettrale, colonne di cemento coperte di scritte e graffiti colorati. Un sacco di angoli bui da cui potrebbe saltare fuori un pazzo. Un terreno accidentato, pietroso, cosparso di lattine, scatole di takeaway e altra spazzatura. Rob è in testa al drappello col suo piumino nero, le spalle curve, Marv e Jonah gli stanno ai lati. Claire si volta verso David, che cammina a passi larghi tenendo stretta la sua ventiquattrore. «C'è della gente dietro di noi», dice lei nervosamente.

È un gruppo di tre persone, che li stanno seguendo. Due uomini e una donna. Sono giornalisti, fan, maniaci, o che? David si gira e gli dice di tornare indietro, mostrando un nuovo lato di sé, inaspettatamente aggressivo. Loro si fermano dove sono mentre la band prosegue in fretta, inciampando sul terriccio in discesa. Nessuno dice niente, ma tutti sanno che c'è qualcosa che non va, che non dovremmo essere qui.

Nonostante, o forse a causa di tutta la tensione che ha preceduto lo spettacolo, il concerto è un'altra esplosione. Se è vero che Rob ha quel vuoto di cui parlava Tess, di certo ora sta facendo di tutto per riempirlo, pavoneggiandosi sul palco, mettendola sul sessuale e sul personale, e invita tutto il pubblico a essere la sua band. Tutti e diecimila dovrebbero venire a Berlino a cantare con lui, dice scherzando.

«Non credo di aver mai conosciuto nessuno più amorevole di mia nonna.

Se avesse potuto avvolgermi nella bambagia, l'avrebbe fatto. Mi ha dato tutto quello che poteva darmi. Si sarebbe tolta il pane dai denti se gliel'avessi chiesto»

C'è un uomo in prima fila che, a quanto pare, accetterebbe la sua proposta al volo. Si erge alto in mezzo alle ragazzine della prima fila con un cartello che dice, POSSO CANTARE DI NUOVO CON TE?. Una volta Rob l'ha invitato a salire sul palco, spiega Franksy, a cantare *Angels* con lui. L'uomo si è costruito una carriera immaginaria attorno a quell'unica apparizione, si è procurato un agente, ha cominciato a rilasciare interviste alla stampa. Quando Rob ricompare dopo l'intervallo, porta un cartello con su scritto NO.

Alla luce della zona dei monitor al lato del palco, Franksy si squassa dalle risate. «Ricompensa!», urla sopra la musica. «È il motto del tour».

Mentre Rob scende dal palco stasera, si fa il segno della croce, cosa che non aveva mai fatto durante questo tour.

Dopo, nel camerino degli uomini, insieme alla band, Rob ride pensando a come ha conosciuto la prima volta il suo fan iper-entusiasta. «All'epoca mi annoiavo a morte», dice, «quindi lo feci salire sul palco. Lui cantò *Angels* e io mi sedetti vicino alla batteria. Assomigliava al tizio di Top Shop, ma è stato bravo, è stato davvero bravo. Poi ha iniziato a farsi un sacco di pubblicità con la stampa. *The Express, The Mail, The Star*, eccetera eccetera. Poi ha deciso di telefonare a... Josie!», Rob chiama dall'altra parte della stanza.

«Sì».

«Cos'è che ti disse? Ti telefonò e disse...».

«Voleva un manager, giusto?», sfotte Franksy. Josie ride. «Chiese di avere un manager ed era molto felice che tutta la sua pubblicità ci avesse aiutato a vendere l'album».

«La SUA pubblicità aveva aiutato a vendere il MIO album», ride Rob.

«E se ti avrebbe fatto piacere andare a cantare a uno dei suoi concerti, ti invitò. Fu molto gentile».

È per questo che Rob aveva il cartello NO.

«No, avete capito tutto al contrario», dice Franksy. «C'era scritto 'ON'».

Ma Rob ha improvvisamente perso interesse per questa storia. «Ieri sera ho guardato un concerto di David Bowie», dice.

«Degli anni Ottanta, giusto?», dice Chris.

«Sì, degli anni Ottanta. Lui non faceva altro che...», Rob passa a imitare la voce di David Bowie, con tanto di pause alla Bowie. «E lui cantava... e lui sembrava... e lui sorrideva... e lui indicava... E lui andò e si sedette... per un po'... e guardò la folla e loro... guardarono lui... poi lui se ne andò».

«Cazzo che grande, eh?», dice Chris mentre tutti ridono.

«Era proprio grande, cazzo. E non faceva niente. Sapete».

«Quindi ci stai dicendo», fa Fil, «che al prossimo concerto sarai Bowie?».
Rob sorride. «Mi prenderò un abito azzurro cipria, con una cravatta blu e bianca e una camicia. Mi tingerò i capelli di biondo e me li farò tutti arricciati in cima alla testa...».
«Ti devi dipingere i denti di giallo», dice Chris sfottendo.
«Sì, come no, e mi sposo anche con Iman».
Rob prende il foglio di chiamata di Franksy e, ridendo, lo legge ad alta voce.
«Gary dice che è segnato due volte».

Cazzeggio

Tornati all'albergo, Fil è con la ragazza di Copenaghen, quindi non c'è motivo di uscire. È strano vederlo al bar come parte di una coppia. Non c'è competizione perché è sicuro dell'andamento della serata, e quindi gli fa piacere che Tom si unisca a loro e li intrattenga. Lei è dolce, tra l'altro, e ha dei capelli lisci biondi che le incorniciano il viso tondo e liscio, e degli occhietti azzurri che si spalancano come quelli di una bambola. Ride in modo carino mentre insegna a Tom una cosa simpatica da dire a una ragazza danese appena conosciuta. «*Hi skat!*». Lei e Fil non smettono un attimo di toccarsi.

Dietro, su un altro divano, Marv sta offrendo champagne a due ragazze. Poco dopo arriva Jonah, e poi Rob. Si siede un po' con le ragazze, poi torna in camera sua con Marv. Un po' dopo, la ragazza più alta e più carina delle due scompare. «Aspetta solo dieci minuti», ridacchia lo scafatissimo Tom, «poi lei lo segue al piano di sopra. I giornalisti presenti al bar non li vedono uscire insieme».

«Ho cazzeggiato un po' durante il tour», dice Rob. «Dipende tutto dalla condizione mentale in cui mi trovo. Ho fatto dei tour in cui non ho cazzeggiato per niente. Ma durante questo tour ho rinunciato al bere e alla droga e volevo sostituirle con qualcos'altro, quindi ho fatto sesso». Sorride. «È permesso, sono una popstar».

«Per quel che riguarda il sesso, puoi fare quello che vuoi. Recitare qualsiasi ruolo ti va di recitare. Ma non c'è l'anima. Ogni volta che lo fai ti annoi. È come farsi una sega. Ma per me è, era un'ossessione. Sesso, alcol e droga. Vanno a braccetto».

«In un certo senso», dice David, «non è quello che di cui ha bisogno. Ma d'altra parte, ha ventisei anni, santo cielo. Cos'è che fa un uomo di ventisei anni? Va a letto con le donne. Ci sono tutte quelle ragazze bellissime là fuori, che lo aspettano. Ma non gli resta niente. Lo fa da quando aveva sedici anni. E in un certo senso diventa un'altra dipendenza. Ma io preferisco che si scopi qualche ragazza e sfoghi un po' di energia in quel modo. Gli dico sempre, 'Non dire mai che le ami né che non te ne andrai. Sii assolutamente onesto su come stanno le cose. E se va bene puoi svegliarti la mattina con la coscienza pulita'. E non illuderle che sia tutto rose e fiori solo perché vogliono un pezzetto di Robbie. Quelle entrano e pensano di avere Robbie, ma lui vuole essere Robert. Quindi è piuttosto difficile per lui».

«Rob è speciale», dice Jonathan Wilkes, «per trovare ragazze ed essere gentilissimo con loro per ventiquattro ore. E le fa sentire così bene che quelle pensano di essere le persone più speciali del mondo. A volte prego che arrivi una di cui lui si innamori. Perché un giorno sarà il miglior marito possibile per qualcuno; e il miglior padre. So che lo sarà. Ma credo non sia ancora pronto. E lui lo ammette. Ci vorrà almeno un altro anno buono».

«Lui vuole una relazione», dice David, «ma bisogna fare una cosa per volta. Prima deve risolvere i suoi problemi, cosa che sta facendo in modo fantastico. Sono così fiero di lui. Chiunque alla sua età alzi la mano e dica 'Ehi, io qui ho un problema serio', è la cosa più coraggiosa che possa fare. Io non l'ho fatto fino all'età di quarantun anni. Molta gente non lo fa mai. Devi arrivare a un punto di grande sofferenza per dire, 'Adesso basta'. Quando uno lo dice, significa forse, Non voglio essere uno showman? Uno potrebbe pensare, Devo cambiare tutto? Ma quello che Rob sta imparando a capire è che è uno showman fantastico. Non ha bisogno di cambiare tutto, gli basta andare là fuori ed esibirsi, con una mentalità e un'autostima diverse. E adesso comincia ad avere un po' di autostima».

10

«La prima volta che mi sono ripulito è durata nove mesi, continuavo a pensare che se avessi tenuto il letto pulito e la mia stanza in ordine, sarei riuscito a mantenermi sobrio. E tacchete, non appena ho smesso… È un buon indicatore per me. Se casa mia è un casino molto probabilmente ho anche ripreso a bere»

Andiamo a sbatterci!

«Ed è stato grandioso! Ci ha parlato! Ci ha detto 'ciao'. Poi gli abbiamo parlato. Gli abbiamo detto che lo spettacolo era grandioso. Lui si è girato e ci ha guardate e ha detto, 'Già, lo so'». Le ragazze belghe di fronte al Conrad International schiamazzano e fanno una gran confusione mentre ripetono i commenti di Rob. «E noi siamo felici perché ci ha parlato e ci ha detto ciao».

Al confronto di questo gruppetto, le fan tedesche che aspettavano al gelo sono ben poca cosa. A queste non basta che Robbie gli abbia parlato: «Siamo sicure che lui si ricorda di noi», dice Alexandra, con una chioma di riccioli scuri e l'apparecchio sui denti, «perché ci ha viste un sacco di volte». E anche di più: «Il nostro sogno è diventare sue amiche. Sogniamo, sogniamo», ripete, «così cerchiamo di far diventare il sogno realtà».

Le frecce del pullman lampeggiano; il conducente, John, si immette nel traffico di Avenue Louise 71. «Ciao, Robbie!», urlano loro. «Ciao, Robb-ieeeeeeeee!».

A Bielefeld, nel frattempo, lo staff sta vivendo un altro dramma. Due persone del catering, Mairead ed Em, sono state arrestate. («Non mi sembrava che cucinassero così male!», dice Gary.) Come al solito, si erano fatte dare della moneta locale dal promoter della zona per comprare il cibo per il giorno in un negozio all'ingrosso del posto. «Ma quando gli abbiamo dato il contante per pagare», dice Em, «hanno controllato che le banconote non fossero falsificate, come fanno tutti quando c'è una transazione poderosa, e ne hanno trovata una falsa».

«E tacchete!», scherza Mairead, imitando l'accento tedesco, «i te*t*eschi sono entrat*en* con un *c*rossa pistol*en* e ci hanno circondate e portate in una stanza». Torna all'irlandese. «No, in realtà per farci sentire un po' più a nostro agio ci hanno dato una mela ».

«Ma la gentilezza è finita lì!», dice Em. «Erano molto stizziti e severi e parecchio intimidatori. Erano in sette, poi hanno chiamato la polizia e sono arrivati tre agenti. Quindi c'erano dieci persone che guardavano una singola banconota falsa. Con quei loro aggeggi. La tenevano sollevata contro la luce».

Alla fine il promoter, il signor Hartmund Ender, è dovuto andare di persona a salvare le cuoche intrappolate.

8
PUMA

Quando, al crepuscolo illuminato dai neon, arrivano Rob e la band, l'intero episodio ormai è diventato la barzelletta del tour. I menu della cena hanno le fotografie segnaletiche di Mairead ed Em e il menu è pieno di giochi di parole inerenti la prigione.

La Bielefeld Seidenstickerhalle non è grande quanto gli altri posti dove si sono esibiti sinora. Wob è riuscito a mettere su un set dimezzato, senza pedana. Guy è visibilmente sollevato.

Yolanda arriva nella stanza dell'accoglienza e mette su un po' di rap. Jay-Z. Volume 2. *Hard Knock Life*. Rob, sentendo la musica, entra con indosso la sua veste da camera blu scuro, splendente di salute e vigore. Gli brillano gli occhi mentre mima le parole del rap, fa una piccola improvvisazione in free style. Per un attimo, è uno del ghetto. «*I've had it bad*», scherza. «*I'm hard. And I like fucking women* [Me la sono vista brutta, sono un duro e mi piace scoparmi le donne]».

Poi è via di nuovo, torna nel suo camerino per una partita a Uno con David. «Uno-fallo!», rimprovera il suo pigro manager, quando sbaglia nel rispondere a una carta Passa. Poco dopo ha finito e torna nel camerino della band. «Ciao, mi chiamo Rob», dice dolcemente, sporgendo appena la testa da dietro la porta. «Posso cantare con voi stasera?».

Prima del rito pre-concerto, fa il suo solito breve discorso. «Abbiamo avuto un giorno libero. Spero abbiate fatto cose molto sporche».

«Sì sì», ride Claire. «Io ho avuto la cacarella».

«Stiamo per andare là fuori a fare il nostro lavoro», dice Rob. «Andiamo a sbatterci!». Mentre corre sul palco prende un ultimo sorso di tè, poi passa la tazza a Franksy. «Rock'n'roll», dice, con un ghigno ironico.

Fa caldo in questo posto, piccolo e col tetto d'acciaio. Sul palco dopo due canzoni Robbie è già lucido per il sudore. Sotto di lui le fan svengono a sciami. «Ehi voi qui davanti, per favore», annuncia Rob tra una canzone e l'altra, «potreste evitare di svenire?». Gorgoglia di risate alla sua stessa battuta. Ma anche se le guardie distribuiscono bicchieri d'acqua e innaffiano le povere fanciulle svenenti con degli spruzzini per le piante, una dietro l'altra perdono i sensi e vengono sollevate dalla folla.

Anche Robbie risente del caldo. Sta perdendo la voce, dice al pubblico in delirio. «Devo prendere una decisione difficile. Devo scegliere se cantare qui stasera e non fare il concerto domani a Rotterdam. Oppure me ne vado adesso e faccio il concerto di Rotterdam. Al diavolo loro», conclude, con un enorme applauso. «Non mi sono mai piaciuti gli olandesi, comunque».

Nel backstage, durante la prima pausa, i membri della band si sventolano le mani davanti al viso, tracannano acqua, si asciugano. Rob è preoccupato per la sua voce sempre più rauca. «Sono preoccupato», sta dicendo a David. «E se mi fischiano?». David lo abbraccia e lo rassicura. Sta andando alla grande. Il pubblico sta da dio. Rob non capisce cosa gli sta succedendo. «Forse sto dormendo troppo», dice.

No, dice Stephan, uno del team dei paramedici, oggi non sono svenute più ragazze del solito. «È lo stesso ogni volta. La gente durante la giornata soffre il caldo e non beve abbastanza». Ma ai paramedici non dispiace essere lì. Robbie è un grande showman.

«Ha un karma speciale», dice Stephan, «e le guarda proprio le persone, le guarda dritto negli occhi, la maggior parte dei cantanti non lo fa».

È per questo che le ragazze svengono?

«No, è per il caldo».

Hard Day's Night

Più tardi, nella stanza dell'accoglienza, Rob ha recuperato la voce e ha tirato fuori la chitarra. Tutti gli stanno seduti attorno e lo ascoltano rispettosamente mentre canta la versione completa della nuova canzone che sta scrivendo:

This is the end, I'm in pieces, I don't know what to say,
Do you think it's best if I told her that I was gay,
I'm not really, but the truth is too hard to hear,
I've pissed myself laughing when I'm being sincere.

A one-night stand so far sees him through
I'd rather be lonely than be with you.

I'm getting homicidal tendencies, and it's insanity,
Look at the pain I've put you through.
I wanted to build for the present, for the fireside
Now I'd rather be lonely than be with you-ou.

[È la fine, sono a pezzi, non so che dire/ Pensi che sarebbe meglio se le dicessi che sono gay/Non lo sono per davvero, ma la verità fa troppo male/ Mi sono pisciato addosso dal ridere quando sono stato sincero// Una botta da una notte finora lo aiuta/ Preferisco stare solo che stare con te// Sto sviluppando tendenze omicide, ed è una follia/ Guarda quanto ti ho fatto soffrire/ Volevo costruire per il presente, per il focolare/ Adesso preferisco stare solo che stare con te-ee]

«Bella», dicono loro, quando ha finito di estendere gli *ooh-oohs* del "*you*".

Chris è in vena di sfottere come non mai. Non ha voglia di farsi la doccia. «Non in Germania, no». Prende in giro Gary per le quattro fan che tenevano i cartelli G, A, R, e Y al concerto. «Altre cinque e facevano il tuo nome completo».

Come da programma, la band va dritta al pullman per il viaggio di cinque ore fino a Rotterdam. L'atmosfera è stranamente mogia. Fil, Tessa e Yolanda non riescono a scegliere quale film guardare. Sono tutti film orribili degli anni Ottanta.

Al piano di sotto Franksy sta rollando una canna, del tutto legale naturalmente: ora sono in Olanda. La suoneria con la bossa nova del suo cellulare continua a irrompere, mentre lui si consulta col conducente del pullman di Rob sull'orario d'arrivo, chiacchiera con Josie e si accorda con Enrique, la direttrice del Westin di Rotterdam, che ha cambiato i suoi turni per essere pronta ad accoglierci alle quattro del mattino.

Registrarsi in albergo fumati non è male, dice Franksy. A volte è il modo migliore di farlo. «Stasera potrebbe andare storta qualunque cosa, ma mi sento che andrà tutto bene».

Finalmente, alle quattro e mezzo del mattino, i membri della band crollano a letto. Tom si è appena addormentato quando sente bussare alla porta. Le valigie. Si rimette a letto e nel giro di poco si riaddormenta. Poi squilla il telefono. È Franksy. «Muovi il culo al Piano R», gli ordina. «Ci sono delle ragazze e ci stiamo facendo un drink».

Tom scende giù barcollando, ma le ragazze non ci sono. Solo Franksy e Fil che bevono vodka-tonic alle cinque del mattino.

Verso l'ora di pranzo riemergono e aprono le tende per svelare un panorama di grigi. Cielo grigio, grattacieli grigi con finestre quadrate di un grigio più scuro. In fondo a sinistra un tetto di vetro lascia intravedere le luci elettriche gialle degli uffici. Si intravedono barlumi di scrivanie e piante. Si direbbe che sono arrivati in un'altra città.

Give Me Sum

«Un concerto alla fine diventa come qualunque altro concerto. La differenza principale in questo tour è che ho fatto quattro concerti di fila uno più grandioso dell'altro e mi sono divertito molto. In passato non mi piaceva molto andare in tournée. Questa è la prima volta. È perché non sto bevendo. È perché... molta nebbia si è schiarita adesso. Prima me ne andavo in giro sentendomi uno schifo per la vita che facevo e per lo stress – ed è un vero peccato avere vissuto così finora. Proprio non vedevo la vita meravigliosa che ho. E quanto sono fortunato. Ho lavorato sodo, non mi fraintendere, ma sono molto fortunato ad avere tutto quello che ho».

«Ho una carriera stupefacente. Canzoni che la gente può comprare – e un sacco di gente che le compra. È fenomenale. E penso che in realtà era una cosa talmente grande che non riuscivo a vederla».

«Forse sto imparando a piacermi un po' di più. È il massimo. Mi godo le cose. Non so perché. È la grazia di Dio, probabilmente. La mattina io prego. Proprio ultimamente ho chiesto perdono per un casino di cose. Ti prego perdonami per i miei pensieri. Ti prego perdonami per... non lo so... Ti prego perdonami per la mia autocommiserazione e la mia cecità».

Rob è stato cresciuto e cresimato da cattolico, ma non è a quel Dio che vanno le sue preghiere. «Non credo necessariamente nel cattolicesimo né in qualunque altro sistema di pensiero religioso. Piuttosto credo in un potere più grande di me. Mettiamola così, i miei migliori pensieri mi portano a prendere cocaina quando non vorrei prendere cocaina o a bere quando non vorrei bere. Sono giunto a credere in una fede, in qualcosa di più grande di me. L'ho avuta sin da bambino, in realtà. Sono stato fortunato. Invece di chiedermi cosa fare in una situazione particolare adesso mi chiedo solo, 'Una persona che mi ama, cosa vorrebbe che facessi in questa situazione? O che pensassi in questa situazione?'. Perché i miei pensieri migliori mi dicono che sono un pezzo di merda. Mi dicono che non valgo niente, sai, roba che ho imparato da qualche parte. E ora sto disimparando. Sto cercando di insegnare a me stesso qualcosa di diverso. Credo fermamente che ci sia un potere più grande di me e che questo potere mi ama».

Proviamo con qualcosa di più terra terra: un'altra persona. Si sente pronto per una relazione matura del genere che la stampa vorrebbe tanto che lui avesse con Geri Halliwell? Magari persino l'impegno duraturo di una moglie e dei figli?

«Sì», dice lui, sorridendo, «ma non voglio affrettare le cose. E non ho una relazione con nessuno come ragazzo e ragazza da oltre due anni ormai. L'ultima persona con cui mi sono fatto vedere a passeggio è stata Tanya

Strecker. Ma non stavamo insieme, eravamo amici. Non ci siamo mai presi l'impegno di una relazione. Era semplicemente una persona simpatica. E sì, la stampa vuole credere che io stia con Geri o credere che io stia con una qualunque. Ma io non sto con lei. Siamo solo ottimi amici».

Odia la stampa? Col passare degli anni, con tutto quello che è stato scritto su di lui, deve aver maturato una notevole sfiducia verso uomini e donne con blocknotes e registratori.

«Già, un uomo con un registratore che arriva con la sua opinione bell'e fatta su cosa penso di me stesso o su come pensa che dovrei essere, e ha la certezza assoluta di sapere chi sarò dopo che lui ha scritto la sua storia su di me. Sei piuttosto impotente di fronte a roba del genere».

Mi guarda più da vicino – un uomo con un registratore. «Tu sapevi niente di me prima del tour?».

«Sapevo che eri una famosa popstar del momento».

«E com'era il mio personaggio, nella tua mente?».

«Sfacciato, compagnone. Più o meno 'normale', il genere di personaggio sempre pronto a farsi una risata, migliore amico di tutti. Quelli erano i cliché. Ma ci giochi sempre un po', no?».

«Se il pubblico canta con me e se il pubblico ride, se il pubblico salta su e giù, allora mi diverto. Se non succede allora non mi diverto. Un sacco di gente, un sacco di artisti, non vogliono che il loro pubblico faccia queste cose, vogliono solo che ascoltino la musica. A me non me ne frega niente. Io voglio che saltino su e giù, sorridano, cantino, ridano, piangano. Per questo mi do tanto da fare».

«Molte sere guardo dritto negli occhi qualcuno del pubblico ma in realtà neanche li vedo. Perché mi spavento a entrare in contatto con loro. Mi spavento che la loro reazione sia qualcosa che non voglio vedere. Che mi faccia passare la voglia di cantare. Altre sere invece non m'importa, sono proprio lì con loro e mi piace da morire».

Ma quali che siano i veri sentimenti di Rob, quando sceglie una donna da guardare mentre sta sul palco, le trasforma la serata. A ogni concerto, c'è una donna sconvolta che ripete all'infinito alle sue amiche, «Mi ha guardata. Mi ha guardata». Dev'essere uno spasso per lui.

«Fa molto effetto. Funziona e sì, ci provo un gusto matto. Il fatto di essere sul palco a fingere di essere questo personaggio, e che questo personaggio sta facendo sciogliere quella persona. Trovo che sia: a) una bella spinta per l'ego e b) me la rido pensando, Se solo mi conoscessero, cazzo. Se solo

«Non sono molto bravo a fare
conversazione in società.

Ci sto lavorando.

Quindi per me il modo migliore
di conversare o interagire con la
gente è se abbiamo qualcosa tra
le mani o in testa con cui giocare»

sapessero come funziona la mia testa. Le guardo e vedo la persona che credono io sia».

«Se solo sapessero cosa? Che tu...?».

Rob ridacchia. «Che ho otto anni», dice lui, evitando l'argomento con una battuta.

«Ma ti capita a volte di pensare, Gesù, ho il controllo, posso fare qualunque cosa?».

«Una volta, dopo le canzoni ero bravissimo a improvvisare. Era sempre una storia di scopate, bevute, la la la. Ma per qualche motivo è finita. Quella vena l'ho esaurita. Devo averla esaurita. Una volta mi veniva con tale scioltezza e rapidità».

In realtà però, Rob sta scrivendo molto di più. E, cosa fondamentale, non solo con Guy, ma da solo. Prende la chitarra e canta ancora la sua nuova canzone. *«I'd rather be lonely than be with you-oo-oo-oo-oo-oo»*, conclude. «Ho scritto una canzone intera! La prima canzone che abbia scritto tutta da solo: testo e musica», aggiunge orgoglioso. «Non potevo credere di averla scritta tutta io. Io e Johnny eravamo a casa l'altra sera, che ci gingillavamo guardando *Friends*, e io ho tirato fuori la chitarra».

«Quel 'you' è qualcuno in particolare?».

«No. Tutte le relazioni che ho avuto, o quelle che hanno avuto i miei amici, o che hanno tuttora. Non c'è...». Fa una pausa, fa un sorriso disarmante e cambia argomento. «Proprio non potevo credere», dice, «di essere davvero riuscito a mettere insieme gli accordi per un verso, il bridge, il ritornello e il bridge. Non potevo credere di averla scritta tutta io. Io non so nemmeno suonare la chitarra. Non so gli accordi. È strano. Penso, Ho scritto quella e se sapessi qualcosa di più potrei scriverne molte di più».

Picchiata con gli ananas

Stasera sembrano tutti di buon umore e fremono per via dei due giorni liberi che li aspettano. Rob si allontanerà da tutti per due giorni, andrà a sciare a Chamonix; la band andrà ad Amsterdam con Franksy; lo staff passerà una notte in viaggio e andrà a Zurigo, dove alcuni di loro hanno progettato un'escursione sciistica. Jules non vede l'ora di bere vino rosso e giocare a canasta sul pullman dei backliner. «Sesso droga e rock'n'roll», ride. Il canadese Martin se la prenderà comoda; si è beccato il mal di gola che gira tra lo staff. Gli altri due pullman hanno in programma qualcosa di decisamente più selvaggio, a giudicare dal rumore che fanno.

Nella stanza dell'accoglienza la band discute la novità di Rob che continua a tenersi pulito e lucido. «Questo è il tour più strano in cui sia mai stato», dice Fil. «È come vedere della gente che sniffa strisce di origano». Quando arriva lui in persona, gli si riuniscono tutti intorno, anche le donne, per una canzone sacra del tour: *Ride The Punani*. La cantilenano a ripetizione come un coro medievale. «*Ri-ide the Punanee-ee-ee-ee.eee.eee. Give me-ee su-uu-uum. Give me su-um Punani, give me su-um Punaneeeee-eeee-eeeeeee*». Dopo molte, molte risate Rob, spronato da Franksy, si lancia in un assolo con un riff rap di sua creazione: «*I Fuck Arse*». Canta, facendo le scale su e giù.

Rob fa sempre roba tipo puntare il dito su un uomo vicino alla prima fila durante *She's The One* e cantare "*he's the one*", giocando con l'idea della sua sessualità. Ma ha mai pensato veramente alla possibilità di essere gay? È una domanda difficile da fare.

«È una domanda difficile», risponde Rob, «solo se giudichi il fatto di essere gay come qualcosa di sbagliato. O di sporco o di umiliante. Non sta a me giudicare. È molto semplice: ci sono uomini cui piacciono gli uomini, donne cui piacciono le donne, e ad alcuni uomini piacciono le donne e ad alcuni donne piacciono gli uomini».

C'entra in qualche modo la sua celebrità? Si fanno tante congetture su tutto il resto della sua vita, quindi perché non anche sulla sua sessualità?

«Quando ero piccolo l'ho fatto io stesso con un sacco di gente in vista. Ma a quell'età è probabile che in parte fossi invidioso. Quando sei piccolo ti viene immediato dire, 'Oh, quello è gay'. Ma io non sono più un bambino. La settimana scorsa qualcuno ha detto a Jonathan, 'Oh, secondo me a Rob piacciono gli uomini'. Naturalmente Jonathan si è seccato e mi ha difeso, cosa che non avrebbe dovuto fare. Io gli ho detto solo, 'La prossima volta che qualcuno ti chiede se sono gay tu dì solo, Quando Rob sarà pronto per venire allo scoperto lo farà'. Non mi frega un accidenti se la gente pensa che sono gay».

«Non direi di non averci mai pensato, perché ci si pensa. È una cosa che la gente si chiede crescendo. E una volta ho baciato un uomo in un locale, ma è stata una cosa tipo – sai, le *lipstick* che non sono proprio lesbiche – sono entrato lì dentro e c'era un mio amico e mi è venuto incontro e mi ha baciato. Io ho pensato, al diavolo, ti bacio anch'io allora. Ma in un modo mascolino».

«Potrei provare. Se mi sentissi attratto da un uomo lo farei, ma fino ad ora non mi sono sentito attratto né fisicamente né emotivamente da un uomo da farci niente di sessuale. Finora questo è quanto».

Se Rob è pulito, la folla di Rotterdam non lo è affatto. Le ragazze in prima fila si passano delle grosse canne tra loro, fanno lunghi tiri, con gli occhi chiusi di

MERCOLEDÌ 7 MARZO
BRUXELLES – BIELEFELD – ROTTERDAM

NOTE
CONCERTONE.

ARRIVIAMO AL CONCERTO, LÌ GLI HOTEL FANNO TUTTI SCHIFO, QUINDI SI VA AL WESTIN DI ROTTERDAM CHE È BELLISSIMO. DOVREMMO ARRIVARE ALLE 4,00 DI MATTINA.

È UN PO' UN DITO AL CULO, MA È L'UNICA SOLUZIONE, E POI MAGARI DORMITE FINO A TARDI.

"DOPOTUTTO, COS'È LA MODA? DI SOLITO È UNA FORMA DI CATTIVO GUSTO COSÌ INTOLLERABILE CHE DOBBIAMO CAMBIARLA OGNI SEI MESI".
OSCAR WILDE

BIP BIP
ORDINE DEL GIORNO

piacere mentre inalano. Fumate o no, adorano cantare. Quando la voce di Rob si affievolisce di nuovo in un raschio gracchiante, loro lo sostituiscono, e tutta l'arena si mette a cantargli *Angels*. Alla fine, lui si inginocchia per ringraziarli.

Tornato in albergo, Rob ospita una partita a Uno nella suite con vista sulle luci del porto sottostante. Ai soliti si uniscono Yolanda, Claire e un dirigente della casa discografica con gli occhi incavati che si interroga palesemente sul senso di bere Evian e giocare a un gioco per bambini all'una di notte.

Tom è con Fil in camera sua, a guardare un sito internet che si chiama "i kilt di Fil", creato da una fan di Rotterdam che stasera era in prima fila. «Questo sì che fa paura», dice Fil. Ha ragione. Oltre ai messaggi della fan del tipo, «sentitevi libere di adorare la terra su cui Fil cammina», «amo Fil», ecc., e la galleria di foto con Fil ubriaco, Fil fumato in un bar, Fil sul palco, c'è una pagina intitolata "Foto di matrimonio". C'è una foto di due che si stanno sposando con una cornice a forma di cuore. E in sovrimpressione sulle teste dei due sposini ci sono i volti della fan e quello di Fil! Non contenta, la fan ha registrato il suo nome sul sito come Fil Eisler. Quindi è Fil Eisler che si sposa con Fil Eisler. «È semplicemente surreale, cazzo», dice Fil. «Gli ho dato un'occhiata la prima volta quando ero parecchio ubriaco e fumato. Un mio amico me ne ha parlò e l'abbiamo scaricato e a me veniva solo da urlare 'Aaaargh!'».

Il giorno libero di Franksy

Sui pullman dello staff, nel frattempo, si sta celebrando l'alba di due giorni liberi dopo tre giorni di fila molto stancanti. Mentre la combriccola delle retrovie gioca a canasta e Scarabeo, Liz e gli animali festaioli del pullman delle luci fanno un beach party, con tequila a fiumi, e tutti i lampadisti vestiti – e già è qualcosa – con camice hawaiane. «Si sono visti molti nudi», dice Andy Jupp. «Molto salti, mutande calate, calzoni calati». Alle sei del mattino si è ritrovato a correre in mezzo a un parcheggio esterno con uno dei ragazzi, «entrambi in mutande, stavamo facendo una corsa a comprare le sigarette perché le avevamo finite. Siamo arrivati di corsa dalla commessa, le abbiamo chiesto delle Marlboro, ci siamo accorti che avevamo con noi solo fiorini olandesi… Molto imbarazzante, anche per il fatto che eravamo entrambi in mutande. Non voleva servirci».

A un certo punto, alle ore piccole, Liz, la creative designer, si ritira a letto, ma pochi minuti dopo viene trascinata fuori e presa ad ananassate.

«L'artista se n'è andato», annuncia Franksy, il giorno dopo all'ora di pranzo, mentre sta in piedi accanto all'albero di lillà in miniatura nel mezzo del-

l'atrio col pavimento di marmo del Westin, «e io vado a sfasciarmi di canne».

Lui e la band montano sui pullman e si dirigono ad Amsterdam attraverso la campagna piatta, verde, tagliata dai canali, disseminata di mulini.

Sul pullman di Rob, Guy e Chris stanno guardando un video coi primi clip della band, che Chris ha ricevuto da una fan. «Questo non è stato quando abbiamo distrutto tutta l'attrezzatura?», chiede Guy. «Sì, sì!», esclama Chris, mentre il concerto televisivo termina col caos guidato dalla band.

«A Rob piacerebbe un sacco vedere tutta 'sta roba», dice Guy, mentre i terribili conduttori di *Europop* si succedono uno dopo l'altro con le loro presentazioni pacchiane. Nelle prime riprese Rob è molto più grassottello e sembra quasi perso mentre canta. C'è un tale contrasto con la sua corporatura asciutta e allenata di oggi. Guy mi fa un cenno affermativo con la testa. «Fa bene vedere cosa abbiamo passato... Questa è una canzone che ha scritto Gary. Gary!». Lo chiamano dal davanti del pullman, e il chitarrista viene dietro e guarda Rob che canta la sua canzone. *Get The Joke*, quella del B-side. Guy farà un album con i migliori B-side della storia e *Get The Joke* sarà una di quelle. «Carino», dice Gary, raggiante.

Il pullman rallenta nel traffico pieno di biciclette del centro di Amsterdam. L'albergo è al di là di un ponte stretto, quindi John posteggia lungo il canale e tutti si spostano in gruppo dall'altro lato alla luce del sole e attraverso le porte girevoli fin dentro l'atrio rosso scuro e oro con il soffitto alto dell'Hotel de L'Europe. Hanno tutti una stanza, solo per quel giorno: Mrs Bush, Mr McGigin, Mrs Mee, Mr Orff, Mr Peace, Mr Thee, Mrs Vated, per non parlare di quelli che non hanno bisogno di uno pseudonimo.

Le donne se ne vanno a fare shopping, Mr Thee e Mr Peace hanno le loro faccende da sbrigare. Mrs Golseth, Orff e Beatlate seguono Mr Franks e il suo cappello tondo in un tour di Amsterdam.

Passeggiano per i canali alla luce incantevole del sole di marzo e vedono: un coffee shop psichedelico che vende canne già rollate esposte in vetrina. Le prostitute nelle loro cabine, in posa con rossetto e bikini, che ti guardano negli occhi mentre ti fermi a guardare. Basta aprire la porta di vetro ed eccoti dentro. Sono le ragazze più pulite del mondo, dice Tom entusiasta. Le controllano una volta la settimana. «Quella è una bomba», dice di una. «Una vera Britney Spears».

«Charlie... Viagra», mormora un magnaccia su un ponte, e il drappello decide che Charlie Viagra sarà per forza lo pseudonimo di uno di loro durante il prossimo tour. Fanno anche una breve e dispendiosa visita al famoso Banana Bar, dove una ragazza nera con dei seni come uno spinnaker col vento fortissimo si appoppa accanto a una bionda emaciata sui trenta e dice sdegnosamente «Vergogna!», quando quelli della squadra sono riluttanti ad anticipare più del prezzo di ingresso per ricevere un "massaggio al viso". «Ve l'ho detto», dice Chris, mentre se ne vanno senza aver visto lo spettacolo. «È orribile».

Anche se è il suo giorno libero, il cellulare di Franksy non smette di squillare. Ora è Claire, che ha finito il suo shopping e vuole sapere dove sono finiti i ragazzi. Siamo in una steak house argentina, dice Franksy. Oh favoloso, dice lei. Conosce il posto. «Quello di cui non si rende conto», dice Franksy, «è che ci sono più o meno venti steak house argentine ad Amsterdam». E, come volevasi dimostrare, Claire ritelefona. È arrivata alla steak house argentina ma noi non ci siamo. «Te l'avevo detto», ride Franksy. Non sa spiegarle dove siamo e comunque stavamo per andarcene.

Ora è sua moglie Marla da Londra, la "vera sventola" che ha incontrato durante il Tour Più Sfrenato di Tutti i Tempi. Avrebbe dovuto raggiungerlo per il concerto di domani a Zurigo, ma ha appena guardato il suo passaporto e si è accorta che scade il giorno dopo. Seduto nell'angolo di un bar pieno di scoppiati ad Amsterdam, con una boccale alto di birra di fronte a sé, Franksy non si lascia scoraggiare. Si mette immediatamente all'opera, cercando di risolvere la cosa con l'ufficio Immigrazione in Gran Bretagna. Lui è, bisogna ammetterlo, il supremo risolutore di problemi.

Sta facendo del suo meglio, dice, per aiutare Rob con questa difficile guarigione in tour, ma alla fine è David il migliore nel ruolo di sostenitore. Quando Rob si sente nervoso o ha un momento in cui si sente giù o che altro, David lo può aiutare a superarlo, «perché c'è passato anche lui, sul serio. Per noi è molto difficile. Noi possiamo sederci lì e abbracciarlo e dirgli, 'Non ti preoccupare, non bere', ma non lo capiamo, perché subito dopo andiamo a prenderci una birra. Quindi non abbiamo l'esperienza per riuscire a dargli quell'aiuto. È quasi come avere un dottore o uno psichiatra in viaggio con te. È una gran cosa che David sia il suo manager, perché lo protegge e lo accudisce davvero. Alla fine, il nostro scopo principale è – certo, vogliamo che gli spettacoli abbiano successo, vogliamo che Rob venda un sacco di dischi, vogliamo che sia la star numero uno nel mondo, ma prima di tutte queste cose vogliamo che lui stia bene. C'è questa cosa che la gente vuole che lui stia bene perché gli vogliamo un bene dell'anima. C'è un senso d'amore e preoccupazione reale attorno a lui. Come ci sarebbe in una famiglia. Abbiamo tutti le nostre manie e i nostri momenti folli, ma nel profondo vogliamo solo che lui stia bene, qualunque cosa questo richieda. Anche se tutti noi, davvero, preferiremmo moltissimo fare un sacco di spettacoli in più. Alla gente piace viaggiare, andare in tour, ma a Rob no, quindi lo rispettiamo. Di certo non lo forzeremo a fare più di quello che si sente di fare».

È sincero quest'amore per Rob di cui parlano tutti; sembra che sia lui a ispirarlo. Proprio come le fan vogliono prendersi cura di lui, abbracciarlo, farlo stare bene, lo stesso vogliono i membri del suo entourage.

A mezzanotte, a diversi stadi di intossicazione e stanchezza, tutti ritrovano la strada verso i pullman. Su quello di Rob stanno guardando *L'esorcista*, su quello della band, *Salvate il soldato Ryan*. Su entrambi i pullman stanno facendo uso degli intossicanti che diventeranno di nuovo illegali al confine svizzero. Franksy ha finalmente spento il suo cellulare e si è spaparanzato nella zona giorno del piano di sotto coi piedi per aria, un kebab mezzo mangiucchiato sulla pancia, e un debole sorriso in volto: non sarebbe sbagliato dire che ha raggiunto l'intento che aveva dichiarato al mattino.

Questioni spinose

I membri della band si svegliano il giorno dopo all'ora di pranzo e scoprono che sono a Zurigo, di fronte a un albergo che ricorda molto una torta nuziale, appollaiato sulla riva di un lago con montagne nebbiose sulla riva lontana.

All'ora del tè Guy decide di fare una passeggiata lungo il lago increspato, con un ombrello azzurro aperto sotto il cielo grigio che si abbassa. Nonostante i suoi modi diffidenti, c'è qualcosa, come la band ha fatto notare, di assai imperioso in Guy. È lui che conduce il gioco, nella conversazione come in tutto il resto. Magari ti fa una domanda, poi, a metà della tua risposta, improvvisamente si gira a notare quanto è pulita l'acqua del fiume.

«Io d'estate ci nuoterei lì dentro», aggiunge, osservando l'acqua limpida che scorre veloce sotto il ponte.

Ci fermiamo a un piccolo caffè dove due eleganti coppie con bambini vengono servite da una cameriera bionda, alta e atletica, vestita di nero. Le ragazze svizzere sono così, asserisce Guy. Molto toniche. Atletiche. Vanno molto nei centri di salute.

Non ho portato soldi con me, ma non c'è problema, dice. «Sono pieno». Mi fa il suo sorriso tenero, nervoso ma sicuro di sé. Chi era quello scrittore che disse che bisogna spendere il denaro per "oliare le ruote", per continuare a far girare le cose nel mondo. Se ti metti ad accumularlo, diventi uno spilorcio, blocchi il flusso.

Così mangiamo una carissima torta al cioccolato, beviamo caffelatte e parliamo della band, e dei cambiamenti che Guy ha operato nel corso dell'anno passato, sbarazzandosi di un chitarrista e portando Yolanda e le coriste Tess e Katie.

«È stato un processo guidato interamente dalla musica», dice, «non era per niente una questione di personalità. Non è stata una decisione facile. Ma l'ho fatto perché la band non era abbastanza funky. Direi che è stato questo il motivo principale. Non eravamo in grado di suonare pezzi come *Rock Dj* con lo schieramento di prima. Ed era da un po' che volevo fare entrare Yolanda».

Oltre ad avere molto talento, spiega, ha la capacità di radicare la band. E dopo la voce e la batteria, il basso è la cosa più importante in una band. «Se il tuo batterista non è bravo, sei fottuto. E sei il tuo bassista non è bravo, sei finito. Non c'è modo di aggirare la questione».

Inoltre è bellissima.

«E questo fa una bella differenza. Ma non l'ho, non l'abbiamo ingaggiata per il suo aspetto. L'abbiamo ingaggiata perché è una musicista straordinaria. Ma il fatto che sia anche molto sexy è un valido contrasto con Fil, è un ottimo bonus. Prima avevamo due chitarristi che correvano per il palco e io pensavo che fosse un po' eccessivo».

Quindi è lui il responsabile della band?

«Sì, fino a un certo punto. Alla fine è Rob ad avere l'ultima parola su quel che succede al gruppo. Lui è il capo. Ma direi che io ho il controllo. Non il controllo totale, ma sono il direttore della band, se si può dire così. Cerco di fare in modo che la musica sia eseguita come si deve... con rispetto. In modo che quando la gente viene ai concerti e ascoltano una canzone, primo, che la riconoscano, perché è simile all'album e secondo, si spera che sia una versione migliore di quella dell'album, una versione più emozionante».

In precedenza, Guy ha parlato del legame immediato che si è creato tra lui e Rob quando si sono conosciuti. Usando le sue parole, «avevano bisogno l'uno dell'altro».

«Siamo molto diversi, sì», dice adesso. «Ma è vero che siamo andati d'accordo sin dal primo istante. Non capisco bene come mai, però è stato così. Forse è perché in un certo senso lui mi fa un po' da specchio, dal punto di vista creativo. È l'immagine riflessa di, di...», Guy annaspa con le parole mentre cerca di mettere a fuoco quello che vuole dire. «Io in pratica... Lui è la mia voce, in un certo senso».

Come dire che Guy in realtà si identifica coi testi di Rob?

«Sì, e anche che ha cantato molte delle mie melodie. E io ho sempre cercato qualcuno che cantasse bene le mie melodie e portasse al pubblico le canzoni che scrivevamo insieme».

«Con Rob, il punto», continua Guy, «è che lui pensa sempre alla folla e a come la folla reagirebbe a un verso. E certi trucchi che si possono usare. Come in *Rock Dj* c'è il gioco di domanda e risposta. Quello è un vecchio trucco. Ma Dio se funziona». È una pantomima, aggiunge. «Il rock'n'roll ha sempre avuto un elemento di pantomima e teatro. Personalmente è una cosa che mi piace. Trovo sia divertente. Potrà anche non essere 'cool', ma è divertente».

«E ad ogni modo, trovo che il 'cool' sia un concetto molto sopravvalutato oggi nel rock'n'roll. Trovo noiosa un sacco della roba che invece vorrebbe essere cool. La gente adesso crede che gli Abba siano molto cool, ma quando gli Abba esistevano, nel lontano 1977, tutti pensavano che fossero degli sfigati».

L'anno prossimo, Guy spera di fare un album da sé. «Sarà un disco di autocompiacimento, come no. Credo mi farà bene comporre un album molto personale. Giusto per espellerlo dal sistema. In modo che quando vengo a fare il prossimo disco di Rob mi sarò purgato da ogni compiacimento musicale».

A volte si accorge di avere la tendenza a complicare troppo la musica. «È troppo ingegnosa e troppo piena di fronzoli, a volte. Mi piacerebbe pensare che nel prossimo disco sarà più semplice e diretta e – la gente usa parecchio quest'espressione nel mondo della musica – spinosa. Ho cercato di farlo nell'ultimo album, ma non so se ci sono proprio riuscito».

Quale sarebbe un esempio di canzone spinosa?

«Al momento, qualcosa di Eminem. Un sacco di hip hop americano. È molto, molto... È come uno squalo, ha un'unica funzione. La musica pop è molto particolare. E a volte penso di ornare le cose un po' troppo». Sorride. «Se non altro ne sono consapevole».

Usciamo dal caffè e continuiamo la passeggiata, su per le strette stradine di ciottoli, dando un'occhiata ai negozi. «Guarda quello», dice Guy, davanti a una bellissima gioielleria con niente in vetrina a parte un paio di grossi anelli di diamante. Dentro, ci sono pareti rosse e due sedie di pelo rosso scuro ai lati di un tavolo rotondo. «Potrei metterci una stanza come quella nella mia prossima casa», dice.

Ha rinunciato a Primrose Hill, a nord di Londra, e adesso si sta interessando a una casa ad Hampstead, con vista sul Heath. Gli piace in modo particolare perché è vicinissimo a un appartamento scalcagnato in cui ha vissuto quand'era ventenne e non aveva un penny. «Eravamo solo due tizi che dividevano una stanza con un cucinotto in un angolo. La dovemmo dividere con un pannello di truciolato. Io dormivo su un materasso singolo e avevo una radio e qualche libro e, in pratica, basta. Era parecchio sgradevole».

Adesso, mentre passiamo davanti ai negozi tipici di Zurigo, Guy sta arredando mentalmente la sua nuova casa. Gli piace quel divano di vimini, questo leggio di legno, quell'armadio. Ma gli orologi col cucù sono troppo kitsch. Beh, magari per sua figlia Isis. «Sì, magari».

È stata una buona canzoncina, *Angels*.

Rob nel frattempo è in uno chalet privato a Chamonix, con David, Josie, Jonah e Marv e il team del documentario. Le sciate non sono come tutti avevano sperato: ci sono tempeste e bufere di neve e a stento si vede a più di due metri avanti a sé.

«Problemi delle classi alte», dice Rob sorridendo, mentre si toglie il suo completo zuppo nell'ingresso. «Si scia malissimo. Ma lo chalet è stupendo». È la casa di qualcuno ed è palese che c'è da molti anni. È anche un luogo della fantasia simile a una scatola di cioccolatini col tetto di legno a punta, circondato di abeti con la vista – quando smette di nevicare nel tardo pomeriggio – sui monti lontani.

Il gruppo resta sveglio fino a tardi, a chiacchierare e giocare davanti a un fuoco scoppiettante: ancora Puttanella e poi un altro dei preferiti di Rob, un gioco di velocità di associazione di parole in cui ti siedi in cerchio e segui il senso: «Blu», dice Josie. «Cielo», dice David. «Paradiso», dice Rob. «Dio», dice Marv. «Chiesa», dice Bryan, il regista del documentario. «Vescovo», dice l'assistente Katie. «Scazzottate» dice Jonah. Tutti ridono. Solo Jonah poteva passare direttamente da "Vescovo" a "Scazzottate". Rob lo espelle dal gioco, sempre a comandare – non sorprende che vinca lui. «Non sono molto bravo in società, non sono molto bravo a fare conversazione», ammette Rob. «Quindi per me il modo migliore di conversare o interagire con la gente è se abbiamo tra le mani o in testa qualcosa con cui giocare».

Rob non si sentiva così rilassato da molto tempo. Tutti vanno d'accordo. Anche se è un ambiente lussuoso, fanno una vita normale; lui non ha nessun tipo di pressione addosso e non deve fare cose straordinarie.

La storia di una guardia del corpo

Tornati a Zurigo, lo staff ha cattive notizie.

L'escursione sciistica, in cui dodici di loro sono saliti con un minibus vicino a Zermatt, si è conclusa con un disastro. Liz ha perso il controllo su una discesa troppo ripida, si è frantumata il ginocchio, e ora è bloccata a letto in ospedale. Quindi stasera le luci le farà il giovane assistente Rich. Ha un po' paura, dice lui. Ha visto lo spettacolo una cinquantina di volte ma non l'hai mai diretto dal pannello dei comandi di Liz e deve inserire tutti i punti luminosi, cosa che di solito non fa lui.

Nell'ampio salone doppio usato come accoglienza qui al Hallenstadion di Zurigo, la band si rilassa leggendo i giornali domenicali inglesi. Rob compare sulla porta dal suo camerino, si avvicina al gruppo di divani dove è seduta la band, si butta sulla poltrona in fondo e inizia come agli altri a sfogliare pigramente i giornali scandalistici.

Chris, nel frattempo, ha trovato un trafiletto che lo riguarda sul *Mirror*. «'Robbie Williams'», legge, «'era così strafatto per l'alcol e la droga che è svenuto per strada a New York, ha finto di essere un mendicante e ha sparato con una pistola laser alle macchine che passavano'». Ridacchia la sua risatina aspirata di Liverpool. «È la storia di una guardia del corpo».

«È una rivelazione o ha venduto la storia?», chiede Rob, disincantato. Si avvicina e guarda da sopra la spalla di Chris. «'SONO UNA GUARDIA DEL CORPO DA CRACK'», legge imitando una voce da vipera dei giornali scandalistici. «'Vi sveleremo come la guardia che protegge le massime star dello spettacolo e dello sport in realtà sia a capo di un grosso giro di cocaina letale'». Rob annuisce. È vero. L'ha fatto veramente di fingere di essere un mendicante a Times Square.

«Ero sfasciato. Facevo finta di essere un mendicante e alla prima persona che mi avesse dato dei soldi io avrei dato cento sterline. Era una cosa stupida da fare, ma è stato alquanto... liberatorio essere un mendicante».

Detto questo si avvia ballando verso la porta che collega questa stanza al suo camerino. La stampa può provarci quanto vuole, ci dice, ma non lo abbatteranno mai. Si sbatte la porta alle spalle, in modo teatrale. Ricompare. «Aha!», esclama. No, non lo abbatteranno mai. La porta si chiude, poi – «Aha!» – eccolo di nuovo. Poi scompare. I membri della band ridacchiano coi loro giornali. Rob. Stasera il rito pre-concerto è molto festoso. È il compleanno di Katie Kissoon e Tom ha scaricato una delle sue vecchie canzoni – *Sugar Candy Kisses* – da internet e ora l'ha messa su nel lettore Cd del camerino. Katie strepita di risate e fa il giro del cerchio, dando un pizzicotto ai genitali di ciascuno.

Poi Rob si rivolge alla squadra. «Ci siamo fatti un paio di giorni di vacanza, siamo a Zurigo, quindi non ha davvero importanza quanto siamo sbattuti». Ma poi, mentre ridiamo: «Andiamo a sbatterci!».

E, rinvigorito sia dalla pausa sia dalla sua nuova vita pulita, Rob di sicuro si sta sbattendo stasera. Sul palco è più loquace ed euforico di quanto non sia mai stato finora. «La vita è meravigliosa, signore e signori», dice al pubblico scatenato ed entusiasta. «Non lasciatevela scivolare tra le mani».

«Se vieni pedinato ventiquattr'ore su ventiquattro non puoi avere una vita privata. Sei sotto controllo. E questo ti toglie la tua virilità, perché avresti voglia di andare a spezzare le gambe a qualcuno e non puoi farlo. È più che bizzarro, più che strano, startene seduto a casa tua sapendo che fuori ad aspettarti ci sono quattro persone che non conosci. E appena metti piedi fuori casa scattano i flash, cosa che attrae l'attenzione su di te, il che significa che non sei più al sicuro nella tua strada. A quel punto tutti sanno dove abiti e tutti sanno cosa succede. Ogni volta che esci di casa o ritorni è un trauma»

«Non so», chiede dopo *Better Man*, «per caso qualcuno mi ha corretto l'acqua con della droga prima dello spettacolo?». Fa un balletto folle ed estatico.

«Un applauso per favore per la donna che ha mostrato i seni», dice dopo *Forever Texas*. «Ma la prego, li tenga coperti per il resto dello spettacolo, grazie». Fa il suo ghigno più perverso. «No, no, sono bellissimi».

«Sei uno sballo, Zurigo!», urla dopo *No Regrets*. «Sapete», aggiunge, «nei miei spettacoli, in effetti, ho la tendenza a dire parolacce e bestemmiare – e se questo offende qualcuno... potete andarvene tutti a fanculo».

«*Angel*?», Robbie contesta una fan che urla sotto di lui. «*Angel*? Come l'hai chiamata? Io non faccio una canzone che si chiama *Angel*. Io faccio una canzone che si chiama *Angels*. C'è decisamente il plurale. Sai», aggiunge sopra l'enorme boato che accoglie le sue parole, «ci sono due cose che mi fanno incazzare, beh, a dire il vero ce n'è più di due, ma una è, 'Adoro quella tua canzone, *Angel*'. Non è *Angel*, cazzo. È *Angels*».

Persino nel backstage alla fine della pausa prima di *Rock Dj*, quando canta col microfono in mano, questa energia umoristica strabordante è evidente. «Posso farcela a smettere?», urla al pubblico. «Ho detto, *posso farcela a smettere?*», urla, più forte. Passa a un accento più chic. «Non credo che mi abbiate sentito. Vi ho chiesto: *posso farcela a smettere?*. Ok, se mi levate di mano il microfono la pianto».

«È stato forse lo spettacolo migliore fino ad oggi», dice dopo. «Ero in fiamme».

Alla fine di *Rock Dj* viene portata sul palco una torta per Katie, piena di girandole accese. «Ho il piacere di presentarvi Katie», urla Rob. «E vorrei che tutti voi le cantaste *Happy Birthday*. Il nome è Katie», ricorda loro, sempre attento ai dettagli. «Uno, due, tre. Tanti auguri a te...».

Katie si copre il viso per l'imbarazzo, prima con la mano, poi completamente con un asciugamano. Abbraccia Rob, nascondendo la faccia.

Tornando all'albergo, Rob ha uno strano incontro. Salendo sul pullman dopo questo concerto "super carico" e andando al piano di sopra come al solito, si trova davanti un tizio corpulento coi capelli bianchi, che esce da una delle cuccette con niente addosso tranne un tanga rosso. «Non l'avevo mai visto in vita mia. Così gli ho detto, 'Scusa, amico, sei sicuro di essere sul pullman giusto?'. E lui mi ha guardato e ha detto, 'Sì, perché? Perché?'. Non sapevo che dire, e lui continuava a ripetere 'Perché?' come se stesse per venirmi addosso e darmi un pugno.

«Così gli ho detto, 'Perché sono Robbie Williams e ti pago lo stipendio. Adesso vestiti e scendi dal pullman'. Era del tutto interdetto. Il vecchio era salito sul pullman sbagliato. Era un conducente. Non aveva gli occhiali. Era stato disturbato nel sonno e stava solo reagendo. Continuava a dire, 'Scusami tanto, Rob, scusami tanto, Rob'. Io gli ho detto, 'Scusami tu se ho alzato la voce, amico. Non volevo urlare, ma tu sei sul pullman sbagliato'. Poveretto. Tanga rosso. Oh povero. Per qualche motivo quell'immagine è rimasta impressa nella mia fantasia».

Rob racconta questa storia alla lunga tavolata della cena post-concerto in albergo. Poi è ora di fare la doccia e cambiarsi: faremo il viaggio di notte fino a Vienna.

11

«Sing me a love song
Drop me a line

Suppose it's ju-u-ust a
point of view

But they tell me I'm
doing fi-i-ine»

Sono un dio!

Siamo arrivati a Vienna e tutti quanti hanno un giorno libero a disposizione. È metà mattinata e Josie se ne sta tranquilla a bere una tazza di tè su una delle terrazze sul giardino al pianterreno dell'albergo. Di solito la vedi attiva ed energica, quando segue passo passo Rob mentre si sposta da un punto all'altro, oppure mentre balla accanto a David a sinistra del palco, squittendo di risate. Ma quando è sola interpreta il ruolo di assistente personale di Rob in modo tranquillo e riflessivo. «Se guardi dall'esterno pensi che sia tutto così rilassato», dice, «così divertente, ma continui a fare una gran fatica anche se dai il meglio di te. È questo che Rob ti fa sentire: la voglia di dare il meglio di te».

«In realtà lui non ha mai avuto una vita normale perché è famoso da così tanto tempo. E ha fatto tutto il fattibile, in perfetto stile di vita rock'n'roll. L'ha vissuto, l'ha visto e l'ha fatto. Ha fatto cose che alcuni di noi non faranno mai. Ora è arrivato al punto in cui tutto quello che vuole è vivere comodo e tranquillo. Gli piace un sacco fare sport. Ma tutte le cose che il suo lavoro gli permetterebbe di avere, non le vuole. Non vuole farsi portare in aereo a Milano da Versace per sedere in prima fila a una sfilata di moda e farsi regalare abiti gratis. Non vuole andare in un locale notturno dove tutti i drink sono gratis. Non beve. È semplicemente cresciuto, davvero».

Quindi vuole solo una vita tranquilla?

«Certo che sì. Vuole avere una bellissima casa e una moglie e dei figli. È possibile, certo, ma è difficile per chiunque trovare un compagno di vita, no? E ancora di più per lui, perché ha molte restrizioni su dove andare a conoscere gente».

E poi devi sempre domandarti chi sono i tuoi veri amici.

«Già». Ma lui amici veri ne ha. Ancor più quest'anno, negli ultimi mesi. Poche persone vicine di cui si può fidare, piuttosto che un gruppo di cinquanta amici così così. C'è il suo compagno di appartamento, Jonathan. E Josie fa anche un altro paio di nomi.

Non riusciresti mai a mentire a Rob. O a non essere assolutamente onesto e diretto. Non puoi imbrogliarlo, perché si accorge di tutto quello che succede attorno a lui. Magari sul momento non dice niente, ma qualche giorno dopo ti fa delle allusioni e tu ci resti malissimo. «È uno che rimugina sulle cose. Non è irascibile; non è il tipo che esplode. È un animaletto interessante e complicato».

«Voglio un gran bene a Josie», dice Rob, «ma non credo che lei mi considererebbe mai un amico. Farei qualunque cosa per lei. Se non lavorasse per me, la classificherei come un'amica. Ma non credo si possano classificare le persone che paghi come amici. A parte David Enthoven. Non credo che le si possano mettere in quella categoria. Non puoi essere amico di una persona che è lì a tua disposizione al minimo cenno. Lei dà e io prendo. Ma è il suo lavoro».

«Josie è costretta a essere come un cucciolo di rotweiler», dice Jonathan Wilkes, che ha avuto modo di osservare da vicino l'intima interazione che c'è tra Rob e la sua assistente personale. «Deve prendersi un sacco di merda ed è bravissima nel suo lavoro. Non riesco a immaginare nessun altro al suo posto. Di base, deve far fronte a Rob. Le sue richieste sul lavoro, le richieste di tutti gli altri verso di lui – non smette un attimo di lavorare. Il ragazzo di Josie è Robbie; la vita di Josie è Robbie, benedetta donna; e credo che si gestisca la cosa straordinariamente bene».

Fil e Rob stanno suonando nella stanza dell'accoglienza quando arrivano quelli della casa discografica con i premi. Iniziano quelli della Emi locale, e gli fanno vedere il disco d'oro dell'Austria: era parecchio che non se ne vedevano da queste parti. Poi c'è Tony Wadsworth, presidente della Emi di Londra.

«Questo è il premio più importante», dice con sicurezza al gruppo riunito. «Non voglio certo sminuire il risultato degli austriaci, che è enorme, ma abbiamo pensato di fare qualcosa per riconoscere il fatto che questo album ha venduto più di quattro milioni di copie in tutto il mondo...».

La Emi ha preparato una mappa del mondo, contrassegnata dalle vendite del disco di Rob. «Quindi potete vedere tutti i posti e quanto avete venduto...».

«Ho vinto l'oro in Messico?», chiede Rob, studiando la mappa.

«Sì».

«Quest'album ha avuto un successo incredibile», continua Tony. «Nessuno ha venduto più dischi in Inghilterra l'anno scorso, a parte i Beatles ...».

«Chi?», dice Chris.

Di nuovo, anche se un sacco di gente aspetta con impazienza di vedere la sua reazione, Rob è modesto e grato.

«Ti ringrazio moltissimo, zio Tony. Sono così felice, sono davvero... È grandioso». Guarda la cartina e si mette a cantilenare. «Spagna, oro. Svezia,

«Cantare *Re-light My Fire* è solo una gag da due soldi per far ridere il pubblico. Non voglio offendere gli altri ragazzi che erano nei Take That. Assolutamente. Ma spesso quando sei sul palco ti affanni per trovare qualcosa di buffo da fare o dire. E quello è sempre stata una cosa che fa ridere. E non sto rimasticando il passato né serbo rancore a nessuno. È solo una gag da due soldi che forse dovrei smettere di fare. Però alla gente piace»

I am the greatest!!! I'm young; I'm
beat. They all must fall in the round I
That's the only way I'll ever get licked. The
world should be pretty like me. It ain't bragging if you can back it up. Float
like a butterfly, sting like a bee. I'm so mean, I make medicine sick. I shook
up the world. Me! Whee!!!

oro. Canada, oro. Hong Kong, oro. Nuova Zelanda, cinque volte platino...».

La folla di gente che si è radunata lo acclama.

«Più dischi che pecore», dice Rob.

«Chiaro, sono le pecore a comprarli ».

Rob accelera: «Arabia, oro. Australia, oro. Irlanda, dieci volte platino. Olanda, oro. Messico, oro. Germania, platino. Belgio, oro. Tailandia, platino. Non ci sono nemmeno mai stato. Hai visto!». Guarda David. «Non c'è nessun bisogno di andarci. Possiamo cancellare tutti quegli spettacoli in tv. Austria, oro. Svizzera, platino. Italia, platino. Cile, argento. Inghilterra – sìììì!! – sette volte platino». Annuisce. «È una gran ficata».

Tutti applaudono.

Ma Rob pensa che ci dovrebbero essere più dischi di platino. «Sinceramente», dice dopo. «L'ho trovato straordinario, ma ho questa malattia per cui voglio di più, di più, di più. Stavo pensando, Messico, oro. Perché solo oro? Non ci sono mai andato, quindi, ok, probabilmente è giusto che sia oro, ma perché non dovrebbe essere platino? Credo che siamo tutti affetti dalla malattia del volere di più. Mai soddisfatti di quello che si ha».

«Facciamo un applauso», dice adesso, indicando quelli della Emi. «Ragazzi, grazie mille per tutto il vostro duro lavoro».

«Grazie».

Il concerto di stasera è un'altra esplosione e Rob è alle stelle. Il tour è quasi finito, lui è ancora pulito, e per la prima volta in vita sua, si sta davvero divertendo sul palco.

«*To-o-o-uch me, take me to that special place* [Toccami, portami in quel posto speciale]», supplica la folla, col ginocchio sul monitor, proteso all'indietro, facendo oscillare la mano sinistra. «*I'm doing all I can...* [Sto facendo tutto il possibile...]», geme, poi si porta una mano all'orecchio. «*To be a better man* [Per essere un uomo migliore]», gli risponde il pubblico urlando. «Questa è *No Regrets*», annuncia. «L'ho scritta io! Robbie Williams!». Ed ecco gli accendini. Migliaia di persone oscillano da una parte all'altra nell'oscurità punteggiata di fiamme.

Sing me a love song
Drop me a line
Suppose it's ju-u-ust a point of view
But they tell me I'm doing fi-i-ine

[Cantami una canzone d'amore/ Scrivimi due righe/ Magari è solo un punto di vista/ Ma mi dicono che sto andando bene]

«Ed è vero!», urla Robbie. «Vienna – io sto da dio!». Dà un pugno in aria.

«Mi si è avvicinato un signore di Manchester», racconta, di nuovo iperloquace, alla folla estatica, «e mi ha detto, 'Robbie, ma come fai? Come fai a scrivere delle canzoni così geniali?'. Dico sul serio. D'accordo, allora, mi ha detto, 'Come fai a scrivere delle canzoni così mediocri?'. Mi ha detto, 'Sei così bello e canti così bene'». Rob ride deliziato dalla sua stessa storiella improvvisata. «E io gli ho detto, 'Con le lusinghe non arriverai da nessuna parte'. E lui ha detto, 'Ti prego, fammi un favore, la scrivi una canzone per me?'. E io gli ho risposto, 'Va bene, va bene, scriverò una canzone per te, ma tu devi promettermi che non dirai a nessuno che l'ho scritta io'. E lui mi ha detto, 'Affare fatto'. E la canzone faceva così». Dopo un gorgoglìo di risate, si lancia in *Wonderwall* dei fratelli Gallagher.

Nel backstage durante la pausa hanno tutti gli occhi che brillano di eccitazione. Rob abbraccia Fil e dà un bacio a Yolanda. «C'è elettricità nell'aria stasera», dice Josie, anche lei con gli occhi che le brillano.

«Parlavo con la band nel backstage», dice Rob al suo pubblico, «e stavamo giusto dicendo che questo è uno dei migliori spettacoli, se non il migliore, che abbia mai fatto». Se ne sta lì in piedi e scuote la testa, con le lacrime agli occhi mentre guarda la massa di visi. «Siete riusciti a far piangere un uomo di quasi trent'anni».

Nel suo camerino, si butta sul divano con la chitarra in mano. «Non riesco a descrivere come è stato», dice. «Sapevo che sarebbe andata bene, dal primo minuto. Ne ero sicuro. Quando sono salito mi sentivo semplicemente libero e sapevo che non potevo sbagliare un passo. Si bevevano tutto quello che dicevo e gli è piaciuto da morire. È stato uno dei momenti più grandiosi della mia vita, in assoluto. Era il pubblico più rumoroso, più grandioso, più reattivo che abbia mai avuto, e ho fatto un'ottima esibizione. Ero sciolto, rilassato, ho fatto tutte le mosse giuste. Non so come ho cantato perché non ero granché concentrato».

Sorride e scuote la testa mentre si guarda attorno, verso di noi. «Io questo tour all'inizio non lo volevo neanche fare. E adesso sarà così strano a novembre quando sarà tutto finito. Mi sono successe tante di quelle cose belle. È solo che per un sacco di tempo non riuscivo a vederle. Stavo sempre a guardarmi l'ombelico. Non scherzo. Autocommiserazione, autocommiserazione, autocommiserazione. Non riuscivo a vedere tutte le cose meravigliose che ci sono nella mia vita e ce ne sono così tante. E sono così schifato per non averle viste prima. Davvero. Ma ho ventisette anni e mi sembra un buon momento per vederle.

«Non c'era dubbio che stasera sarei salito sul palco e mi sarei divertito. Me lo sentivo nelle ossa. Credo che loro l'abbiano percepito. Perché se vedono che ti stai divertendo, si sentono parte di quella sensazione, e lo sono davvero, sono una parte fondamentale. Se ti vedono sorridere, sorridere in modo genuino, impazziscono. Impazziscono proprio. Perché sono orgogliosi che la loro città, loro come popolo, ti hanno fatto sorridere e divertire. Avete visto quando ho detto, 'Questo è il miglior concerto che abbia mai fatto'. Loro hanno detto semplicemente, 'Sì'. È solo una questione di prenderci la mano.

«È stata come un'esperienza extracorporea. C'era una tale quantità di amore diretto verso di me. Che mi veniva buttato addosso così, da migliaia di persone. Erano tutti sinceramente felici di vedermi e sinceramente contenti di essere venuti al concerto. E si sono messi tutti a cantare e hanno alzato le braccia in aria. Ecco tutto quell'amore concentrato che mi arriva addosso. Tredicimila persone». Guarda Josie, con un'espressione incredula. «Io sto lì sul palco a dire, 'Sono un dio!'. E lì ci sono tredicimila persone che dicono, 'Giusto! Siamo d'accordo con te». Josie scuote la testa e ride. «Cosa c'è di meglio?», chiede Rob. «Cosa potrebbe esserci di meglio al mondo?».

Fuori c'è la famiglia reale austriaca che aspetta di incontrarlo.

Quando i musicisti sono andati tutti via, a poco a poco la stanza dell'accoglienza si riempie dello staff, che ha un'aria piuttosto contrariata: la loro opinione del concerto è dettata dal fatto che hanno una squadra locale famosa per essere pessima: a) sono stupidi e b) sono completamente rincoglioniti. Dave Bracey ha un'idea molto diversa di come è stato lo spettacolo, rispetto a quella del suo gasatissimo capo. Che combina Rob? È stata la peggiore esibizione vocale che abbia mai sentito, peggio di Zurigo, che già lui aveva trovato simile a "un sacchetto di bulloni sbatacchiato": «Per me non ha proprio quagliato». Quanto alla tecnica di utilizzo del microfono di Rob, un bambino avrebbe fatto di meglio. Si domanda se dovrebbe dirgli qualcosa. «Se penso che qualcosa sia una merda cerco sempre di restare al mio posto piuttosto che dirglielo, ma forse non dovrei». È affascinante la divergenza di opinioni tra il fonico esperto, che ha passato la vita chino sopra pulsanti e quadranti cercando di mixare il suono perfetto per il pubblico, e il turbolento showman, che reagisce e si lascia impressionare da cose molto più viscerali. «Non so cosa sto ascoltando», ammette Rob allegramente. «Non ne ho la più pallida idea. Devo essere il frontman più facile del mondo con cui lavorare. Non so cosa va su, cosa va giù, cosa dovrebbe stare qui e cosa lì. Io non faccio altro che cavarmela alla bell'e meglio».

Una popstar riluttante

Dove siamo adesso? Ah sì, Monaco. Un'altra grigia alba tedesca, un altro posto dove suonare, un altro concerto, il penultimo. Quelli della produzione, i rigger e quelli del catering si trascinano annebbiati giù dalle cuccette. «*It's a beautiful day*», canta Mairead, mentre solleva uno scatolone di frutta fuori dalle casse rosa contrassegnate con "Popcorn Catering". «Non lasciate che scivoli via... Sei anni di college», aggiunge mentre sorseggia caffè amaro da una tazza di carta, «passati a studiare per diventare chef. Che cavolo ci faccio qui? Però mi piace il tempo libero. Vado nella mia casa alle Bahamas e mi rilasso...».

Sulla parete della cucina è stato attaccato un biglietto.

> GRAHAM MORRISON È UN FESSO
> CON UN COCOMERO AL POSTO DELLA TESTA
> QUANDO VENDEVA HOT DOG E CIPOLLE
> MI CHIAMAVA IN CONTINUAZIONE. ADESSO
> CHE È CON ROBBIE
> MI SNOBBA (VIENNA). TI RITROVERAI
> A LAVORARE ALLE SAGRE DI PAESE SE NON
> STAI ATTENTO

Graham ride mentre spacchetta le sue pentole, padelle e utensili. Sono vecchi amici della stessa città, lui ora è nello staff di Tom Jones, e non ha fatto in tempo a incontrarla a Vienna.

Mentre i camionisti si avvicinano fischiettando per fare colazione, Mairead sta programmando la spesa di oggi. Quanti filetti di manzo le ci vorranno per il filetto alla Stroganoff? Quattro, secondo Graham. E poi via con Em e il fattorino del posto alla gigantesca Metro ai margini della città.

«Prendi un carrello, fiorellino», dice Em al tedesco pelle e ossa che indossa pantaloni di pelle e una coppola. «Sei con me».

Mairead svolazza per le corsie, caricando di tutto: dai frutti di mare per il pranzo ai bastoncini di cioccolato per il pullman di Rob, rubando scatoloni dove può. È una strana peculiarità dei supermercati tedeschi, spiega, quest'abitudine di non darti scatoloni per portare via la spesa. E, 2.756 marchi tedeschi dopo, i due sono sul minibus, e tornano di corsa per cominciare a preparare la cena.

Il catering è il cuore del tour, secondo Em. «Perché è lì che puoi trovare nutrimento per il fisico, ma si spera anche qualche genere di sostegno emotivo. 'Hai mica un po' di cioccolato? Oggi è una brutta giornata'. Uno può sem-

«Non dirò che vi amo tutti, però amo la maggior parte di voi. Siamo arrivati alla fine del tour, sono stato benissimo e non vedo l'ora di vedervi di nuovo. Per favore tornate a vedermi la prossima volta. Se vi è piaciuto il mio spettacolo sarò Robbie Williams, se non vi è piaciuto il mio spettacolo sarò Craig David. Buonanotte» plicemente entrare e di solito c'è qualcuno nell'area catering da cui si spera di poter ricevere conforto».

È come una pseudo-famiglia, la comunità del tour. «Le dinamiche all'interno della nostra famiglia sono le stesse di qualunque altra. Non sei costretto ad andare d'accordo con tutti, ma tra le persone c'è un'enorme tolleranza delle idiosincrasie altrui. Dover stare sempre appiccicati è tremendo, ma c'è anche un'immensa lealtà. Però se uno ha un tallone d'Achille, è fatta, sei finito, anche se il più delle volte non è per malignità. È una cosa che faresti con tuo fratello, quindi lo farai anche con chi ti sta seduto accanto sul pullman».

Quella sera, fortificato da un piatto di filetto alla Stroganoff di Mairead, Rob è di nuovo in gran forma. «Affrontiamo Monaco, tutti in pista!», dice alla band durante il rito pre-concerto. «*Scheize*», dice alla folla, indicando se stesso. «Grandiosi!». E indica loro.

Anche se è l'ultima di tre sere, stasera sul leggendario pullman dei lampadisti c'è calma piatta. Niente beach party, niente tequila, niente droghe – solo vino e birra. La conversazione è un po' fiacca. Il corpo lo capisce sempre, dice il capo della squadra delle luci Mark England, quando si avvicina la fine del tour. Ti viene quella specie di malore che si sente lui in questo momento. «Nei tour molto lunghi ti dura due settimane».

Ci mettiamo a parlare di Rob, naturalmente.

«Credo che sia il tipo della popstar riluttante», dice Mark. «Secondo me vorrebbe essere una persona normale ma non può. Ho lavorato per molte band e ho visto che effetto può avere sulla gente il fatto di essere una popstar. Ho visto gente con l'esaurimento nervoso, gente che va in overdose, che va a cacciarsi in strane storie di sesso. Io sono convinto che chiunque riesca a essere una star, a gestire tutte le lusinghe, a passarci attraverso e restare comunque un essere umano decente e non perdere la testa, è davvero bravo. E Robbie è un tipo adorabile, coi piedi per terra, ma penso che lui invece vorrebbe essere solo una persona normale».

«È uno dei pochi settori», dice George col cappello, «in cui nessuno aspira ad essere il capo».

Nuovo Millennio

Due sere dopo, tornati a Rotterdam per il concerto finale, Robbie sembra posseduto. «Sono qui per farvi divertire – tu – tu – tu – tu!», esordisce. Se ne sta lì in piedi come Kitchener in quel famoso vecchio poster di guerra, che punta il dito sulla folla. Salta, col pugno in aria, e cammina tracotante sul palco come Sinatra. Chiude gli occhi e fa un respiro profondo. Si piega in modo gentile per parlare con la prima fila. Si lavora tutto il pubblico: «Voi della prima fila, come state? Voi della seconda fila, come state? Tutti voi laggiù in fondo, come state?». Sbaglia l'attacco di *She's The One* e lo trasforma in uno scherzo: «Sapete che facciamo? Adesso io scendo dal palco, poi ritorno e facciamo finta che non mi avete visto». Parla dei Take That: «Sono stato in una band che ha suonato qui una volta. Di solito facevamo qualcosa tipo: '*Re-light my fire, cos I need... your love*'». E si cala i pantaloni. Elogia il pubblico: «Wow! Avete una gran voce stasera. Mi piacerebbe tanto portarvi con me e scoparvi tutte. Maschi compresi». Li fa saltare durante *Kids*. E loro alzano le mani per *Millennium*. Gli cantano tutti *Angels*. «Mi siedo e aspetto... Dopo di voi», dice educatamente.

Ormai lo conosci così bene, ma è ancora straordinario. La vista di diecimila braccia che oscillano ti fa venire di nuovo le lacrime agli occhi. E mentre lui si lancia nel *Rock Dj* finale c'è un numero a sorpresa: lo staff al completo, con indosso delle parrucche ricce rosa, blu, verde e rosso scuro, corre sul palco come un'orda di pupazzi, saltando su e giù sopra il set che hanno costruito dal nulla, oggi e tutti i giorni, allineandosi sul fondo per dare al concerto, al tour, una pantomima finale. Al centro, tra di loro, c'è il vecchio conducente del pullman che aveva sfidato Rob dopo il concerto di Zurigo, tutto nudo a parte il tanga rosso.

Robbie si gira, serio come non mai, e fa loro cenno di venire avanti. «Venite e fate un inchino», chiama.

«Signore e signori», dice al pubblico, «non dirò che vi amo tutti, ma amo la maggior parte di voi. Questa è la fine del mio tour, sono stato benissimo, e non vedo l'ora di vedervi di nuovo. Per favore tornate a vedermi la prossima volta. Se vi è piaciuto il mio spettacolo sarò Robbie Williams, se non vi è piaciuto il mio spettacolo sarò Craig David. Buonanotte».

«Dio. Dio, Dio, Dio», mormora, mentre sprofonda nel divano del suo camerino. «Sono alle stelle. Sono arrivato alla fine del tour. Semplicemente sono molto a mio agio e mi sto proprio godendo la vita, mi sto proprio godendo il fatto che tutta quella gente là fuori stasera si è divertita, e lo sai, pure io mi sono divertito. Per gran parte del tour. Ci sono state solo un paio di serate che non mi sono piaciute. Una in Svezia, l'altra ovunque sia stata non ha importanza. Adesso viene il momento difficile. Per me. Come alcolizzato. È come se ci fosse sempre una ricompensa. Una ricompensa per fare qualcosa e una ricompensa per, come dire, per aver finito il tour ed essere andato bene ed essermi comportato da brava popstar. Sai, questo è il momento in cui di solito mi ricompenso con cinque grammi di cocaina e tutto l'alcol che riesco a ficcarmi in gola. Devo solo ricordare a me stesso che adesso non ho bisogno di fare tutto questo. Perché adesso tutti attorno a me si lasceranno andare. Perchè abbiamo lavorato molto sodo e probabilmente io sono l'unico alcolizzato, l'unico drogato del tour. Quindi adesso tutti quelli che lavorano per me andranno a ubriacarsi. Io me ne torno in albergo, mi bevo una tazza di tè e gioco un po' a Uno. E mi considererò soddisfatto».

«Davvero?».

«Sì. Davvero. Davvero, davvero. Sai, io non voglio bere. Ma questo non mi ha impedito di buttarmi roba giù per la gola. Gli auguro buona fortuna. Io li vedrò domani quando avranno i postumi».

Rob ha ragione. Tornati all'Hotel de L'Europe i membri della band si stanno ubriacando soddisfatti. Nell'angolo del bar, Guy suona al piano. Rob fa una breve apparizione col suo berretto di lana, poi se ne torna in camera alla sua Evian e alla partita di Uno. Molto, molto più tardi, nella camera di Tom, sotto gli occhi di tre ragazze di Dusseldorf (una visita combinata) e della moglie di Franksy, Marla (che in effetti è una sventola), Fil cerca di gettare una tv dalla finestra, ma viene fermato dal contabile del tour, che gli fa notare che dopo dovrà ripagarla di tasca sua, amico.

Questo sì che è il rock'n'roll del nuovo millennio.

12

«Se oggi non fossi
Robbie Williams,
a quest'ora molto
probabilmente starei
facendo il provino
per la casa del
Grande Fratello»

La svolta

Il tour del Sermone della Montagna è finito, e Rob è tornato a Londra, nel suo appartamento di Kensington Park Road, e dalla persona che probabilmente lo conosce con più intimità di tutti in questo periodo, il suo migliore amico e compagno di casa Jonathan Wilkes, di cinque anni più giovane. «Da quando sono uscito sparato dal ventre di mia madre, lui era lì», dice Jonathan, in modo poetico. «Coi suoi occhi verdi puntati come fari su di me. Rob era una specie di fratello maggiore. Ricorderò sempre che me lo guardavo e mi sembrava il massimo, perché è una cosa normale, tutti si cercano un modello nella vita, guardano un ragazzo più grande e pensano: Voglio essere come lui».

Jonathan è realista riguardo al ruolo che ricopriva quando erano piccoli. Lui non era abbastanza cresciuto per essere uno dei ragazzi grandi. «Loro provavano a coinvolgermi per quanto potevano, ma io ero sempre la piccola merda che si metteva tra i piedi. Rob mi trattava malissimo, ma io ero veramente una peste».

«Era un coglioncello», conferma Rob. «Lo picchiavo sempre».

Ora che entrambi sono cresciuti, però, le cose sono completamente diverse. Nel periodo in cui Rob era coi Take That, Jonathan andava ancora a scuola, ma quando si trasferì a Londra a diciotto anni, Rob gli propose di stare da lui una settimana mentre cercava di orientarsi. «Così accettai», dice Jonathan, «e alla fine sono rimasto quattro anni».

I ruoli sono cambiati. Rob, dice Jonathan, «era nel pieno dell'alcolismo e delle droghe. Così io sono diventato il fratello maggiore, quello che si prendeva cura di Rob. Quando Rob cominciava a bere, io smettevo di bere per stargli dietro; quando cominciava a prendere droghe io avvertivo la gente in anticipo che non gli dessero droga. Si arrivava al punto che alla fine delle feste io andavo in giro a chiedere alla gente, 'Per favore, non date niente a Rob, vi prego'».

«Mi ha aiutato», dice Rob, «già solo per il fatto che era lì ed era una persona di cui mi fidavo e a cui volevo bene. Non penso che si possa forzare fisicamente qualcuno a reagire in un certo modo, ma è bastata la sua presenza per rendermi la vita più facile; mi ha aiutato e mi ha tirato fuori da un mucchio di guai».

Jonathan dice che adesso sono anche più vicini di due fratelli. «Fa una certa paura. La gente quando ci incontra dice, 'Dio, voi due proprio vi volete un bene dell'anima, eh?'. È vero. Abbiamo bisogno l'uno dell'altro. Questo posso dirlo. Non è una smanceria o una cosa fasulla da dire. Rob sente la mia mancanza quando è via. Dice che se fosse per lui mi porterebbe con sé ventiquattr'ore su ventiquattro».

Parte di questo sostegno reciproco ha senza dubbio a che vedere col fatto che, in un mondo pieno di gente che sbava per avere un pezzetto di lui, Rob può essere del tutto normale col suo vecchio amico di Stoke, e viceversa. «A volte non mi rendo conto di quanto è grande», dice Jonathan. «La gente parla di lui e io penso, Merda, è così grande, è davvero così grande. A volte mi confondo e penso, La persona con cui vivo è solo Rob. E probabilmente io sono l'unica persona nella sua vita che può mandarlo a fanculo; che può dirgli, 'Oh! Guarda che stai proprio facendo lo stronzo'». Tutti gli altri nel mondo di Rob, secondo Jonathan, fanno parte dell'impero di Robbie Williams.

Non che Jonathan non sia un suo fan. È il fan numero uno di Rob, e parla di lui come «la cosa più grande del nostro paese», «nell'ordine del fenomenale», «il miglior intrattenitore che questo paese abbia mai prodotto». Anche se ha appena iniziato la *sua* carriera nel pop, Jonathan prova un'incredibile ammirazione per il suo amico. «Qualcuno mi ha chiesto, 'Non sei geloso?'. E io, 'Dio, no. Proprio per niente'. Cazzo, sono così orgoglioso di lui».

Sì, è stato un po' frustrante quando tutti i giornalisti che lo intervistavano per il suo primo singolo, *Just Another Day*, sembravano essere interessati solo a sapere di Rob, ma questo è un problema loro. E Jonathan è stato perfettamente in grado di tener loro testa. «Ho detto, 'Sentite, non ho intenzione di dirvi niente – qui stiamo parlando di me. State intervistando Jonathan Wilkes in questo momento'. Allora giravano la domanda e dicevano, 'Beh, chi lava i piatti?'. E io dicevo, 'Santo cielo, questa è proprio una domanda del cazzo. Alla fine dicevo, 'A questo non rispondo'. Volevano tutti sapere del mio rapporto con Robbie Williams. A un certo punto è girata persino una voce idiota secondo cui io e Rob saremmo gay. Due ragazzi che vivono insieme. Siamo solo due amici di Stoke-on-Trent che si conoscono da tutta la vita. Fatemi il piacere».

Matrimoni, bar mitzvah e stadi

Nonostante le preoccupazioni da ultima sera del tour, Rob sta riuscendo a tenersi pulito. Va regolarmente ai suoi incontri di self-help e affronta i suoi demoni giorno per giorno. Jonathan ha notato il cambiamento dal primo momento che il suo amico è tornato. «È tornato che era un'altra persona. Mi ha detto,

«È come se prima fossi sprofondato in un lungo sonno, un brutto incubo, e adesso mi fossi svegliato e avessi visto quanto sono stupende le cose.

È una svolta a trecentosessanta gradi»

'Johnny, adoro il mio lavoro, cazzo. Il tour mi è piaciuto un casino'. Rob che non beve è un'altra persona», aggiunge. «Quando Rob beve si trasforma in qualcuno che non conosco: uno spregevole, aggressivo, sgarbato... Non ha il minimo senso dell'umorismo, non sa apprezzare la vita». Rob sobrio, d'altro canto, è «sveglio, buffo, intelligente, creativo, affascinante... ha tutte queste doti. È per questo che non può più bere. Perché non è compatibile con l'alcol».

Rob è d'accordo con questa affermazione. Continua ad avere la sensazione di una nuova percezione della sua vita, l'ha scoperto a poco a poco nel tour. «È come se fossi stato in un sonno profondo, un incubo profondo e mi fossi appena svegliato e avessi visto quanto sono stupende le cose. Quant'è meraviglioso il lavoro che faccio e che gran dono che è. Quanto sono fortunato a ventisette anni, a ricevere tutte le cose che ho ricevuto. Essere in grado di fare quello che faccio. Sembrerò pure un sentimentale a dire queste cose, ma è una svolta di trecentosessanta gradi rispetto a dove mi trovavo sette o otto mesi fa».

Finalmente felice di quel che ha, Rob continua a fare le cose che le popstar di successo devono fare per tenere le cose in aria. Vola a Parigi con la band su un aereo privato per fare uno spettacolo televisivo, *Tapis rouge*. Mentre aspetta prima dell'inizio, regala alla ventina di fan riunite davanti alla porta sul retro dello studio il genere di "momento Robbie" che giustifica la loro lunga attesa: esce in giardino ballando con in mano la chitarra, e con indosso solo un succinto Speedo nero. E anche se in studio si trova di fronte a una folla seduta, sedata, prevalentemente di mezza età, usa i suoi vecchi trucchi da showman per scaldarli (un po'), dicendo a un lato che stanno applaudendo fuori tempo, e alzando invece i pollici all'altro lato; fa il vecchio trucco di guardare negli occhi le singole persone; passando al francese mentre canta di come sta cercando di trovare "*l'amour suprême*"; si siede sulle ginocchia di una ragazza e le dà un bacio; si avvicina per stringere la mano a un bimbetto seduto in prima fila.

Pochi giorni dopo si presenta a una cerimonia di premiazione del settore nel West End di Londra, per ringraziare i professionisti della radio lì riuniti per la sua "vita straordinaria, straordinaria". È consapevole, dice al suo caloroso pubblico, che gran parte del suo successo è dovuto alla radio, alla gente che ascolta i dischi e poi esce a comprarli. In passato non si è mai presentato a eventi del genere, «Perché pensavo, al diavolo, l'anno prossimo non vincerò, possono andare tutti a quel paese». Ma adesso che ha vinto per il terzo anno di fila, è umile, per niente arrogante e grato come era ai Brit Awards. «Non so quanto dura tutto questo», dice (e notate l'uso fatalista del presente), «questa corsa o questo giro in cui sono finito. Ma grazie a tutti coloro che mi hanno sostenuto alla radio. Siete voi che mi avete fatto arrivare dove sono».

Subito dopo è sulla sua limousine, diretto da Sotheby's, per inaugurare un'asta di oggetti privati provenienti dal suo appartamento di Notting Hill, da cui sta per traslocare, e il cui ricavato andrà a sostegno dell'associazione di beneficenza Give It Sum (amministrata dalla Comic Relief e che ha appena donato più di duecentomila sterline solo per progetti nella zona di Stoke). L'articolo più famoso, naturalmente, è il letto di Rob, su cui lui canta solo la parola "*Mammaries* [ghiandole mammarie]" sul motivo di *Memory*, provocando grandi risate, prima di fare un rapido discorso di due righe e tornarsene a casa.

L'indomani c'è un altro aereo privato, che sobbalza in modo inquietante attraverso il cielo ventoso per atterrare (solo) a Manchester per un'apparizione di un pomeriggio allo spettacolo di *Mark And Lard*. Rob dice ai due presentatori di Radio One vestiti in modo identico che sta mettendo all'asta «letti, pantaloni, ziette, parenti, insomma roba che non mi serve più» e risponde a tutte le consuete domande su Geri, il fatto che non sta bevendo e il prossimo tour negli stadi, così come a qualche altra nuova, improbabile domanda mandata per e-mail dagli ascoltatori: «Il tatuaggio che hai sul braccio sinistro ha qualche significato particolare? Perché il mio amico Dave dice che è solo un classico disegno Maori, ma io ho sentito dire che era la storia della tua vita in geroglifici».

«È un classico disegno Maori, ma si adatta alla storia della mia vita, che di base è Maori, il che non è niente male per uno che viene da Stoke-on-Trent».

«Qual è il tuo ripieno preferito del pasticcio? Il mio è formaggio e cipolla».

«Pollo con tikka».

«Qual è il tuo formaggio preferito?».

«Non mangio formaggio. Mi provoca un eccessivo accumulo di flegma in fondo alla gola».

«Sono queste le cose che la gente vuole sapere», dice Mark. «Dichiarazioni e rivelazioni sconvolgenti».

Mentre Rob esce dallo studio e percorre il lungo corridoio del palazzo della Bbc, la gente sbuca dalle porte chiedendogli l'autografo. Fuori, persino sul retro dell'edificio, la macchina viene inseguita da altri cacciatori di autografi. Nell'aereo privato, il capitano si gira verso di lui a metà del volo. «Mi dispiace da morire, lo so che è terribilmente poco professionale, ma i miei figli mi hanno fatto una testa così. Le dispiacerebbe...?».

Il pomeriggio seguente Rob è da Parkinson, con Hugh Grant. C'è un'altra lunga attesa tra le prove del pomeriggio e la trasmissione della sera, e poi il Grande Intervistatore si lancia in una sua versione del mantra. «Grosso titolo sul giornale: 'È innamorato di Geri'?», «Che ci dici dell'alcol e le droghe e il resto?»,

«It's a
beautiful day,
don't let
it slip away»

«Stai vendendo il tuo letto?». Rob sfoggia le doppie fossette e tira fuori quelle risposte che ormai ha ripetuto tante volte.

Nel backstage, dopo, Robbie si imbatte in Jeremy Paxman e i due vivono un momento di celebrità nel corridoio, mentre la gente attorno si ferma a guardare. «Piacere di conoscerti», dice Rob. «Sei il prossimo».

«No, mi spiace, non sono abbastanza importante. Vado a fare l'interrogatorio a un ministro sull'afta epizootoica».

«Mandali al diavolo».

Poi ecco Hugh che fa capolino nel camerino di Rob (è inquietante quant'è simile ai suoi film) presentandogli, «Ehm Sarah, ehm, una ragazza che lavora nel mio ufficio, una tua grandissima, grandissima, fan...».

Mentre la primavera diventa estate e Rob continua a tenersi pulito, si trasferisce dall'appartamento di Notting Hill in una casa a Chelsea, una camera di decompressione prima di stabilirsi nella nuova grande casa col tavolo da biliardo e l'acquario gigante che si trova in una zona di Londra di cui non faremo il nome, ma dove prima o poi senza dubbio le fan lo scoveranno.

Jonathan si trasferisce insieme a lui ed è contento di andarsene da quella casa. «Era terribile», dice ora. «Come stare in una vasca per i pesci. Specie adesso che Rob non sta bevendo e ha voltato pagina. Mi guardo indietro – tutti i ricordi che ci sono in quel posto. Mi ricordo la volta che c'era una montagna di cocaina e io sono semplicemente rimasto lì seduto fino alle otto del mattino mentre Rob se la sniffava tutta. Non l'ho toccata, mi cascava la testa ed era ora di colazione».

Il fatto di essere sobrio non è il solo cambiamento nella vita di Rob, però. Dopo un viaggio di dieci giorni nel sud della Francia a girare un breve film, sta riflettendo sulla possibilità di cambiare atteggiamento verso il sesso. «Quando prendevo droghe», ricorda, «finivo ogni sera nei bagni a cercare di scoparmi qualcuna. È imbarazzante. Davvero squallido. Beh, non squallido, ma insomma volevo solo fare sesso, ero ossessionato dal sesso. Questo mi rattrista».

Adesso si sta godendo parecchio il fatto di andare a letto da solo. «Sono stato in un locale nel sud della Francia», dice, «ed è stato incredibile. Stavo seduto lì dentro e mi guardavo attorno cercando nella pista da ballo quel coglione con lo sguardo vitreo che non sapeva mettere due parole in croce, e se ne stava davanti ai bagni delle ragazze, ma non lo trovavo, perché c'ero solo io. Quella sera c'erano un sacco di belle ragazze che ballavano e flirtavano. Io sono andato a fare due chiacchiere con qualcuna di loro e poi si fatta l'ora di tornare a casa. Camminavo per strada pensando, È surreale. Sono sempre stato impegnato a rimorchiare qualcuno e ora ho solo voglia di tornare a casa e stare da solo».

Ma non del tutto da solo. C'è un nuovo compagno, un piccolo cucciolo di Rotweiler. «Lo sai come l'hanno chiamata?», dice emozionato mentre torna dal suo primo incontro col cane. «She's The One. Prima ancora che sapessero che ero io che sarei venuto a prenderla. E suo padre si chiamava Mr Bo Jangles, che è una delle mie canzoni preferite. *Mr Bo Jangles, Potters Pride*».

Non vede l'ora, dice, di prendersi la responsabilità di un'altra vita nella sua vita, «Diventeremo amici per la pelle, io e questa signorina».

E c'è anche un'altra novità. Ha deciso di comprare una casa vicino alla sua nuova casa – per sua madre. «Non vedo l'ora che venga a stare lì», dice, «perché voglio svegliarmi la mattina e andare da mia mamma a colazione, o che lei venga da me a colazione. Per me questa è una tale conquista, perché sei mesi fa proprio non desideravo niente del genere».

«Quando bevi e ti droghi molto, vai in psicanalisi e ti senti dire che è tutta colpa dei tuoi genitori. Poi se ci ricaschi, non ti resta altro che pensare, È colpa dei miei genitori se sono ancora sfasciato. Quindi va a finire che ti senti molto arrabbiato con loro. Ho sempre avuto un legame fortissimo con mia mamma, perché le voglio un gran bene. E questi ultimi tre anni sono stati molto dolorosi per entrambi. Perché io continuavo a sfasciarmi e provare rancore e non volevo la responsabilità di avere vicine né lei né mia sorella né chiunque altro, perché non sapevo come gestire la loro presenza. E non sapevo come gestire questi sentimenti di rabbia verso la gente. Ma si sono tutti placati. E io ho ripreso ad avere un rapporto meraviglioso con la mamma, come ce l'avevo prima di entrare nei Take That, o durante il mio periodo coi Take That. Ci sentiamo ogni giorno».

«Chiacchieriamo e siamo amici e lei è mia mamma e mi può dare degli ottimi consigli ed è amorevole e premurosa. Quando mi veniva il down della cocaina, il down dell'alcol, di solito cercavo di trovare un posto felice, e proprio non ci riuscivo, non c'era niente. Cercavo di pensare alla mia famiglia e mi sentivo come un orfano. Ecco, ora me la sono ripresa quella famiglia. Lei è mia madre. Non sono da solo».

«Era questo il riconoscimento che cercavi di ottenere, piuttosto che la fama?», gli chiedo, mentre una sera ce ne stiamo seduti nel giardino della casa di Chelsea, pochi giorni prima dell'inizio del tour estivo negli stadi. «Matrimoni, bar mitzvah, stadi», così l'ha battezzato Franksy. «Non è come se fossi uno di

Saranno Famosi, che vuole solo la fama».

Sorride. «Io sono uno di *Saranno Famosi*», risponde. «Sul serio. Volevo essere il più grande e il più bravo. Volevo un sogno. Che fosse fama o riconoscimento o l'essere bravo in una cosa specifica. Quando uscii per la chiamata alla ribalta di Artful Dodger, l'applauso che ricevetti era più forte di quello di chiunque altro e questo mi diede una bella sensazione. Se le cose fossero andate in modo diverso, se oggi non fossi Robbie Williams, probabilmente starei farei il provino per la casa del Grande Fratello. Ti giuro. Perché volevo diventare il più grande e il più bravo. Volevo quel sogno. Certa gente ha sogni diversi; io penso che la stragrande maggioranza della gente abbia lo stesso sogno. Vogliono essere più grandi, più bravi, vogliono il glamour, la fama, la celebrità».

«Io ho avuto tutte queste cose quand'ero molto giovane e molto impressionabile. Penso che in qualche modo ogni quattordicenne, quindicenne, sedicenne, la pensasse come me. Diventerò famoso per qualcosa. La gente le pensa queste cose. Ma io l'ho ottenuto. L'ho ottenuto molto presto coi Take That. Era qualcosa di cui, all'epoca, mi vergognavo e per la quale non volevo essere famoso, ma era la mia sola via di accesso. A quel tempo io ero disposto a fare qualunque cazzo di cosa pur di diventare famoso».

«Volevo solo piacere alla gente, di base. Però su grande scala. Su una grandissima scala. Il mondo deve adorarmi – o doveva adorarmi».

E adesso è così.

«Mi adorano. Ho ottenuto quello che volevo».

E ne è valsa la pena?

«Sto ancora cercando di abituarmi all'idea. Bisogna stare molto attenti ai desideri che si esprimono…». Si appoggia all'indietro, con gli occhi che gli brillano mentre fa il suo famoso sorriso.

«Perché potrebbero avverarsi».

13

«Come and
hold my hand

I want to contact
the living

Not sure
I understand
This role
I've been given...»

Verso Ovest

Gli occhi di Rob sono serrati mentre le sue labbra sussurrano nel microfono piatto. Ha la fronte corrucciata come sempre quando canta col cuore. Ha i capelli più selvaggi, però, la pelle più scura. È visibilmente più allenato e più muscoloso, sotto la maglietta bianca coi bordi rossi e neri e il logo dei Gorillaz.

È passato un anno ed è tornato in sala d'incisione, a registrare un nuovo album. Poi non se l'è mai preso davvero l'anno sabbatico di cui parlava, anche se negli ultimi mesi non ha fatto granché a parte scrivere e rilassarsi. E trasferirsi in America, naturalmente. Lo studio in cui ci troviamo è a Los Angeles, dove Rob ha comprato una casa e adesso vive in pianta stabile.

«Era fantastico, cazzo», dice, quando finisce il verso. Alza lo sguardo dal microfono e ride. «Qui potete vedere l'artista nel suo habitat naturale», scherza, «durante il bridge, quando non ha niente da fare. Si limita a rilassarsi e si ciondola con la band, come adesso». Balla un po'. «Osservatelo mentre pensa all'accoppiamento», aggiunge, con una voce da David Attenborough. «Osservatelo mentre toppa ed entra alla battuta sbagliata perché non si sta concentrando. Osservatelo mentre si arrabatta per arrivare alle note più alte. Osservate il team nello studio che non se ne preoccupa più di tanto perché poi tanto si sistema tutto con le meraviglie dei computer...».

Arriva l'attacco per Rob e lui si rimette al lavoro.

«*I just want to feel real love* [Vorrei solo sentire del vero amore]», canta.

«*In the home that I live in...* [nella casa in cui vivo]».

«È tutto», dice quando la canzone – *Feel* – è finita. «Ora lo stampiamo. Stasera il mixaggio. Martedì è nei negozi. Giovedì a *Top Of The Pops*. Sabato Numero Uno. Domenica yacht».

Se ne va fuori dalla cabina della voce ed entra nello studio principale, dove gli amici e gli organizzatori sono lì ad applaudirlo e appoggiarlo. Il suo miglior amico, Jonathan Wilkes, la sua ragazza, Rachel Hunter, il manager, David Enthoven, l'assistente personale, Josie Cliff (per non parlare del nuovo trio a quattro zampe di Rob: Rudy il pastore tedesco, Sam il labrador-pit, Sid il cane lupo). Al tavolo dei monitor c'è il vecchio produttore di Rob, Steve Power, e il veterano A&R, Chris Briggs. In piedi ai loro strumenti ci sono Guy Chambers e i compagni musicisti: Gary Nuttall (che è sempre identico, con una camicia a maniche corte stirata), Jeremy Stacy alla batteria, Phil Spalding al basso e Neil Taylor alla chitarra, tutti scelti da Guy. «Mi ricorda un po' il primo album», dice. «Penso che senta l'energia, perché stiamo suonando tutti insieme in una stanza, per Rob questo è molto stimolante, e penso che abbia un po' dell'energia giovanile che aveva il primo disco. Quindi sono molto emozionato, perché volevo che andasse comunque in quella direzione ».

Il nuovo album sfonderà in America come tutti sperano? Guy è più sagace che mai. «Se Rob lo vuole, sì», dice. «Alla fine si riduce tutto a quello, davvero. Dipende solo se lui vuole sobbarcarsi l'enorme fatica necessaria a sfondare negli Stai Uniti. Si parla di un minimo di sei mesi di tour. Per un artista come Rob è questo il fattore più importante, perché quando la gente lo vede dal vivo – ci restano secchi».

Anche Rob è esaltato. «Abbiamo registrato quattro canzoni in due giorni», dice, mentre se ne torna in macchina con Jonathan Wilkes verso la casa che ha affittato da Dan Ackroyd in Mulholland Drive. «E sono quattro Numeri Uno. È semplicemente grandioso, cazzo. Sarà il miglior album ch'io abbia mai fatto. Sarà quello che ho sempre voluto e» – la sua voce si modula in un accento finto chic – «non sto andando da nessuna parte. Nessuno può fermarmi, perché sarò un ragazzaccio a vita. *Aight*». Fa un rumore non dissimile dalla sua imitazione di David Enthoven. «A casa, James», dice al suo autista.

Il cambiamento di Rob dura ancora. È ancora pulito, più felice a Los Angeles di quanto non fosse da molto tempo. Gli piace l'anonimato, essere lontano dalle continue aggressioni della stampa e delle fan cui è continuamente sottoposto in Inghilterra. A Los Angeles riesce, in senso lato, a fare le cose normali che fa la gente normale. Per esempio portare i suoi cani a fare una passeggiata senza essere inseguito dai paparazzi. Andare al cinema o a cena fuori con gli amici. « Per la prima volta da quando è entrato nei Take That», dice il manager Tim Clark, «riesce a vivere una vita normale. Può uscire di casa e camminare per strada senza essere importunato». Tutto è relativo, naturalmente. Due uscite recenti con la sua attuale ragazza, Rachel Hunter, sono finite in prima pagina su *News Of The World* (e alle pagine 2, 3, 4 e 5). Ma, lo stesso, rispetto agli standard londinesi di Rob, si può considerare una vita tranquilla.

Quando l'anno scorso mi parlò del suo futuro, Rob era stanchissimo dei tour e dei concerti. Aveva intenzione di adempiere ai suoi impegni per il tour estivo in Inghilterra e Irlanda e il tour autunnale in Estremo Oriente e Australia, e poi prendersi quell'anno libero tanto desiderato. Ma poiché si tratta pur sempre di Rob, l'uomo dalle mille contraddizioni e sorprese, le cose non sono state facili come lui stesso aveva programmato.

La storia comincia all'inizio del 2001 quando fu chiesto a Rob di cantare lo standard swing *Have You Met Miss Jones?*, per la colonna sonora del film *Il diario di Bridget Jones*. Lo sceneggiatore Richard Curtis e il supervisore musicale Nick Angel ritenevano che Rob fosse l'unico cantante che potesse fare al caso loro, un Sinatra del giorno d'oggi; e Rob era eccitato all'idea di accettare la sfida. «E l'ha superata senza difficoltà», dice Josie Cliff, «gli è piaciuto da impazzire, e ha detto, 'Dio, questo è facile, dovremmo farci un album'». L'idea è partita quando Rob era a Los Angeles, nel maggio del 2001, per girare un breve video promozionale per la registrazione di *We Are The Champions* per la colonna sonora de *Il destino di un cavaliere*.

Il celebre presentatore di talkshow Jay Leno, deve aver saputo che Rob era nei paraggi e lo ha invitato a cantare *Have You Met Miss Jones?* durante il suo programma (in quel momento *Il diario di Bridget Jones* stava avendo un successo enorme in America). Rob si è gentilmente prestato a cantare e si è divertito un mondo. Quando è tornato a Londra, è andato dritto a parlare con i manager Tim e David negli uffici della IE Music.

«È entrato così», dice David, «e ha detto, 'Sentite ragazzi, perché non facciamo un album di musica swing per Natale?'».

«All'inizio», dice Tim, «eravamo un po' preoccupati, perché non avevamo programmato un album e Rob all'epoca sembrava avere il dono dell'ubiquità; stavamo cercando di tenerlo lontano dalla stampa, di dargli solo quella pausa che voleva. Penso che se avesse detto, 'Ho scritto tutte queste canzoni e voglio fare un nuovo album di Robbie', è probabile che gli avremmo risposto, 'Guarda, aspetta un attimo, hai bisogno di prenderti un po' di spazio, un po' di tempo'». Ma visto che questo era completamente diverso da qualunque cosa Rob avesse fatto prima, i manager acconsentirono.

«E poi», ride Tim, «è iniziata la parte divertente, perché penso che la Emi abbia creduto che volessimo fare i furbi e tirarci fuori dal contratto di Rob».

Rob aveva firmato con la casa discografica per quattro album. Ne aveva fatti tre. Quelli della Emi non erano entusiasti, e all'inizio non volevano accettare la proposta dell'album di swing come parte del contratto. «Le parole che hanno usato», dice David, ridendo al modo in cui si sono messe le cose, «sono state: 'Questo non verrà tenuto in considerazione da un punto di vista commerciale'».

Ma Rob non aveva ombra di dubbio. Era una cosa che voleva fare.

Prima che Rob potesse mettersi al lavoro, però, c'erano tutti gli impegni che aveva già preso. Verso la fine di maggio, Rob, Jonathan Wilkes e tutto il santuario se la svignarono nel sud della Francia per girare un breve film promozionale, *Rob By Nature*, per l'uscita del singolo dell'estate con doppio lato A, *Eternity/The Road To Mandalay*. Nel video Rob è il capo di una banda di rapinatori di banca, tutti travestiti con maschere di Robbie di plastica. Gli attori del film hanno alloggiato in quella stupefacente villa sopra la spiaggia in cui sono state fatte le riprese, che è stata rinominata Casa Mandalay. La co-protagonista di Rob nel film è la bionda modella neozelandese Lisa Seiffert. Contrariamente a quanto riferito da *Ok Magazine*, non c'è stata nessuna storia d'amore, anche se, i presenti e lo staff concordano, sul set c'era una grossa tensione. «È solo che c'era una grande vibrazione tra loro, erano così belli insieme», dice Josie Cliff. E durante il trucco e nella sua roulotte, Rob ascoltava solo un tipo di musica. Lo swing. Lo cantava ininterrottamente, esercitandosi nei pezzi che voleva usare nel suo album.

Dopo c'erano i concerti da tempo programmati del tour "Matrimoni, bar mitzvah e stadi" di Inghilterra e Irlanda. Parlando dopo la sua esibizione al Roskilde Festival, una settimana prima di cominciare a Dublino, Rob si è lasciato sfuggire un indizio riguardo ai suoi programmi per l'autunno. «Robbie mi ha davvero annoiato», ha detto. «Dopo novembre, lo ucciderò e basta. Sono dappertutto. Dev' essere veramente una noia per la gente».

Le sue fan chiaramente non erano d'accordo e hanno stipato gli stadi di Irlanda e Inghilterra per alcuni dei più grandi concerti che Rob abbia mai fatto in vita sua: settantamila persone a concerto.

Per il primo spettacolo a Dublino, in Lansdowne Road, si sono uniti a lui quattro ballerine e una sezione di ottoni di sei elementi.

Per favore non dimenticatemi

«Che cazzo di salto nel vuoto», esclama, mentre, dopo aver fatto un'ultima pipì prima dello spettacolo pericolosamente vicino ad alcuni cavi elettrici che strisciavano a terra, aspetta sotto il palco sopra la piattaforma che lo trasporterà in alto per affrontare la folla irlandese. Franksy gli bacia la mano, l'uomo della sicurezza, Jonah, lo abbraccia, il direttore di palco Gary innesca il sistema di contrappesi, il ghiaccio secco gli turbina attorno ai piedi, ed è andato, su tra gli applausi e le grida.

«Mostrami il tuo amore, Dublino!», urla dopo *Let Love Be Your Energy*. E loro lo fanno. Più tardi, per scherzo, ripete un pezzetto di *Re-light My Fire* dei Take That. «Ce l'ho ancora, sapete», urla alla gente che ride. «Non mi passa». Verso la fine del concerto, Mamma Jan viene chiamata sul palco, dove resta in

piedi sorridendo alla luce dei riflettori. Dopo lo spettacolo, la star e la band vengono riportati rapidamente al Four Season Hotel, accompagnati da una scorta di polizia – sirene spiegate, luci lampeggianti, alta velocità – che di solito viene accordata solo ai presidenti stranieri in visita. Ciononostante, una fan molto intraprendente che si trovava in prima fila riesce inspiegabilmente ad arrivare al cancello dell'albergo prima di loro. «Una pedinatrice bionica!», dice scherzando il batterista Chris.

Una settimana dopo, sul palco dello stadio Millennium di Cardiff, Rob chiede a tutti se hanno una macchina fotografica per fargli una foto. I flash illuminano lo stadio come diecimila stelle cadenti. Poi si dimentica le parole di *Eternity*, la canzone che due ore prima è arrivata in vetta alle classifiche. Il dragone sputafuoco che a Parigi a febbraio faceva parte della lista di Josie, finalmente viene messo in funzione. «Il mio dragone gallese speciale», dice Robbie, facendo il suo miglior accento gallese. «Credo che lo chiameremo Jones. Tom Jones».

Il prossimo è un concerto pieno di pioggia e fango al Bowl di Milton Keynes. Robbie dice a una ragazza che ha tirato fuori le tette di «metterle via, tesoro, sono scarse» e a un elicottero che vola fisso lì sopra di andare a f******. Nel frattempo, nel backstage, il tour manager Franksy riesce a farsi arrestare da una guardia. «Quello mi urla: 'Non può entrare, non può entrare!', e io gli sto dicendo, "Sono il tour manager, cazzo, levati di mezzo'. Poi, mentre mi fa una presa di testa bloccandomi il braccio dietro la schiena, io gli urlo, 'Tu hai chiuso col mondo della musica'. E lui mi dice, 'Aspetta solo che arrivi la polizia, poi vedremo chi cazzo è che comanda'. Non dimenticherò mai lo sguardo del suo soprintendente quando alla fine è arrivato. Questo tizio gira l'angolo, e vede uno dei suoi tenenti che sta bloccando il tour manager – forse la persona più importante sul posto dopo l'artista – in una presa di testa. *Oh no, lui no, chiunque altro ma lui no!*».

Una settimana dopo a Manchester, Rob delizia i giornali scandalistici facendosi mandare in camera un pollo al curry da Shimla Pinks, mentre alloggia all'esclusivo Lowry Hotel, che vanta un ristorante di Marco Pierre White. "ROBBIE SNOBBA MARCO", si legge nel titolo, ma non è vero. «Prendiamo sempre il pollo al curry quando siamo a Manchester», dice Josie. «Questo posto in realtà ci è stato consigliato proprio dall'albergo. Ma credo che siano comunque rimasti perplessi».

Sul palco la sera dopo, il divertimento continua, mentre Robbie dice alla folla, «Sono stato nei Take That. D'altronde sono stato anche in un paio delle Spice Girls. Non mi fermo finché non divento Posh».

Finalmente qualcosa di reale in cui la stampa possa affondare i denti. È tutta l'estate che prendono cantonate. Mentre girava il film nel sud della Francia,

Rob era «in vacanza con degli amici», secondo il *Sun*. Poi aveva una nuova ragazza, «Rita Simmons, la cantante sexy delle Girls @Play», una giovane donna con cui in realtà Rob ha parlato solo per pochi minuti al London's Eve Club. Nel frattempo il *Daily Star* ha messo in giro una storia secondo cui Robbie avrebbe comprato un attico da trecentomila sterline a San Antonio. Sfortunatamente per gli imbrattacarte confusi, si è scoperto che era un altro R. Williams a mettere i soldi.

Dopo il concerto di Manchester, la band e lo staff fanno una festa nella discoteca improvvisata che lo staff ha costruito sotto il palco, completa di bar, luci lampeggianti colorate e pali per danzare. «È favoloso», dicono i membri della band a quelli dello staff, «dovremmo farlo ogni sera». «Infatti noi lo facciamo», rispondono quelli dello staff.

L'ultimo concerto inglese è a Glasgow, la settimana dopo. Rob e la band alloggiano al Cameron House, un albergo incantevole che sembra un castello, situato in un parco verdeggiante con vista sul Loch Lomond. Rob riceve la visita della sua amica Johanna MacVicar, la leucemica che era venuta al concerto di Parigi. Stavolta viene con suo padre, un infermiere, che preleva il sangue di Rob per metterlo sul registro del Midollo Osseo. Ecco un po' di stampa che fa piacere a tutti, dato che si spera che il buon esempio di Rob sia seguito da molti altri.

Sul palco a Hampden Park, Rob ringrazia la folla scozzese per aver contribuito al suo successo. «Siete stati voi a dire a tutti quant'era bello lo spettacolo», dice. «È per questo che adesso posso essere qui davanti a così tanta gente. Sono sopraffatto dall'emozione». Poi, mentre conclude: «È tutto. Ne ho abbastanza. Non andrò in tour per molto, molto tempo. Quindi quello che avete visto qui stasera è stato molto speciale. Mi chiamo Robbie Williams. Per favore non dimenticatemi».

E dopo il concerto, tornato in albergo, finalmente c'è un po' di sano movimento rock'n'roll vecchio stile quando Rob, Jonathan, Chris e le guardie decidono di buttare la tv di Rob nel lago. Poi hanno un'idea migliore: No, gettiamo la tv di Guy nel lago. Poi hanno un'idea ancora migliore: Facciamo in modo che Guy butti la sua tv nel lago. Così il direttore musicale viene distolto dalla cena per mettersi in piedi sui ciottoli fangosi in riva al lago. Dopo averlo persuaso per un po', prende la tv. Sta per buttarla dentro, quando all'improvviso si rende conto che gli stanno tendendo una trappola. «Mi avete legato una corda alla gamba o qualcosa del genere», dice, ridendo nervoso. «No, no», gli rispondono, trattenendosi a fatica. Guy la lancia dentro e quella affonda con uno schizzo. Quando torna in camera sua trova un biglietto lì dove avrebbe dovuto essere la tv. SONO USCITA A PESCARE, c'è scritto.

Non è proprio la fine del tour, però, perché Rob ritorna in Germania per il gran finale europeo a Colonia. E sì, per una volta, le storie dei giornali sono vere. Rob si strappa veramente tutti i vestiti nella pista da ballo alla festa del dopo concerto organizzata dalla Emi nel bellissimo locale Rheinterrassen, sopra il fiume scintillante. Balla tutta la notte con le sue quattro ballerine, la band e lo staff.

Tornati in Inghilterra, mentre la band e lo staff si prendono una pausa estiva, Rob si trasferisce dalla casa di Chelsea che gli aveva prestato Roger Taylor nella sua nuova, splendida casa di Holland Park, a Londra. E sì, come riportato, dentro ci tiene un divano lungo quattro metri, un acquario tropicale, una scalinata di cristallo turchese, una vasca da bagno ovale di pietra calcarea e (a un certo punto) il tavolo da biliardo di platino da duecentocinquantamila dollari che Rob ha comprato a New York dopo che un commesso ha dato un'occhiata a quella nullità che indossava dei jeans rovinati e gli ha detto che non poteva permetterselo. Ma no, la casa non è stata (come riportato) «distrutta dai vandali» prima ancora che Rob vi si trasferisse. Né c'è stata una «festa di inaugurazione della casa», in cui tutti gli ospiti si sono presentati con indosso una maschera di Robbie. Quella è stata solo una sera che un paio di amiche sono passate a fare un saluto, attente a tenersi anonime per i paparazzi sempre all'erta. (Le maschere sono state fatte su commissione per il film *Rob By Nature*, e Josie ne aveva ordinate altre dieci perché Rob era talmente stufo di essere scocciato agli aeroporti che ha preso l'abitudine di portarsene sempre una in valigia. Non che questo gli eviti di essere fotografato. I paparazzi lo colgono con indosso la maschera sia all'aeroporto sia fuori casa sua, facendolo impazzire.)

La sua dimora spirituale

Rob non resta a lungo a Londra. Finalmente è ora di mettersi al lavoro sull'album di swing. Rob, Guy, l'arrangiatore Steve Sidwell, David, Tim e il resto della ciurma prendono un aereo per andare ai famosi Capitol Studios di Los Angeles, usati a suo tempo da leggende dello swing come Dean Martin, Sammy Davis Jr e il padrino in persona: Frank Sinatra. Rob adesso sta lavorando con la crema dei jazzisti americani, incluso il pianista ottantaquattrenne Bill Miller, che una volta registrava con Sinatra. «Canto le mie canzoni preferite con un'intera orchestra», dice, sorridendo incredulo della sua gran fortuna. «E per di più mi pagano».

Rob entra a grandi passi in quello studio elegante, rivestito in legno, con la sua ultima coppola che ormai è un marchio di fabbrica sopra occhiali da sole di Los Angeles, una giacca jeans azzurra e una maglietta nera. «Ciao a tutti», dice ai musicisti riuniti. «Cominciamo con qualcosa che so cantare, Loro la conoscono *Angels*?».

Durante le prove e le registrazioni, Rob è visibilmente entusiasta ed eccitato. Non si sentiva così felice, dice scherzando, da quando ha provato l'ecstasy per la prima volta. Alla fine di una versione, il suo viso si scioglie di piacere. «Porca puttana», dice nel microfono della cabina della voce, poi esita con un imbarazzo che gli è molto poco familiare, come se non fosse certo di poter dire parolacce di fronte a degli sconosciuti in questo luogo di culto. «Pardon», si scusa, «ma è stato fantastico, cazzo. Porca puttana! Scusate ragazzi. PORCA PUTTANA!».

«Scusate se ho urlato», dice mentre esce tornando nello studio. «Ho trovato la mia dimora spirituale».

C'è una grossa risata collettiva. «Tutti i musicisti lo adorano», dice David Enthoven, «anche se metà di loro non lo conosceva per niente, tanto per cominciare».

«Mi fa molto piacere sentire una persona giovane che interpreta questi vecchi brani», commenta il veterano dello swing, il percussionista Harold Jones (che a un certo punto della sua carriera ha fatto il batterista nell'orchestra di Count Basie), «perché ci sono un sacco di belle canzoni che sono semplicemente cadute nel dimenticatoio – gli auguro tutta la fortuna del mondo, perché il mondo ha bisogno di ascoltare questa musica».

Guy Chambers produce l'album. «Sta cantando più in basso rispetto alla sua solita estensione vocale», commenta, «e il risultato è che sembra molto più rilassato. Non ha bisogno di cantare un brano come questo in modo aggressivo. Queste canzoni non sono aggressive. Sono tranquille, eleganti e sinuose. Ma lui è stato assolutamente all'altezza del gioco. Sapevo che sarebbe stato all'altezza, ma ha veramente superato se stesso».

Al piano, i due strimpellano insieme, come ai vecchi tempi. «*And then I go and spoil it all by saying somethin' stupid* [E poi arrivo io e rovino tutto dicendo qualcosa di stupido]», canta Rob, e si lancia in una sequenza di grugniti primitivi. *Geta-weah-now-wooh*.

«Ehi hai sbagliato», dice Guy, secco. «Dovevi dire '*I love you*'. Mica lo dici così '*I love you*'».

«Ecco, pensavo che potevamo aggiungerci una piccola variazione», dice Rob.

Tornato al Sunset Marquis, fuori sul tetto terrazzato da cui si vede la zona del centro di Los Angeles, Rob riflette sulle possibilità dell'album.

«Probabilmente ci sarà una scuola di pensiero che storcerà il naso. Anche solo per lo showbusiness in sé. Ma sinceramente non mi importa. Mi sto divertendo troppo. Ieri, nello studio, ho passato quattro ore tra le più felici della mia vita. Mi stavo chiedendo, Chissà perché poi mi sono cacciato in tutta questa storia? E il motivo era quello: quelle quattro ore».

Quando Rob torna in Inghilterra, i musicisti americani sono rimasti sufficientemente ammirati da contattare gli eredi di Sinatra e suggerire il duetto virtuale con Frank che diventerà l'apice del concerto all'Albert Hall. «È stato grazie a quei musicisti che gli eredi di Sinatra si sono messi in contatto con noi», dice David Enthoven. «Noi non c'entravamo niente. Sono stati i musicisti a spingere, a dire, 'Sentite, dovete far fare un duetto a Rob'».

Adesso, però, c'è un altro duetto in cima alla classifica dei pensieri di Rob. Secondo almeno uno dei giornali, Rob ha bombardato Nicole Kidman di lettere ed e-mail perché era troppo timido per telefonarle e chiederle di lavorare con lui. Tant'è vero che le ha scritto, allegando il suo numero di telefono. «Vuoi essere la Nancy del mio Frank?», chiedeva nel suo biglietto. «Non sono stata lì a negoziare», dice Nicole. «Ho sentito la canzone, è così dolce e buffa, che l'ho fatta e basta! Lui me l'ha chiesto. Io gli ho detto sì. Sono una pessima donna d'affari».

Così, la mattina dopo, Rob aspetta nervoso in studio la star australiana. Corre su e giù per le scale. Si offre di preparare il tè per tutti. Pilucca un po' di sushi, poi si macchia la camicia di lino bianco con la salsa di soia. Dopo, ammette: «Stavo lì e pensavo, Come farò ad arrivare alla fine senza sembrare un idiota o senza cercare di leccarle la faccia?». «Leccarmi?», ride Nicole, quando le viene riferito il commento. «Questa è nuova. Beh, mi è capitato di essere leccata da un uomo, ma non mi è mai capitato che uno mi dicesse espressamente che mi voleva leccare».

Leccata o no, quando finalmente arriva Nicole, con un soprabito di camoscio beige di Dolce&Gabbana con una fodera di tessuto leopardato, tra i due scatta la scintilla. Non ci sono dubbi.

«Tutto bene, tesoro?», chiede Rob.

«No», dice lei, ridacchiando senza controllo, «sono nervosissima».

«Una tazza di tè?», le chiede Rob.

La registrazione dura meno di un'ora. «Wow», dice Nicole, «magari *Moulin Rouge* fosse stato così».

Nicole lo trova «affascinante e buffo». Rob si è preso «una vera cotta per lei». «Quando è entrata nello studio», dice, «era timida e nervosa e questo mi ha fatto piacere. Come dire, 'Non sono il solo'».

Mamma, questo è per te

Tornato in Inghilterra, tre settimane dopo, finalmente è giunta la gran serata di Rob. Wob Roberts e lo staff hanno preparato la Albert Hall in un tempo record di trentasei ore. Robbie ha avuto un warm-up travolgente da Ronnie Scott. Adesso si avvicina a grandi passi alla porta del palco con un maglione da cricket con delle vistose strisce rosso scuro e nere. Davanti al teatro quasi quattromila persone in abito da sera che hanno pagato fino a duecento sterline a biglietto (un tizio sostiene di avere pagato ventimila sterline sull'unghia) si riversano dai taxi neri. Gli staff televisivi e della stampa si spintonano per immortalare le celebrità. C'è Nicole Kidman (anche se non canterà), Bob Geldof, Roger Taylor, George Michael, Richard Curtis, Brian May e tutti gli altri, per non parlare della mamma di Rob, Jan. «È una grande occasione per fare un'uscita di famiglia», dice lei con modestia. È insieme ai genitori di Jonathan Wilkes. «Ah sì?», dice Rob nel backstage. Annuisce e sorride, investito da ricordi d'infanzia. «È fantastico».

Adesso Rob è pronto, con il suo abito da sera nero e la cravatta nera coi lustrini, i capelli lisciati all'indietro con la riga da una parte in stile anni Cinquanta. Stasera, il bacio rituale alle foto dei suoi eroi è ancora più significativo. Ne ha dovuta fare di strada, dalla sua stanzetta di Stoke-on-Trent al camerino della star dell'Albert Hall. «Mi sento uno straccio», confessa all'inizio. «Davvero non ce la posso fare. Proprio non sono all'altezza». Ma quando arrivano le telecamere, si rianima. «Mi sento come prima del fischio dell'arbitro sul ring», dice. Ma se sono in forma li stendo tutti al tappeto, cazzo. Li ho massacrati da Ronnie Scott e sento che stasera succederà lo stesso. L'Albert Hall sta per essere massacrata, cazzo».

Cammina a testa alta lungo i corridoi con la solita squadra di guardie e compagni fidati, mentre fuori, dall'immensa hall, frotte di spettatori elegantissimi si immergono in un'inquietante luce azzurra. «Benvenuti alla Royal Albert Hall», dice Rupert Everett. «Stasera ho il privilegio di presentarvi uno dei più grandi cantanti swing della nostra epoca. Robbie Williams!».

Rob compare al centro della stella della R scintillante, illuminata da un'infinità di lampadine che fa da degno contraltare alla W gigante al di sopra dell'altra metà del palco. I suoi occhi si illuminano e la bocca gli si piega all'ingiù mentre contempla la folla. Improvvisamente balla, ammicca, sorride, tutto il repertorio che conosciamo bene, solo in una speciale riedizione rallentata e swingata. Poi scivola giù per un palo dorato dall'aspetto precario e rompe il velo di carta di sei grossi timpani, prima di scendere la scalinata illuminata di rosso passando tra otto ballerine – molto abbottonate, con i loro cappellini grigi, le camicette nere di satin col collo a barca e lunghe gonne di Dior trasparenti e volteggianti. «*Have you met Miss Jones?*», canta, e lo spettacolo ha inizio.

Rob non cerca di essere Sinatra. Lo spettacolo è un susseguirsi dei suoi classici numeri, arricchiti da tocchi personali e da un linguaggio decisamente poco ortodosso. «Permettetemi di presentarvi qualcuno che senza di me oggi non sarebbe nessuno», dice, indicando Steve Sidwell, membro della sezione degli ottoni, arrangiatore dell'album e direttore quella sera di un'orchestra di cinquantotto membri. «Mamma, questa è per te», dice prima di *Straighten Up And Fly Right*, sorridendo dolcemente a Jan che sta seduta a uno dei tavoli tondi sotto il palco. «Ma finché ci sono la musica e la luna e l'amore e il romanticismo», dice poco dopo, «spogliamoci nudi e sfondiamoci di droghe».

Ma persino ai critici, pronti ad abbattere con le loro penne la popstar numero uno d'Inghilterra, reo di un eccesso di *ubris*, hanno apprezzato moltissimo questo tributo. «Poteva trasformarsi nel più imbarazzante spettacolo di karaoke del decennio», dice il *Daily Mail* la mattina dopo. «Il fatto che non lo sia stato è un enorme tributo al talento di Robbie Williams».

Il palco è pronto per l'uscita di *Sing When You're Winning*. Nel frattempo, è chiaramente arrivate l'ora di un altro evento-Robbie per i giornali scandalistici. Il mondo dello showbusiness a quanto pare «ronza di voci riguardo una storia d'amore» tra Robbie e Nicole Kidman, secondo il *Sun*. Lo "schianto di Hollywood" sarebbe corsa via dopo un'apparizione da Parkinson e avrebbe raggiunto "quel fusto di Robbie" per un incontro amoroso di cinque ore nella di lei suite nel Dorchester. Il giorno dopo i due «hanno alimentato le fiamme della gemma del loro amore» (caso mai qualche giornalista avesse ancora delle remore a togliere il freno alla sua fervida immaginazione) durante le riprese della maratona del video di *Somethin' Stupid*. Sembravano «una coppia di adolescenti innamorati», pare che abbia detto una "fonte" che ha avuto il buonsenso di restare anonima. «Si tiravano finte palle di neve e giocavano coi cani San Bernardo».

Il numero uno in Australia

Qualunque sia la verità circa la vita privata di Rob, non c'è tempo per il succulento affaire tra celebrità tanto auspicato dai giornali scandalistici, perché la domenica seguente inizia il tour di Robbie Williams in Estremo Oriente e Australia ("Sing When You're Pacific Rimming" è il nome del tour). La prima tranche è rilassata. «Quattro spettacoli in due settimane», dice Franksy. «È come una vacanza itinerante. Riuscire a trascinare tutti via dalla spiaggia per suonare al concerto non è facile».

Il concerto di apertura a Hong Kong va benissimo, ma due giorni dopo a Singapore, Rob riesce a litigare con i poliziotti quando il cordone che gli chiude i pantaloni si rompe e i pantaloni gli scivolano alle ginocchia nel bel mezzo del concerto. La polizia non trova divertente questa violazione delle rigide leggi che vigono riguardo al comportamento in pubblico. Mentre nel backstage David Enthoven e Franksy cercano di parare i colpi di agenti arrabbiati e armati, Josie e la guardarobiera Flo corrono al guardaroba per prendere un altro paio di pantaloni da dare a Rob. «Questa è una canzoncina che parla di spogliarelli, scherza lui quando, finalmente vestito in modo decoroso, arriva a *Forever Texas*. So che non vi è consentito farlo in questo paese, quindi cercheremo tutti di non spogliarci stasera». Si sentono sonore risate tra la folla di giovani.

Il gruppo si va a rilassare a Phuket, in Tailandia, dove hanno tre giorni di fila liberi: prendono il sole sulla spiaggia, affittano una barca e passano una giornata spettacolare sul mare turchino dell'isola dove è stato girato il film di James Bond, *Goldeneye*.

Il concerto di Bangkok è un'esplosione, ma atterrando a Taiwan, il giorno dopo, Rob ha un incontro con i suoi vecchi amici paparazzi. Mentre la band scende dall'aereo, il branco di fotografi lo sta aspettando – non all'uscita, come sempre, ma subito fuori dall'aereo. Rob decide di correre al controllo passaporti, ma solo quando arriva lì si rende conto che Josie ha il suo passaporto. I giornalisti gli si assiepano tutt'intorno, poi quando dice loro di stare indietro, lo rimproverano per aver insultato il loro paese. «No», spiega Rob, «non sto insultando il vostro paese. Sto insultando voi». Dopo il concerto a Taipei, il gruppetto lascia il paese prima del previsto e torna a Singapore.

Ora è la volta di Oz, dove meno gente si infastidisce se dici parolacce e mostri il culo. La prima tappa è Perth, dove Rob e la band alloggiano all'Observation City, l'albergo grattacielo che Alan Bond ha costruito proprio sulla spiaggia. Rob adora la sua suite all'attico, che sembra rimasta immutata dagli anni Settanta, con specchio a fiori e colori meravigliosamente kitsch.

C'è una pausa di tre giorni mentre la band si acclimata e si riprende dal jet lag. La squadra di calcio band+staff di Rob, con la maglia azzurra con la scritta "Matrimoni, bar mitzvah e stadi" sul petto, si confronta con una squadra di australiani che include ex giocatori della nazionale del Western Australia. Il manager generale della costa occidentale rimane colpito dall'abilità di Rob. «È stato supremo», dice entusiasta. «Ha messo in porta due gol consecutivi, ha un sinistro fenomenale, è incredibilmente allenato e ha stoffa». Abbastanza bravo da giocare nella National League, secondo l'allenatore.

Dopo il concerto al Perth's Entertainment Centre, l'auto privata di Rob viene fermata dalla polizia per aver superato gli otto chilometri orari previsti dal limite di velocità del parcheggio. Ma quando le fan li raggiungono e cominciano a circondare il veicolo, la polizia saggiamente li lascia andare.

Il ritmo del tour improvvisamente accelera. Adesso è, concerto, giorno libero, concerto, giorno libero. Due sere dopo Rob è ad Adelaide, poi a Melbourne, dove, poco dopo lo spettacolo (tutto esaurito) una giornalista molto australiana gli fa un'altra domanda sulla sua sessualità. «Senti, sono etero, va bene?», risponde Rob. «Porca puttana! Vallo a dire al mondo. Scusatemi tutti, ho cercato di essere gay ma proprio non faceva per me. Se potessi prendere una pillola per diventare gay, lo farei subito. Ma non lo sono».

A Sydney, Rob, la band e lo staff occupano un intero albergo, l'Establishment, un posto trendy nel quartiere degli affari, in centro, proprio a un passo dai prati verdi del giardino botanico e dalle vele bianche dell'Opera House. La sera dello spettacolo, Rob prende di nascosto il kilt di Fil e lo indossa sul palco. La stampa è deliziata dal revival dell'ultima storia su Robbie, la loro preferita, dal momento che Nicole Kidman, con coppola e occhiali da sole, si presenta al concerto e lo guarda intensamente da dietro il pannello di controllo del suono. La sua visita all'after-party all'Establishment's Tank e la visita che Rob ricambia andando nella sua tenuta di Darling Point più tardi, quella stessa sera, torna a far sbavare i giornalisti. Ma cosa ne sanno loro?

Adesso è la volta della Nuova Zelanda, dove, come dice Franksy, « Rob è la più grande star *di tutti i tempi*. È come l'equivalente di Madonna e della Principessa Diana fuse in una sola persona». In quattro concerti – due a Christchurch, uno a Wellington, uno a Auckland – Rob canta per centodiecimila fan. «Abbiamo venduto un disco a ogni persona, più una pecora», dice ridendo il manager David.

Mentre Rob ritorna in Inghilterra, esce *Swing When You're Winning*, dimostrando ai dubbiosi della Emi che avevano torto, dal momento che è l'album di Rob che, ad oggi, ha venduto più in fretta di tutti. La seconda settimana è già platino in Svizzera, Germania e Austria. Nel frattempo, *Somethin' Stupid* è in vetta alle classifiche dei singoli.

Mentre gli allibratori William-Hill danno 16 a 1 che Robbie e Nicole si sposeranno entro l'anno prossimo, il singolo, l'album e il Dvd salgono in vetta alle classifiche di Natale. «Sono felice come una pasqua», dice Rob. «È un risultato fantastico».

Giorni di sushi

Dopo una breve vacanza natalizia a sciare a Zermatt, per Rob è giunta l'ora di iniziare finalmente il suo anno sabbatico. Non lo sta facendo, come certa stampa ha riportato, perché i suoi manager gli hanno ordinato di farlo; o perché i capi della casa discografica sono preoccupati che la sua salute possa risentire; o perché è stato «giù di morale e depresso nonostante i suoi doppi primi posti di Natale»; o «per tenere sotto controllo la sua voglia di alcol e droghe»; o addirittura per «evitare di ricascarci». È qualcosa che voleva fare da secoli, ed è stata tutta una sua iniziativa.

Adesso Rob cerca di tenersi fuori dalla luce dei riflettori, si gode i tempi morti con vecchi e nuovi amici di Los Angeles. Sì, va ad alcuni incontri di self-help, ma, come dice il manager David, è tutto molto diverso da com'era in Europa l'anno scorso. «Per quanto alla stampa piaccia dire che è andato a Los Angeles per esorcizzare i suoi demoni», dice, «lui l'aveva già fatto molto prima di andare lì. È molto diverso da com'era in tour l'anno scorso. Allora era all'inizio della sua guarigione. Ora è andato avanti. Ora si presenta al mondo come Robert, e si fa amici e non si fa amici e ha davvero un po' di tempo per sviluppare alcune abilità della vita al di fuori di questo cazzo di mondo folle del rock'n'roll e di Robbie in cui ha vissuto finora».

Vedendosi negare la sua dose regolare di Robbie, la stampa britannica ha fatto del suo meglio per tenere viva la storia, di solito puntando sulla sua vita amorosa. Come Josie fa notare, non rilascia interviste, perciò quando emerge un pettegolezzo, i giornalisti telefonano alla Ie Music per avere i commenti di Rob. «E come dire, non c'è un commento perché non è vero e anche se ci fosse un commento e lui stesse insieme a qualcuno noi non ve lo diremmo comunque».

Così, nel febbraio del 2002, si ritiene che Rob si sia perdutamente innamorato della "sosia della Posh Spice", Alison Gunn, una donna che in realtà ha incontrato due volte. In aprile, è riuscito a trovare il tempo per «frequentare di nascosto da due mesi» la critica cinematografica Victoria Schweizer, una donna che ha incontrato una sola volta. (La fotografia dei due che pranzano insieme a Los Angeles pubblicata su *Now* di aprile, numero 17, sfortunatamente ritraeva la donna sbagliata.)

Ma atteniamoci ai fatti. Sì, ha mangiato sushi insieme a Jonathan Wilkes a Sushiya in Sunset Boulevard. È andato in aereo a Edinburgo a marzo per essere accanto a Jonathan per la prima di *Godspell* al Festival Theatre (dove indossava un completo di kilt nero). Ha fatto la parte del prete e ha sposato i suoi amici Billy Morrison e Jennifer Holliday nei giardini dell'albergo Sunset Marquis. Ma questa non era una prova che Rob «ci fosse ricascato»; era solo «un po' di

divertimento», con in più il vantaggio che ha potuto regalare i proventi del filmato di *Hello* alla felice coppia come dono di matrimonio.

Rob non ha litigato con Guy Chambers a causa di Will Young: forse perché Guy non ha mai lavorato per Will Young. Né Rob ha mai avuto una stella tutta sua nella Walk of Fame di Hollywood; quell'onore è stato riservato a Ozzy Osbourne, anche se Rob, essendo amico del leggendario rocker, quel giorno era presente. Né è vero che Rob è in trattative per affittare un'intera isola delle Falkland per girare un suo film.

Se n'è stato semplicemente a rilassarsi in un modo piacevole e molto poco interessante per la stampa; nella casa che ha affittato da Dan Ackroyd in Mulholland. «Stiamo giocando all'americana?», chiede David Enthoven, mentre sceglie una stecca per la sua prima partita a biliardo negli Stati Uniti con Rob, sul tavolo di panno rosso scuro nella sala da biliardo rivestita di legno di pino. «Gioca come giochiamo di solito», dice Rob.

Il web master e nuovo amico di Rob, Scott Ford, fa un salto a trovarlo. «Ciao Scott Ford». «Ciao Robert Peter Williams». E qui c'è Al Schmitt, che ha inciso e mixato *Swing When You're Winning*. «È andato proprio bene, eh?», dice Rob, abbracciandolo.

«Sì, sì», concorda Al.

«Proprio così, vero? D'ora in poi avrò una base di riferimento di quanto mi voglio divertire quando incido un album».

«Meglio di così non può andare», dice Al.

«No, vero?», dice Rob.

Un altro giorno va al cinema egiziano per la prima americana di *Live At The Albert*. C'è solo un minuscolo gruppetto di fan fuori.

«Robbie Williams?», dice Rob con un accento da burino americano al solitario cameraman (inglese). «No, sono venuto a vedere *L'era glaciale*. Robbie Williams, *no*. Io conosco *Robin* Williams. Faceva, tipo, *Mork e Mindy*. Non so se ce l'avete in Inghilterra. Io sono del Wisconsin. Sono venuto a Los Angeles per un paio di giorni. Non so chi è Robbie Williams, no. Vuole smetterla di scocciarmi?».

Qualcuno dice a Rob che la vecchia casa di Frank Sinatra è in vendita. Va a dare un'occhiata ma non è interessato. «È proprio su Sunset Strip», dice, «così sono andato a dare un'occhiata. Non che avrei pagato quel prezzo. Mi sembra che sia sui dieci milioni di dollari o giù di lì. È molto bella, ma la casa è proprio accanto alla strada principale. Quindi uno è in giardino e sente solo il traffico. Inoltre, quando entri c'è la sua musica. La prima fotografia che ti accoglie è di lui. E ci sono un sacco di suoi ricordi in giro e viene da pensare: queste cose non c'erano prima, vero?».

Ma nel giro di poco Rob ha trovato il posto che gli piacerebbe, e se ne innamora perdutamente. Oggi Rob è spuntato in studio in completo da Superman. Sta seduto al mixaggio, rotea da una parte all'altra sulla sedia girevole di pelle nera, con gli occhi che gli brillano, giocherella delicatamente col suo mantello rosso scuro, aspira intensamente dalla sua diciannovesima sigaretta della giornata, mentre ascolta di nuovo la canzone che lui e i ragazzi hanno appena registrato.

Il produttore Steve Power si avvicina. «Come si chiama?» chiede.

«Cosa?», dice Rob.

«Quella canzone?».

«Cosa?», dice Rob.

«Come si chiama? Quella canzone?».

«Cosa?».

«Piantala di fare il cazzone». Steve gli stringe affettuosamente la spalla.

«Si chiama», dice Rob, perso nei suoi pensieri, «*Song Three*». I suoi occhi si illuminano. «La terza canzone. Che ne dite, buttiamo giù *Song Three*? Eh, Dave?». Guarda Enthoven, che sta facendo un gran sorriso tra le ombre. «Dobbiamo farlo, non è vero? Allora lo facciamo? *Song Three*?».

Perciò si chiama *Song Three*.

Rob accarezza il petto rosso imbottito del suo costume da Superman. «Non fa strano, vero?», dice. «Proprio no. Domani voglio venire vestito da Heidi». Ride e fa un gesto per descrivere i riccioli nei suoi capelli.

«Possiamo ascoltare di nuovo *Feel*?», chiede.

Come and hold my hand
I want to contact the living
Not sure I understand
This role I've been given
I sit and talk to God
And he just laughs at my plans
My head speaks a language
I don't understand

I just want to feel real love
In the home that I live in
'Cause I got too much life

Running through my veins
Going to waste

I don't want to die
But I ain't keen on living either
Before I fall in love
I'm preparing to leave her
I scare myself to death
That's why I keep on running
Before I've arrived
I can see myself coming

I just want to feel real love
In the home that I live in
There's a hole in my soul
Can't you see it in my face
Of real disgrace
I need to feel real love
And a life ever after
I feel like giving up

I just want to feel real love
In the home that I live in
I got too much love
Running through my veins
Going to waste

I just want to feel real love
In a life ever after
There's a hole in my soul
Can't you see it in my face
It's a real disgrace

Come and hold my hand
I want to contact the living
Not sure I understand
This role I've been given
Not sure I understand

«Che c'è
di strano
Domani voglio
venire vestito
da Heidi»

Not sure I understand
Not sure I understand
Not sure I understand

[Vieni e tienimi per mano/ Voglio mettermi in contatto coi viventi/ Non sono certo di capire/ Questo ruolo che mi hanno dato/ Io sto seduto e parlo a Dio/ E lui non fa che ridere dei mie progetti/ La mia mente parla una lingua/ Che non capisco// Voglio solo sentire amore vero/ Nella casa dove vivo/ Perché ho troppa vita/ Che mi scorre nelle vene/ E che va sprecata// Non voglio morire/ Ma non ho nemmeno voglia di vivere/ Prima di innamorarmi/ Mi preparo a lasciarla/ Mi spavento da morire/ È per questo che continuo a scappare/Prima ancora di arrivare/ Mi vedo mentre vengo// Voglio solo sentire amore vero/ Nella casa dove vivo/ Ho un buco nell'anima/ Non lo vedi nel mio volto/ Di vera disperazione/ Ho bisogno di sentire amore vero/ E una vita eterna nell'al di là/ Avrei voglia di arrendermi// Voglio solo sentire amore vero/ Nella casa dove vivo/ Ho troppo amore/ Che mi scorre nelle vene/ E che va sprecato// Voglio solo sentire amore vero/ In una vita eterna nell'al di là/ Ho un buco nell'anima/ Non lo vedi nel mio volto/ Di vera disperazione// Vieni e tienimi per mano/ Voglio mettermi in contatto coi viventi/ Non sono certo di capire/ Questo ruolo che mi hanno dato/ Non sono certo di capire/ Non sono certo di capire/ Non sono certo di capire/ Non sono certo di capire]

Ora basta!

Indice

Stampa e allestimento
Arti Grafiche del Liri s.r.l.
03036 Isola del Liri (Fr)
ottobre 2003